MENINO MAMBA- -NEGRA

MENINO MAMBA-
-NEGRA

NADIFA MOHAMED

Tradução
Marina Della Valle

TORDSILHAS

Copyright © 2021 Tordesilhas
Copyright © 2010 Nadifa Mohamed

Título original: *Black Mamba Boy*

Todos os direitos reservados. Nenhuma parte desta edição pode ser utilizada ou reproduzida – em qualquer meio ou forma, seja mecânico ou eletrônico –, nem apropriada ou estocada em sistema de banco de dados, sem a expressa autorização da editora. O texto deste livro foi fixado conforme o acordo ortográfico vigente no Brasil desde 10 de janeiro de 2009.

PREPARAÇÃO Isa Prospero
REVISÃO Laura Folgueira, Carolina Forin e Cintia Oliveira
PROJETO GRÁFICO Amanda Cestaro
CAPA Leticia Quintilhano

1ª edição, 2021 / 2ª edição, 2022

Dados Internacionais de Catalogação na Publicação (CIP)
(Câmara Brasileira do Livro, SP, Brasil)

Mohamed, Nadifa
Menino mamba-negra / Nadifa Mohamed ; tradução Marina Della Valle. – 2. ed. – São Paulo : Tordesilhas, 2022.

Título original: Black mamba boy
ISBN 978-65-5568-018-8

1. Ficção inglesa - Escritores africanos I. Título.

21-73275   CDD-823

Índices para catálogo sistemático:
1. Ficção : Literatura africana em inglês 823
Cibele Maria Dias - Bibliotecária - CRB-8/9427

2022
Tordesilhas é um selo da Alaúde Editorial Ltda.
Avenida Paulista, 1337, conjunto 11
01311-200 – São Paulo – SP
www.tordesilhaslivros.com.br
blog.tordesilhaslivros.com.br

Para Nadiifo, Daxabo, Axmed, Xasan,
Shidane e todos os outros que perdemos.

Agora partes e, embora teu caminho
Possa cruzar florestas densas cheias de mirra,
Locais tomados pelo calor, secos e abafados,
Onde é difícil respirar, e brisa fresca não chega –
Deus ainda pode colocar um escudo do ar mais gelado
Entre teu corpo e o sol agressor.

Gabay, de Maxamed Cabdula Xasan

Ó trupe de pequenos errantes de toda parte,
Deixa teu rastro em minhas palavras.

De *Pássaros perdidos*, de Rabindranath Tagore

LONDRES, INGLATERRA, AGOSTO DE 2008

Nuvens escuras se juntam no céu do crepúsculo; a Lua e o Sol se admiram, mas meus olhos estão nele. Os olhos grandes demais empoleirados no nariz bulboso, a luz bruxuleante azul e branca da televisão dançando nas lentes, *ma'awis* levantado até os joelhos. Ver seus joelhos curvando-se sob o peso do corpo magro me machuca, mas respeito esses joelhos por atravessarem continentes, vadearem o Mar Vermelho. Cantarei a canção desses joelhos.

Sou o griô de meu pai, este é um hino a ele. Conto a você esta história para poder transformar o sangue e os ossos de meu pai – e seja qual for a mágica que a mãe dele costurou debaixo de sua pele – em história. Para transformá-lo em herói; não do tipo lutador ou romântico, mas do real, a criança faminta que sobrevive a cada pedra ou flechada que a sorte desavergonhada joga contra ela e que agora pode sentar-se e contar as histórias de todos os que não conseguiram. Conto a você esta história porque ninguém mais vai contar. Chamemos os espíritos dos nove mil meninos que tolamente lutaram nas montanhas da Eritreia por Mussolini, que eram parecidos com meu pai, viveram como ele, mas tiveram suas vidas interrompidas por machados sem fio, os que morreram de fome, os que ficaram loucos e os que simplesmente desapareceram. Meninos como Shidane Boqor. Nosso menino enérgico!

Nosso surrupiador de enlatados! Nossa criança morta! Acendam as tochas para seu voo até o céu. Que sua sombra eternamente assombre seus algozes. Que eles se banhem por toda a eternidade no Shebelle e Juba antes que seus pecados sejam lavados.

A vida de meu pai consistiu num tipo estranho de liberdade; se ele fosse mais esperto que a morte, então sua vida seria completamente, perfeitamente sua, sem nenhum débito com nada ou ninguém. Como a mãe antes dele, afiou o espírito no fio da faca da solidão; estilitas em seus pilares, viam solidão, solitude, como estados divinos. A mãe de todos os marinheiros deve ser o mar, mas Ambaro era mais poderosa, mais tempestuosa, mais doadora de vida do que qualquer poça de água. Ela deu vida nova a meu pai repetidamente, protegendo-o como Vênus protegeu Eneias. Pegou a vidinha parca dele e a transformou em algo épico. Seu amor era violento, lava espessa que derramou na boca do filho; ela cortou suas veias e fez a transfusão de seu sangue quente e selvagem para a alma dele. Era tudo de que ele precisava na vida, e ele permanece aqui como testemunha do que o amor de uma mãe pode fazer – transforma cera em ouro.

Meu pai é um velho lobo do mar que navegou para a liberdade em um navio-prisão. Jama com seus argonautas somalis, que se lembra de cada um de seus navios como as pessoas se lembram de amores perdidos. A vida de marinheiro era ideal para ele; onde quer que estivesse no mundo, seu leviatã de aço soava sua buzina e o chamava de volta para sua cabine. Mesmo hoje, gravuras oscilantes de galeões surfam suas paredes enquanto assistimos às explorações de Simbad, o Marujo. Quando criança, eu mergulhava as mãos em uma caixa de charutos King Edward cheia de moedas, algumas antigas, algumas estranhas, algumas de países como o nosso, que não existem mais. Em outra caixa, ficavam abotoaduras com pedras de vidro que eu tomava por rubis, esmeraldas, safiras, e cobiçava de todo coração; seu baú do tesouro dourado enterrado debaixo de mapas e certificados. Ele desfiava para mim velhas tramas do mar cheirando a maresia: "Veja bem, eu estava sendo perseguido por gângsteres zulus, eles se chamavam de tsotsis. Corri pelo cais de Durban na calada da noite com eles bem atrás de mim, desesperados para me roubar e cortar minha garganta, meu coração fazia BUM BUM, quando um policial chegou e atirou neles. Quando o navio chegou a Veneza, comprei uma pistola de cabo de marfim para nossa próxima viagem à África do Sul".

Há muito tempo, com a boca tomada por um aparelho desajeitado, eu deixava meu pai me pegar pela mão e me levar para longas caminhadas sem propósito. Normalmente terminávamos no Richmond Park, sentados entre os troncos quebrados de carvalhos, olmos e pilriteiros arrancados pela grande tempestade de 1987. Usando parcas iguais, víamos morcegos voarem desajeitadamente entre cantos e fendas e ouvíamos os periquitos somalis selvagens que se escondiam no parque, cantando "*Maalin wanaagsan, Maalin wanaagsan*, bom dia". Com pássaros africanos fugitivos tagarelando acima de nós, e o veado ruivo e o gamo escondidos na grama alta, quase poderíamos estar no Serengueti ou de volta a Miyi. Meu pai falava da Eritreia, de Áden e dos sinos de camelo com que brincava quando criança no deserto somali. Eu esperava emburrada até que ele terminasse; o que podia imaginar da vida dele como criança-soldado ou menino de rua em Áden quando não tinha permissão para ir à venda da esquina sozinha? Com um suspiro distante, meu velho pai Tempo se aquietava novamente, e eu dizia a ele o que se passava pela minha cabeça, talvez um novo par de tênis ou uma jaqueta acolchoada.

Eu queria ser um *ragamuffin*, sem saber que meu pai era o maior *ragamuffin*, vagabundo, *Buffalo Soldier*[*] de todos.

E à nossa volta os outros vagabundos ainda chegam. Debaixo de carretas, clandestinos em botes, caindo do céu de grandes aviões. Até velhas avós empacotam as malas e começam o *tahrib*. Os homens sortudos como meu pai, que deixaram pegadas na areia cinquenta, sessenta anos atrás, são os profetas que lideraram os israelitas para fora do deserto. Seja lá o que diga o faraó, eles não serão presos, não serão escravizados e transformarão o mundo todo em sua terra prometida.

---

[*] Soldado Búfalo. Citação da música "Buffalo Soldier", de Bob Marley, e apelido dado aos soldados negros dos Estados Unidos. (N. T.)

ÁDEN, IÊMEN, OUTUBRO DE 1935

O chamado do muezim despertou Jama de seu sonho; ele se levantou para olhar o Sol subir sobre as mesquitas de cúpula de bolo e os apartamentos de pão de gengibre de Áden brilhando nas pontas com glacê branco. Silhuetas negras de pássaros faziam voltas no alto do céu escuro, dançando em torno das poucas estrelas remanescentes e da Lua bem cheia. Os planetas negros dos olhos de Jama vagavam sobre Áden, o apinhado e industrial Steamer Point, a velha cidade de arenito de Crater, seus prédios curvilíneos e pardos mesclando-se aos vulcões Shum Shum, aos distritos de Ma'alla e Sheik Usman, brancos e modernos, entre as colinas e o mar. Fumaça de madeira e o choro de bebês se erguiam devagar enquanto as mulheres davam uma pausa no preparo do café da manhã para fazer as preces do amanhecer, sem precisar das exortações do velho muezim. Um ninho de abutre circundava o antigo minarete, os galhos quebrados enfeitados de lixo, o ninho corrompendo a vizinhança com seu fedor de carniça. A mãe atenciosa dava bocados podres aos filhotes frágeis, as asas musculares descansando ao seu lado. A própria mãe de Jama, Ambaro, estava ao lado da beira do telhado, cantando suavemente em sua voz profunda e melodiosa. Ela cantava antes e depois de trabalhar, não por estar feliz, mas porque as canções escapavam de sua boca, a alma jovem vagando fora do corpo para tomar fôlego antes de ser arrastada de volta à labuta.

Ambaro chacoalhou os fantasmas do cabelo e começou o solilóquio matinal.

— Algumas pessoas não sabem como dá trabalho alimentar seus buchos ingratos, acham que são algum tipo de *suldaan* que pode ficar à toa sem se preocupar com nada, cabeça cheia de lixo, só serve pra correr por aí com lixo. Bem, por cima do meu cadáver. Não trituro a minha coluna até virar pó para sentar e ver moleques de bundas imundas rolarem por aí de costas.

Aqueles poemas de desdém, aqueles *gabays* de insatisfação, cumprimentavam Jama todas as manhãs. Incríveis fluxos sinuosos de agressão saíam da boca da mãe, varrendo os *mukhadim* na fábrica, o filho, parentes havia muito perdidos, inimigos, homens, mulheres, somalis, árabes, indianos, para um buraco de danação.

— Levante, menino estúpido, acha que essa é a casa de seu pai? Levante, tonto! Preciso ir para o trabalho.

Jama continuava deitado de costas, brincando com o umbigo.

— Pare com isso, menino sujo, vai fazer um buraco nele.

Ambaro tirou uma de suas sandálias de couro partidas e foi para cima dele. Jama tentou fugir, mas a mãe se jogou e o atacou com golpes ardidos.

— Levante! Tenho que andar quilômetros até o trabalho, e você faz frescura pra levantar, é isso? — ela enfureceu-se. — Vá, então, suma, seu inútil.

Jama culpava Áden por deixar a mãe tão brava. Ele queria voltar para Hargeisa, onde o pai conseguia acalmá-la com canções de amor. Era sempre no amanhecer que Jama sentia falta do pai; todas as suas memórias eram mais nítidas na luz da manhã: o riso do pai, canções em torno da fogueira e mãos macias, de dedos longos, envolvendo as suas. Jama não tinha certeza se eram lembranças reais ou apenas sonhos que se infiltravam na vida desperta, mas estimava aquelas imagens e torcia para que não desaparecessem com o tempo. Lembrava-se de atravessar o deserto sobre ombros fortes, olhando o mundo como um príncipe, mas o rosto do pai já se perdera para ele, escondido atrás de nuvens teimosas.

Pelos degraus em espiral, vinha o cheiro de *anjero*; os Islaweyne tomavam café da manhã. ZamZam, uma adolescente feia, costumava levar os restos das refeições para Jama. Ele as aceitou por um tempo até que ouviu os meninos da família o chamarem de *"haashishki"*, lata de lixo. Os Islaweyne eram parentes distantes, membros do clã da família da mãe a quem o meio-irmão de Ambaro pediu que a recebessem quando ela chegasse a Áden. Eles fizeram como prometeram, mas logo ficou claro que esperavam que a prima do campo fosse criada deles; cozinhando, limpando e dando à família a aparência de requinte. Em uma semana, Ambaro havia encontrado trabalho em uma fábrica de café, tirando dos Islaweyne seu novo símbolo de status e desencadeando o ressentimento da família. Ambaro era obrigada a dormir no telhado e não tinha permissão para comer com eles a não ser que o sr. Islaweyne e a esposa tivessem convidados, aí tudo era sorrisos e generosidade de família: "Ah, Ambaro, o que quer dizer com 'posso'? O que é nosso é seu, irmã!".

Quando Ambaro economizou o suficiente para trazer o filho de seis anos para Áden, a sra. Islaweyne ficou furiosa com a inconveniência e deu um espetáculo ao examiná-lo, procurando doenças que pudessem infectar suas crianças preciosas. Suas pulseiras de ouro tilintaram enquanto checava se havia lêndeas, pulgas, doenças de pele; ela desavergonhadamente levantou o *ma'awis* dele para ver se tinha vermes. Mesmo depois que Jama passou em seu exame médico, ela o encarava quando ele brincava com os filhos dela e sussurrava a eles para não se tornarem muito familiares com aquele menino de lugar nenhum. Cinco anos depois, Ambaro e Jama ainda viviam como fantasmas no telhado, deixando tão poucos traços de existência quanto possível. A não ser pelas roupas cuidadosamente empilhadas que Ambaro lavava e Jama estendia para secar, eram raramente vistos ou ouvidos pela família.

Ambaro saía para a fábrica de café ao amanhecer e não voltava até estar escuro, deixando Jama para andar pela casa dos Islaweyne sentindo-se indesejado ou ficar nas ruas com os meninos do mercado. Lá fora, o céu havia clareado para um azul-turquesa aquoso. Os homens somalis que dormiam ao lado da estrada começaram a se levantar, os afros cheios de areia, enquanto os árabes andavam de mãos dadas em direção ao *suq*. Jama seguiu um grupo de iemenitas usando grandes turbantes com fios dourados e belas adagas de cabo de marfim nos cintos. Passou as mãos pelos flancos mornos dos camelos sendo levados para o mercado; os cílios extravagantes dos animais bateram em agradecimento por seu toque gentil e, quando o ultrapassaram, suas caudas balançantes deram adeus. Homens e meninos passavam levando vegetais, frutas, pães e carnes, em sacolas, nas mãos, nas cabeças, indo e voltando do mercado, pão ázimo crocante debaixo dos braços como jornais recém-saídos dos prelos. Borboletas dançavam, desfrutando do voo da manhã antes que o dia ficasse insuportavelmente quente e elas fossem dormir dentro de botões grudentos. O cheiro de arreios de couro úmidos de suor humano, de incenso que permanecia na pele desde a noite anterior, enchia as narinas de Jama. Encostando-se na parede quente, Jama fechou os olhos e imaginou enrodilhar-se no colo da mãe, sentindo as reverberações de suas canções conforme elas borbulhavam das profundezas do corpo dela. Sentiu alguém de pé sobre ele. Uma mão pequena esfregou o topo de sua cabeça, e ele abriu os olhos para ver Abdi e Shidane sorrindo para ele. Abdi era o tio de nove anos com janela nos dentes do gângster de onze anos Shidane. Abdi estendeu um pedaço de pão e Jama o engoliu.

A lava negra dos vulcões Shum Shum assomava sobre eles quando chegaram à praia. Meninos do mercado dos mais diferentes tons, credos e línguas se reuniam na praia para brincar, tomar banho e lutar. Eram um conjunto de doenças infecciosas, membros estropiados e deformidades. Jama gritou "*Shalom!*" para Abraham, um menino judeu mirrado que vendia flores de porta em porta com ele; Abraham acenou e correu para saltar na água. O cabelo loiro por falta de nutrição de Shidane parecia transparente à luz do sol, e a cabeça de Abdi balançava de um lado para outro, grande demais para seu corpo pequeno, enquanto ele corria para a arrebentação. Abdi e Shidane eram dois ouriços-do-mar perfeitos, que passavam o dia mergulhando atrás de moedas. Jama queria que eles o levassem para o mar, então reuniu tábuas de madeira na praia e chamou a atenção dos meninos *gali gali*.

— Vão achar cordão, assim podemos ir para o mar — ordenou.

Sentou-se na areia salpicada por algas enquanto Abdi e Shidane amarravam as tábuas para formar uma jangada improvisada. Juntos, empurraram a geringonça instável para o mar.

— *Bismillah* — ele sussurrou antes que saíssem, segurando desesperadamente enquanto Abdi e Shidane o impulsionavam para a frente. Quando os dois cansaram, subiram na jangada, ofegando ao lado dele, os rostos virados para o Sol, que subia. Jama se deitou de costas e deu um sorriso contente. Eles flutuaram suavemente nas jovens ondas com braços entrelaçados, gotas de água espalhadas sobre a pele como diamantes.

— Por que não aprende a nadar, Jama? — perguntou Abdi. — Então pode vir pescar pérolas com a gente. É lindo lá embaixo, tem todo tipo de peixe e animal, corais, naufrágios, e você pode achar uma pérola que vale uma fortuna.

Shidane mudou de posição e a jangada girou com ele.

— Não há nenhuma pérola lá embaixo, Abdi, procuramos em todos os lugares, foram todas levadas pelos árabes. Veja só que iemenitas estúpidos, não merecem um bote como aquele — zombou Shidane. — Se tivéssemos uma arma, poderíamos tomar tudo daqueles tontos.

Jama levantou a cabeça e viu um sambuco seguindo depressa para o porto com caixas empilhadas no deque.

— Arranje uma arma, então — desafiou ele.

— *Ya salam!* Acha que não consigo? Eu consigo fazer uma, menino.

Jama se levantou sobre os cotovelos.

— O quê?

— Você me ouviu, eu consigo fazer uma. Venho observando os soldados, algumas pessoas estão sempre ativas, sempre pensando. É simples para alguém como eu fazer essas coisas de *ferengi*; você pega um pedaço de madeira dura, faz um buraco até o outro lado, pega pólvora, enfia no buraco, então enche uma ponta de pedregulhos e na outra coloca um barbante aceso, então explode tontos como aqueles no mar.

— É mais fácil você explodir seu *futo* queimado no mar. — Jama riu.

— Ria o quanto quiser, burro Eidegalle dentuço. Serei o *mukhadim* e, se tiver sorte, você será meu cule.

— Sim! Poderíamos ser *shiftas* do mar, cobertos de ouro; *wallaahi*, todos vão tremer ao ver nosso navio. — Entusiasmou-se Abdi, desferindo tiros imaginários contra o Sol.

Jama sentiu a água contra a pele.

— *Yallah, yallah*, de volta para a praia! O cordão está soltando! — ele gritou, conforme as tábuas se separavam.

Abdi e Shidane entraram em ação, pegando seus braços e mantendo-o na superfície como dois golfinhos bem-treinados.

Andando na terra e no calor escaldante, Jama instintivamente se dirigiu para o distrito de armazéns. Ele chutou uma lata pelas ruas de Crater, uma cidade no coração de um vulcão, seu calor infernal derramando pessoas e culturas pelos lados como um fluxo de lava. O sol refletia nos tetos de estanho dos armazéns, cegando-o ocasionalmente. O cheiro de chá, café, olíbano e mirra tomava a colina e o cobria com uma mistura embriagante, nauseante. Chegando ao primeiro armazém, cules de peito nu cantavam ao empurrar pesadas caixas de madeira para a traseira das caminhonetes, caixas levemente menores para o lombo dos camelos e sacos para os burros. Do lado de fora dos cafés de Al-Madina, Jama andou pela entrada de pedras e olhou para a escuridão, a luz do sol atravessando o teto de estanho, iluminando a poeira que subia dos grãos de café enquanto eram jogados para cima e para baixo para soltar a casca. Um campo de mulheres mal pagas em túnicas coloridas e floridas se curvava sobre cestos cheios de grãos, limpando-os para a venda. Jama se entremeou entre elas procurando uma mulher com cicatrizes de varíola, olhos de cobre, caninos recobertos de ouro e cabelo preto muito escuro. Encontrou-a em um canto, trabalhando sozinha com um lenço azul-celeste segurando o cabelo. Ela baixou a cabeça para beijar o rosto de Jama, sua pele suave e sardenta roçando na dele.

Ambaro sussurrou na orelha do filho:

— O que está fazendo aqui, Goode? Não é um parquinho, o que quer?

Jama ficou na frente dela, as pernas enlaçadas como a de um flamingo.

— Não sei, estava entediado... Tem algum troco?

Ele não tinha pensado em dinheiro, mas agora sentia vergonha de dizer que só queria vê-la.

— *Keleb*! Você vem para meu local de trabalho me aporrinhar por dinheiro? Não pensa em ninguém além de si mesmo, que Alá o amaldiçoe por isso, saia agora antes que o *mukhadim* o veja!

Jama virou e saiu correndo pela porta. Ele se escondeu atrás do armazém, mas Ambaro o encontrou, suas mãos ásperas e secas puxando-o de encontro a si. O vestido dela cheirava a incenso e café, e ele deixou que suas lágrimas o atravessassem até a pele dela.

— Goode, Goode, por favor, você é um menino grande. O que eu fiz a você? Conte-me. Conte-me. Veja a vida que estou levando, não tem pena de mim? — perguntou Ambaro em voz baixa. Ela o puxou pelos braços e o arrastou até um pequeno muro de frente para o mar.

— Sabe por que o chamo de Goode?

— Não — mentiu Jama, faminto para ouvir sobre o tempo em que ele tinha uma família de verdade.

— Quando estava grávida de você, fiquei incrivelmente grande, meu estômago foi para a frente de um jeito que você não acreditaria. As pessoas me avisavam que uma moça jovem de dezessete anos morreria ao dar à luz uma criança assim, que você ia me rasgar por dentro, mas eu estava feliz, em paz. Sabia que estava esperando alguém especial. Seguir camelos por aí é um trabalho terrível, e fui ficando cada vez mais lenta. Sempre me separava da grande caravana de meu pai, e seguia mancando, com meus tornozelos inchados, até alcançar a família. Lá para o oitavo mês, estava tão exausta que precisei parar, mesmo tendo perdido o último camelo de vista. Havia uma antiga acácia na savana chamada Gumburaha Banka, e me sentei debaixo da velha árvore para descansar na pouca sombra que ela fazia. Sentei e ouvi minha respiração pesada subir e descer, subir e descer; estava usando um *guntiino* de nômade e a lateral da minha barriga estava exposta ao sol e à brisa. Então, subitamente senti uma mão macia acariciar minhas costas e se mover em direção ao meu umbigo, olhei em choque e *hoogayeh*! Não era uma mão, mas sim uma mamba enorme, enrolada em torno da minha barriga. Tive medo de que o corpo pesado dela fosse esmagar você, então não me mexi nem um centímetro, mas ela parou e colocou a cara sábia do demônio em você e escutou a batida abafada de seu coração. Nós três ficamos unidos daquele jeito pelo que pareceu uma vida, até que, decidindo algo, a cobra flexionou os tendões e desceu pelo meu corpo, massageando meu útero com a barriga macia até desaparecer na areia com uma batida do rabo. Quis batizá-lo de Goode, que quer dizer mamba-negra. Seu pai apenas riu de mim, mas, quando você saiu com sua linda pele escura e seu cheiro de terra, eu soube que o nome era certo e o guardei como meu nome especial para você.

Jama derreteu no calor das palavras da mãe e sentiu o ouro líquido do amor nas veias. Ficou em silêncio, sem querer quebrar o feitiço que os envolvia, e ela continuou.

— Sei que sou dura com você, às vezes dura demais, mas sabe por que lhe peço coisas? Coisas que não entende que são boas para você? Porque tenho tanta esperança; você é meu bebê da sorte, nasceu para ser alguém, Goode. Sabe que o ano em que você nasceu ficou conhecido como o ano da minhoca? Minhocas gordas saíram da terra durante a estação da chuva para consumir a grama, as árvores e inclusive nossas casas de palha, até que terminaram e subitamente desapareceram. Todos pensaram que era um sinal do fim, mas os mais velhos disseram que já tinham visto isso antes e que era *barako*, já que as chuvas foram abundantes depois, e nossos camelos iriam procriar de modo fantástico. A velha Kissimee me disse que, como meu filho iria nascer no meio daquela praga, teria a melhor sorte, como se tivesse nascido com a proteção de todos os santos, e que ele veria os quatro cantos do mundo. Eu acreditei nela, porque ninguém nunca viu aquela mulher fazer uma profecia errada.

Apesar da beleza das palavras, Jama sentia que a mãe colocava pérola após pérola de expectativas em uma corda que ficaria solta em torno de seu pescoço, pronta para enforcá-lo um dia. Ele se aproximou dela para abraçá-la, e ela passou os braços marrons-dourados em torno de suas costas cor de mogno, esfregando os dedos por sua espinha saltada.

— Vamos voltar para Hargeisa, *hooyo*.

— Um dia, quando tivermos o suficiente para levar de volta — disse ela, com um beijo na testa dele. Desatando um nó na ponta do vestido, tirou uma moeda e a deu a Jama. — Vejo você de novo no telhado.

— Tá, *hooyo* — respondeu Jama, ficando de pé para ir embora. Pegando a mão dele, a mãe o olhou.

— Que Deus o proteja, Goode.

A sra. Islaweyne tinha um problema com Ambaro e não se dava ao trabalho de esconder. Nas longas ausências da mãe, ela ia atrás do filhote. Quando percebeu, em suas interrogações exageradamente doces, que Jama jamais falaria mal da mãe ou deixaria escapar segredos vergonhosos, ela passou a oferecer as próprias críticas: "Que tipo de mulher deixa o filho sozinho para vagar pelas ruas?" e "Não me surpreende que as mulheres somalis tenham má reputação com o jeito como algumas dessas novatas se vestem, de braços todos nus, com as tetas pendendo do lado". O ressentimento era mútuo, e Ambaro e Jama zombavam dela pelas costas. Quando Ambaro via a sra. Islaweyne enrolar o *nikaab* em torno do rosto, ela levantava uma sobrancelha e cantava em uma voz agridoce: "*Dhegdheer, Dhegdheero, yaa ku daawaan?* Bruxa, bruxa, quem vai admirá-la?".

Dhegdheer era uma mulher estranha, vaidosa, com membros curtos e roliços, sempre untada de óleo da cabeça aos pés, com as sobrancelhas pesadamente desenhadas com *khol*, uma verruga grande e cabeluda na bochecha mesclando-se a um vistoso bigode, e pés pequenos e inchados que se apertavam em sapatos que Ambaro jamais poderia comprar. Às vezes, Dhegdheer aparecia no telhado olhando para eles sem um motivo particular, marcando seu território. Quando ela voltava para baixo, Jama copiava seu gingado característico e seus olhos apertados com perfeição. "Vai se comer, bruxa!", ele gritava, quando ela já não podia mais ouvir.

— A única coisa em que aquela mulher é boa é procriar, ela deve ter uma estrada entre as pernas, dá à luz ninhadas de dois e três como se fosse uma cadela de rua — dizia Ambaro. E estava certa: Jama tinha contado oito filhos, mas atrás de cada porta parecia haver mais, dormindo ou chorando.

Os meninos Islaweyne mais velhos iam para a escola e conversavam em árabe, até mesmo em casa. Jama aprendera um árabe grosseiro das ruas, do qual eles zombavam, imitando sua gramática ruim e suas gírias com vozes baixas e imbecis. Embora ZamZam não fosse uma menina muito sedutora, Dhegdheer estava de olho em um dos somalis ricos que importavam gado de Berbera e queria que a filha parecesse uma flor delicada cultivada no local mais refinado.

Jama ouviu Dhegdheer reclamar ao marido que Ambaro e seu filho vadio baixavam a honra da família deles.

— Como podemos ser da primeira classe se temos pessoas como aquelas na nossa própria casa?

O sr. Islaweyne grunhiu e fez um sinal para que ela fosse embora, mas ficou claro para Jama que sua posição na casa era precária. Quanto mais tempo passava nas ruas para evitar Dhegdheer e seus filhos, mais as reclamações contra ele aumentavam.

— Kinsi diz que o viu roubar do *suq*.

— Khadar, da casa ao lado, diz que ele fica no *mukhbazar* Camelo brincando com fumantes de haxixe.

Jama brincava com os fumantes de haxixe, mas era porque não tinha irmãos, primos ou um pai para protegê-lo como as outras crianças. Ele sabia de sua impotência, então não discutia nem fazia inimigos. Recentemente fizera amizade com Shidane e Abdi, que eram gentis e generosos, mas amizades entre meninos de clãs diferentes tendiam a se formar e dissolver como constelações de novas estrelas forjadas no calor de Áden, nunca duradouras.

No apartamento, a guerra fria entre as duas mulheres começava a derreter e ferver no calor do verão. Ambaro, cansada e frustrada depois do trabalho, se tornara mais combativa. Usava a cozinha ao mesmo tempo que Dhegdheer, servia-se de mais farinha e manteiga *ghee*, pegava copos limpos em vez dos que eram reservados para eles e deixava a roupa lavada no varal por dias inteiros. Mesmo com Jama, ela era como uma chaleira assoviando com a fervura; um dia queria que ele fosse trabalhar, outro dia, que fosse para a escola, outro dia, que ficasse no teto, longe daqueles meninos do mercado, e outro dia ainda, não queria vê-lo nunca mais. Jama primeiro tentou confortá-la, massageando todos os nós no corpo dela com seus dedos vivos e entusiásticos, mas, logo, até seu toque a irritava e ele a deixava para passar as noites com Shidane e Abdi. Voltava depois de alguns dias para se lavar, comer um pouco e ver como a mãe estava, até que, uma noite, ele voltou e encontrou Ambaro e Dhegdheer na cozinha, os peitos quase tocando, dentes e unhas arreganhados, prontas para pular uma na outra. Do que ele entendeu pelos gritos de "puta nascida de putas" e "sirigaita", Dhegdheer estava mandando a mãe sair da cozinha e ela estava xingando de volta e mantendo sua posição, parecendo pronta para cuspir na cara de Dhegdheer. Jama agarrou os braços da mãe e tentou tirá-la dali. Os filhos de Dhegdheer, maiores e mais fortes que Jama, haviam entrado na cozinha, sem poder ignorar os gritos das mulheres. Ambaro e Dhegdheer agora se batiam, empurrando-se entre as panelas quentes. Jama tirou as panelas do fogo e as colocou fora de perigo. Ambaro era mais jovem, mais forte e lutava melhor que Dhegdheer, que ficava presa em casa, e empurrou a outra mulher para um canto, desafiando a sra. Islaweyne a tocar um dedo nela.

— *Soobax, soobax,* vem — provocou Ambaro.

O filho mais velho de Dhegdheer agarrou Ambaro e a jogou no chão.

— Pare de ser desavergonhada — ele guinchou, numa voz que quebrava.

Vendo a mãe no chão, Jama, sem pensar, pegou uma panela de sopa fervente e jogou o líquido quente na direção dos garotos. A sopa não alcançou o corpo deles, mas caiu sobre seus pés descalços. Dhegdheer ficou enlouquecida.

— *Hoogayey waan balanbalay,* meus meninos preciosos, *beerkay!* Meus próprios fígados — ela lamentou. — Que Alá o corte em pedaços, Jama, e o jogue para os cães selvagens!

Dhegdheer pegou uma longa faca de açougueiro e começou a afiá-la; enquanto Ambaro tentava arrancá-la das mãos dela, Jama correu por entre as pernas delas e escapou do apartamento.

Shidane e Abdi aplaudiram Jama quando ele lhes disse que nunca mais voltaria para a casa dos Islaweyne. Áden era um imenso e perigoso parquinho para os meninos do mercado, e Shidane conhecia todos os cantos, fendas, buracos e depósitos que formavam o mapa da cidade não vista. Juntos, podiam evitar meninos mais velhos que os roubariam ou bateriam neles.

Foi só quando se tornaram um bando que Jama percebeu que Abdi era quase surdo: ele colocava a orelha bem na frente da boca dele para compensar e segurava suas mãos enquanto ouvia. Enquanto estavam sentados no telhado deles, observando o sol poente transformar a água de tanques antigos em sóis nascentes,

Jama e Abdi se acomodaram debaixo de uma velha coberta. Shidane riu dos dois aconchegados, e eles riram de suas orelhas grandes.

— Não é de admirar que seu pobre tio seja tão surdo! Você recebeu orelhas suficientes para os dois! — disse Jama, pegando as orelhas de abano de Shidane.

— E quem é você para falar? — exclamou Shidane em resposta, apontando para os grandes dentes brancos de Jama. — Olha para essas presas em sua boca! Pode derrubar uma árvore com elas.

— Você queria ter dentes como os meus, orelhas de coelho, com um vão da sorte como esse entre meus dentes! Espere e veja como eu vou ficar rico, você morreria para ter os meus dentes, admita. Jama mostrou os dentes para que eles os invejassem.

Ambaro tinha passado dias segurando o fôlego quando Jama desaparecera. O sr. Islaweyne permitiu que ela se mudasse para um quartinho no apartamento enquanto Dhegdheer sentia uma satisfação secreta com o desaparecimento de Jama. Ambaro procurava o filho em vielas imundas e escuras tarde da noite; bem depois de seu turno de doze horas terminar, ela ainda procurava: ia para os locais que ele costumava frequentar, perguntava para outros meninos do mercado, mas não conseguia encontrá-lo. Ela não tinha amigas entre as mulheres do café e, diferentemente das outras mulheres somalis, cujos problemas jorravam da boca a cada oportunidade, sua angústia ficava presa dentro de si, sem alívio. Jama desaparecia com regularidade, mas Ambaro tinha um pressentimento terrível de que, desta vez, ele não voltaria. Sua filha Kahawaris começou a aparecer em seus sonhos, e ela odiava sonhar com os mortos.

Ao contrário de muitas mulheres somalis, que abandonavam meninos de quatro ou cinco anos nas ruas quando os pais sumiam, ela tinha cuidado de Jama o melhor que conseguira, e pensava dia e noite: *Como posso manter meu menininho em segurança? Como posso manter meu menininho em segurança?*

Jama era a única família que ela tinha ou queria; não tinha visto o resto desde que partira para Áden. Ambaro havia crescido sob os cuidados da tia depois que a mãe, Ubah, morrera de varíola. Izra'il, o anjo da morte, derrubara a porta de Ubah catorze vezes para dizimar sua legião de filhos, levando-os com diarreia, pequenos acidentes, fome, tosses que arruinaram pequenas caixas torácicas até que partissem. Ubah tinha um último filho vivo, uma menininha de coração partido e doente, que assombrava seu túmulo esperando que o dia do julgamento chegasse e devolvesse a mãe para ela. A varíola tinha passado sua mão bexiguenta no corpo de Ambaro, mas ela sobrevivera, portando as cicatrizes como prova da proteção fantasmagórica da mãe. Ao ficar mais velha, Ambaro se transformou em uma jovem esguia e silenciosa. A dor pela perda da mãe e dos irmãos e das irmãs a mantinha alheia aos outros membros da família, que a temiam e se preocupavam que o infortúnio a levasse a fazer alguma bruxaria maligna contra eles. Os olhos de Ambaro eram profundos demais, cheios de tristeza demais para serem confiáveis. Apenas Jinnow, a matriarca equilibrada da família polígama, demonstrava por ela qualquer afeição. Jinnow trouxera Ambaro ao mundo quando bebê, a nomeara e exigira que colocassem um véu sobre a crescente intimidade dela com o primo Guure. Guure, o órfão, vivia com sua tia idosa, e Ambaro o imaginava como uma alma semelhante, além de parente. Achava que apenas ele entenderia como era ser o intruso na família, ser chamado de "amaldiçoado" e "infeliz". Ela o observou por muito tempo até que ele a notasse, mas então ele começou a se esgueirar atrás dela quando ia ao poço ou pegava madeira para o fogo.

Quando Ambaro soube que seu pai e seus tios haviam rejeitado Guure em favor de outro homem, pediu que Jinnow enviasse um recado a ele para encontrá-la. Ela se enrolou na sua echarpe mais nova e escapou pela noite. Guure esperava debaixo da grande acácia como ela planejara, esbelto e sorridente, a pele brilhando sob o luar. Seu afro marrom formava uma auréola em torno da cabeça, e, com suas túnicas brancas luminosas, ela sentiu que estava fugindo com o arcanjo Jibreel. Ele trouxera uma trouxa de pano. Ajoelhou-se para abri-la e tirou uma romã e uma pulseira de ouro roubada da tia, passando-as para Ambaro e beijando as mãos dela enquanto ela as pegava. Então ele tirou um alaúde e a puxou para sentar-se ao lado dele, colocando o pano debaixo dela. Ele puxava as cordas devagar, com delicadeza, observando o sorriso tímido dela aumentar maliciosamente; então tocou com mais confiança, soltando uma melodia bucólica suave. Soava como a primavera, uma canção de ninar de amantes. Sentaram-se enlaçados até que a Lua e as estrelas fizeram a gentileza de enfraquecer e deixar os amantes secretos. Casaram-se no dia seguinte, em uma cerimônia testemunhada por estranhos e conduzida por um xeique rebelde que, rindo, colocou dois bodes no papel de guardiões masculinos da noiva. Voltaram para o acampamento familiar e para a admiração dos primos, mas os anciãos estavam furiosos e não deram nada ao jovem casal, que foi forçado a construir a própria *aqal* improvisada. Ambaro logo aprendeu que o marido era um sonhador empedernido, sempre preso na própria cabeça; era o rapaz a quem todos amavam, mas a quem ninguém confiava seus camelos. Guure não aceitava que sua juventude sem preocupações acabara; ainda queria perambular com os amigos, enquanto tudo o que Ambaro queria era uma família para si. Guure tocava o alaúde com toda sua paixão e atenção, mas era indiferente e incompetente com os detalhes práticos da vida; eles não tinham animais e dependiam da caridade de Jinnow. Em um piscar de olhos, Ambaro se tornou a juíza de Guure, sua supervisora, sua carcereira. Quando Jama chegou um ano depois, no décimo oitavo ano de Ambaro, ela esperou que isso forçasse Guure a começar a sustentar a família, mas, em vez disso, ele seguiu penteando o cabelo interminavelmente e tocando o alaúde, cantando sua música favorita para ela, "Ha I gabin oo I gooyn". De vez em quando, balançava o bebê nos dedos antes que Ambaro tirasse Jama dele. Ambaro levava uma faca e uma vara da árvore mágica *wagar* para proteger o filho dos perigos vistos e ocultos; era uma mãe feroz, militante, seu interior doce e brando completamente derretido. Amarrava o bebê às costas e aprendeu a tecer cestos de palha, fazer perfume, costurar cobertas, com a intenção de trocar aqueles itens por comida em assentamentos vizinhos. Mas não importava o que Ambaro fizesse: continuavam miseráveis, e ela era obrigada a fuçar o campo em busca de plantas e raízes comestíveis. Quando Guure começou a passar os dias mastigando *qat* com jovens dos quais pegou a Mania de Motores, Ambaro estava pronta para arrancar os cabelos. Ele a entediava com uma conversa obsessiva sobre carros e os homens do clã que tinham ido para o Sudão e feito muito dinheiro levando *ferengis* por aí. Parecia impossível para Ambaro, que jamais vira um carro na vida e não acreditava que fossem mais do que feitiçaria infantil de estrangeiros. Ela tentou desesperadamente extinguir aquela chama que ardia em Guure, mas, quanto mais o criticava e o ridicularizava, mais ele se aferrava ao seu sonho e se convencia de que deveria ir para o Sudão. A conversa dele roubava a esperança do coração dela e a fazia imaginar como ele poderia abandonar a família com tanta facilidade; ela chorava e ele a abraçava, mas ela sabia que só havia mágoa pela frente. Guure se aquietou quando uma filha chegou um ano depois de Jama, uma criança dourada e sorridente com olhos felizes que Ambaro batizou de Kahawaris, em homenagem ao brilho da luz antes do nascer do sol que anunciou o nascimento dela. Kahawaris se transformou na luz da vida deles, um bebê cuja beleza as outras mães invejavam e cujos risos ecoavam pelo acampamento. Jama havia se tornado um menininho falante, sempre acariciando a irmãzinha e abordando os adultos com perguntas enquanto carregava Kahawaris nas costas. Com os dois filhos arranhando-o, reclamando e chorando de fome toda noite, Guure prometeu que pegaria qualquer trabalho que lhe dessem, mesmo se significasse levar carcaças para o abatedouro. Ele começou a ajudar Ambaro com as tarefas, ignorando as troças dos amigos para pegar água do poço e tirar leite das cabras junto com as mulheres. A vida seguiu assim, suportável, até que, depois de um longo dia exaustivo, Ambaro soltou a filha das costas e a encontrou mole e sem vida. Ambaro gritou para Guure, ele pegou a criança dos braços dela e correu para Jinnow. A alma de Ambaro se esvaziou depois da morte de seu bebê. Ela chorava sob Sol e Lua, se recusava a se levantar, se alimentar ou dar de comer a Jama. Culpava Guure por fazê-la carregar um bebê novinho de vila a vila no calor e na poeira. Tinha medo por Jama e colocava constantemente o ouvido contra o coração dele para verificar se ainda batia, mas ele tinha florescido sem ela. Agora ela sentia que tinha fracassado com Kahawaris, que tinha sido uma mãe ruim para a linda criança. Guure lutava desesperadamente para cuidar deles, alimentava e banhava Jama, mas não sabia vender e trocar como Ambaro, então com frequência passavam fome ou mendigavam. O pai de Guure morrera antes que ele nascesse, então ele não tinha ideia do que um pai fazia ou não, apenas seguia em frente com culpa e medo de que Jama também fosse morrer. Finalmente, quando uma seca dizimou um terço dos camelos, ovelhas e cabras do clã, tudo se desintegrou, e as famílias se dissolveram conforme as pessoas buscavam a sobrevivência em cada estrada de terra.

Guure pegou o rosto de Ambaro nas mãos e disse:

— Escute, ou eu vou embora para ganhar dinheiro para a gente ou você vai. O que vai ser?

Ambaro afastou as mãos dele e ficou em silêncio.

Naquele mesmo dia, Guure saiu em uma viagem sem mapa e sem dinheiro para o Sudão. Foi a última vez que o viram, embora ouvissem histórias de suas andanças. Ambaro esperou e esperou por ele, sem saber se tinha morrido, enlouquecido, encontrado outra pessoa. A família dela exigiu que ela se divorciasse dele, os clérigos lhe disseram que ela tinha sido abandonada e estava livre, mas ainda assim ela esperou. Foi para Áden e suas fábricas esperando ganhar o suficiente para localizá-lo. Amaldiçoava seus admiradores e os mandava embora na esperança de que um dia Guure aparecesse no horizonte com seu alaúde preso nas costas.

Voltar para a casa dos Islaweyne era uma fruta amarga demais para Jama engolir; aquela mulher inchada, pomposa e suína tratava Jama e a mãe como moscas voando sobre seu prato de jantar cheio. Ele estava cansado de tornar seu pequeno corpo ainda menor para que aquela falsa rainha pudesse sentir que o ar no cômodo era reservado apenas para ela. Jama também se cansara da mãe, que não fazia nada além de lhe dar dor de cabeça. Viver ao ar livre lhe dera um instinto lupino de autopreservação; podia sentir o perigo nos pelos curtos da parte baixa da espinha e seu gosto no ar grosso e empoeirado. Ele pensava com o emaranhado de nervos primitivo e nodoso na base da espinha, como Adão – suas necessidades eram primais: encontrar comida, encontrar abrigo e evitar predadores. Dormir em telhados e ruas tinha transformado seu sono do cochilo contente de uma criança, segura em seu reino com a mãe de guarda, em uma inconsciência agitada, semidesperta, consciente de vozes misteriosas e passos alarmantes. Seu lugar predileto para dormir era a reentrância com cheiro de terra de um telhado em um bloco de apartamentos oscilante. A reentrância era formada por uma parede de barro que se curvava para formar uma tumba de três paredes, e dentro dela Jama sentia-se seguro como os mortos, neste mundo, mas não parte dele, flutuando alto no céu. Ao amanhecer, ele despertava e observava os pequenos insetos com suas vidinhas atarefadas, correndo pela parede com tanta presunção, rastejando sobre seus dedos e seu rosto como se ele fosse apenas uma rocha no caminho. Sentia-se tão pequeno no mundo quanto eles, mas mais vulnerável, mais sozinho que as formigas com seus exércitos ou as baratas com suas cascas duras e asas escondidas. Mas naquela noite ele voltaria para o novo bloco de apartamentos em que vinha dormindo com Shidane e Abdi. Dias, semanas e meses vieram e se foram, mas Jama raramente sabia onde iria comer ou dormir a cada noite; não havia ordem em sua vida. Era fácil imaginar-se ficando velho e fraco naquelas ruas cruéis e, por fim, sendo encontrado, como outros meninos do mercado que vira, frio e duro na sarjeta, sendo levado por uma carreta puxada por um burro para uma cova de indigente sem nome fora da cidade antes que cães vadios o transformassem em refeição. Entrando no prédio, Jama deu boa-noite ao zelador de olhos sonolentos e foi para o telhado, sentindo um vazio no peito pela vontade de estar com uma mãe cuja companhia achava muito difícil suportar. Ao chegar ao teto, viu seu vazio interior igualado ao silêncio completo. Abdi e Shidane não estavam ali. A solidão que Jama sentia entrou ainda mais fundo em sua alma; ele precisava do pequeno corpo quente de Abdi para se aconchegar, o nariz molhado dele enterrado no pescoço de Jama. Pisou no peitoril e olhou para as estrelas impassíveis e a Lua ainda cheia e indiferente.

Ficou ali, desfrutando da grande altura a poucos centímetros de seus pés, e gritou com toda a força dos pulmões:

— Guure Naaleyeh Mohamed, onde está você? Venha encontrar seu filho!

Sua voz ecoou nos prédios e flutuou para o mar.

Shidane liderava seu bando nas ruas da parte árabe de Áden, Ma'alla, contando ao pequeno tio e a Jama os acontecimentos locais, passando as informações que tinha captado em seu trabalho como garoto de recados. Homens e mulheres se moviam por trás de cortinas como marionetes indianos espasmódicos, as vidas emolduradas por janelas e iluminadas pelos postes enquanto os meninos os observavam da rua ao crepúsculo.

— A mulher naquela casa na verdade é um eunuco, eu o vi tirar seu *sharshuf*, e, debaixo, ele tem um porrete gigante, pelos sobre os braços e os pés, uf! Ele parecia um lutador, *wallaahi*, juro.

Jama lançou um olhar incrédulo para Shidane e o empurrou. Rosas extravagantemente vermelhas do tamanho do rosto de Jama pendiam sobre os muros exteriores das casas, enchendo o ar com seu aroma doce de melado. Jama arrancou uma do cabo, acariciando as pétalas, que pareciam ter a penugem das asas de uma borboleta, e a agitou em um círculo na brisa do anoitecer, atraindo um balé de insetos que seguiam com urgência a fragrância deixada pelo arco.

— E aquele homem ali, está vendo? Com turbante? Vive entrando e saindo da cadeia, todos os dentes dele são de ouro, ele é um contrabandista de diamantes, consegue tirar os dentes e esconder diamantes dentro, eu o vi fazer isso à noite pela janela.

Abdi, com uma expressão extasiada, exclamou:

— *Inshallah* eu seja um contrabandista de diamantes quando crescer, é ainda melhor que ser contrabandista de pérolas. Eu compraria sapatos pontudos pretos e brilhantes como os homens ricos usam e compraria uma casa para *hooyo* e mais ouro do que ela conseguiria usar.

Em silêncio, os três meninos olharam para os pés nus, calçados apenas de areia e terra.

— Sabe o que eu compraria? — perguntou Jama.

— Um carro? — respondeu Shidane.

— Não, um avião, assim poderia voar através das nuvens e descer para a terra sempre que quisesse ver um lugar novo. Meca, China, eu iria ainda mais longe que Damasco e Ardiwaliya, só iria e viria como quisesse.

— Alá! São obra de *Shayddaan*! Ninguém conseguiria me enfiar em uma daquelas coisas — bufou Shidane. — Minha mãe diz que eles são *haram*, que Deus só quis que anjos, insetos e pássaros voassem, não é de espantar que peguem fogo. Daí, quando você morre, seu corpo se transforma em cinzas, então não pode nem ter um enterro decente, e você vai direto para o inferno. É bem-feito para os *ferengis*.

A rosa arrancada da roseira murchou no calor abafado, e Jama arrancou pétala por pétala.

— Ei, lembra daquele vendedor de flores para quem trabalhamos no último Ramadã?

— Aquele cabeça de merda, como poderíamos esquecer dele? Ainda estamos esperando nosso pagamento. Não podemos todos bater os cílios para as mulheres como você, Jama. As velhas bruxas abriam a porta, me olhavam e a batiam de novo na minha cara. Ele ainda me deve pelas poucas flores que consegui vender — disse Shidane.

Jama ergueu o dedo à boca.

— Fique quieto e escute, Shidane. Ouvi que ele agora é um marinheiro e ganhou o suficiente em uma viagem pra casar com duas mulheres e comprar uma casa grande em Sana'a.

— Duas mulheres! — exclamou Shidane com um assovio. — Aquele pecador horrível! Duvido que ele consiga convencer um velho babuíno cego a se casar com ele.

Abdi riu com a língua cruel do sobrinho. O rosto dele normalmente tinha uma expressão grave, contemplativa, mas então, com um lampejo nos olhos, um sorriso a abria, revelando dentes que tropeçavam uns nos outros. Um sorriso torto feito de centenas de dentes quebrados.

Jama tinha gostado de carregar as grandes cestas cheias de jasmins, plumérias e hibiscos de porta em porta no crepúsculo fresco e silencioso, sorrindo para as belas esposas e filhas dos homens ricos nos bairros ricos. À noite, sua pele e seu sarongue ficavam infundidos com um cheiro intoxicante de vida e beleza. Ele voltava para casa e decorava o cabelo negro da mãe com flores vermelhas, cor-de-rosa e roxas.

Conforme os três meninos desciam a rua, uma algazarra quebrou o silêncio da vizinhança. Os berros de uma mulher subiam além da gritaria geral, e Jama olhou para os outros dois com nervosismo. Uma mulher pequena, de meia-idade, dobrou uma esquina, correndo descalça por eles com a frente do vestido rasgada, revelando um sutiã velho cinza, e o rosto contorcido em terror abjeto.

Ela era perseguida por um grupo de homens mais velhos, um deles com uma faca, outro com uma vara grossa. Eles uivavam atrás dela:

— *Ya sharmuta*! Adúltera! Trouxe vergonha para nossa rua! Vamos pegar você, por Deus!

Atrás deles vinha um grupo de crianças maltrapilhas, algumas chorando, algumas rindo e incentivando-os. Aquela tempestade humana envolveu Jama e então sumiu com a mesma rapidez. Ele ficou imóvel, atônito com o que vira, a cabeça ainda virada na direção do bando de linchadores.

— Vamos atrás deles! — gritou Shidane, e eles correram atrás da multidão.

— Para que lado eles foram? — perguntou Jama, tentando localizar para onde a comoção tinha ido.

Os gritos eram ensurdecedores quando os meninos chegaram à viela suja onde a mulher fora encurralada. Seus filhos agarravam-se a ela, uma menininha que uivava e tremia, segurando a mãe pela cintura, e um adolescente que tentava desesperadamente manter o corpo esguio entre a mãe e o homem que segurava a faca. Shidane se embrenhou na multidão até a mulher, a faca congelada no ar sobre as cabeças.

— Solta ela! — ele gritou. — Solta ela, filho da puta!

Jama viu o homem com a vara bater nas costas de Shidane com ela; o outro brutamontes o segurou para trás enquanto o velho xingava e investia contra o menino.

— Saia daqui! *Ya abid*, escravo! — ele gritou.

A multidão de crianças empolgadas se movia em torno de Jama, os olhos arregalados de terror e alegria com a cena; um menino insistia em subir nas costas de Jama para ver melhor, mas ele o jogou no chão. Abdi pendia do braço do homem com a vara. Jama, preocupado que Abdi pudesse apanhar, foi até o homem da faca e cravou os dentes no braço dele. Mordeu cada vez mais forte até que a faca caiu no chão. Shidane pegou o objeto e arrastou Jama e Abdi para longe. Eles fugiram pela noite, a adaga enfiada no *ma'awis* de Shidane.

No dia seguinte, os meninos rondaram o restaurante ao ar livre de Cowasjee Dinshaw e Filhos como um bando de hienas famintas. Colocaram-se à direita, esquerda e frente dos comensais cosmopolitas sentados, que pediam travessas cheias de arroz com frango, espaguete com carne de cordeiro moída e ensopado com grandes pedaços de pão. O tilintar dos copos cheios e a conversa subiam pelo ar junto com os arabescos tênues de fumaça de cigarro. Jama limpou a saliva da boca e fez contato visual com Shidane, que estava atrás da mesa de um comerciante *banyali* de terno e sua companheira elegante envolta em um sari, a carne suculenta espiando debaixo do *choli* fúcsia. Os meninos mal tinham comido ou bebido qualquer coisa nos últimos dias e precisavam segurar o desejo de derrubar os garçons e arrancar as travessas fumegantes das mãos deles. Um garçom pegou o guardanapo branco pendurado no braço e deu uns petelecos na parte traseira das pernas de Abdi.

— *Yallah! Yallah abid!* Deixe os nossos fregueses em paz — gritou.

Os meninos se afastaram do restaurante e se reuniram nas palmeiras que ladeavam a via. A fome era a motivação principal da vida deles, estivessem procurando juntos ou sozinhos. Abdi fez um gesto na direção do casal indiano que ia acertar a conta. Jama e Shidane correram para a mesa e, em um movimento desesperado, despejaram os restos de dois pratos de espaguete nos sarongues, que haviam puxado para servir de tigelas. Abdi recolheu todo o pão e correu atrás de Jama e Shidane pela via. Pararam no momento em que perceberam que não estavam sendo caçados e caíram na rua com as costas contra um muro. Enfiaram a comida na boca como se nunca mais fossem comer, silenciosamente e com a atenção fixa na parca refeição que tinham nos colos. Abdi tentou pegar espaguete do colo de Jama e Shidane, mas teve de driblar os dedos deles, que se moviam freneticamente. Eles, por sua vez, pegaram o pão em suas mãos, e só quando ele gritou desesperado é que desaceleraram e permitiram que pegasse sua parte do butim. Jama e Shidane limparam os dedos engordurados na areia debaixo deles e observaram enquanto Abdi letargicamente terminava de comer as migalhas espalhadas. Os olhos de Jama observaram os dois garotos, com suas costelas protuberantes e seus tornozelos e punhos finos como palitos de fósforo.

— Abdi, por que você come como uma galinha? Sempre fica com as migalhas, precisa ser rápido!

— Bem, eu comeria mais se vocês, porcos, não engolissem tudo antes que eu pudesse sentar — respondeu Abdi, emburrado.

Envergonhados, Jama e Shidane riram, mas não olharam nos olhos um do outro.

— Quero ver minha *hooyo* de novo — disse Abdi, com tristeza. — Acho que ela está doente.

— Não se preocupe, vamos amanhã. Logo vamos poder voltar para Berbera de qualquer jeito, os *dhows* já estão indo para a Somalilândia. Mal posso esperar para a feira deste ano, café de Harar, açafrão, presas, penas de nossos grandes Isse Muuse, Garhajis com penas, mirra, goma, ovelhas, gado, *ghee*, e os Warsangelis com seu maldito olíbano. E todos aqueles árabes e indianos para roubar antes do nosso mergulho matinal. Não vem com a gente, Jama? — perguntou Shidane.

— Não, vou ficar aqui, na cidade grande. Não tenho por que voltar — mentiu Jama.

Shidane o olhou, um sorriso esticando a boca.

— Onde está seu pai, afinal? Por que ele fugiu? Foi você ou sua mãe que o irritou?

— Cale a boca, Shidane — respondeu Jama, seco.

Shidane cutucava as pessoas como cutucava as feridas, tentando desesperadamente chegar à polpa vermelha abaixo. Jama o odiava quando ele fazia isso. A mãe de Shidane era uma prostituta em um bordel do porto, mas ele jamais ousava retribuir os insultos. Os meninos nunca levavam Jama quando iam visitar a mãe de Shidane, mas Jama os seguira um dia e observara de trás de um poste como Shidane e Abdi abraçavam uma mulher pequena vestindo uma camisa *ferengi*, o cabelo ruivo voando na brisa. Ela estava cercada pelas mulheres de vida dura do porto, que bebiam, mascavam tabaco e *qat* e atraíam marinheiros chacoalhando pandeiros e dançando. A mãe de Shidane parecia uma noiva perdida, com seus lábios vermelhos, olhos pintados de *khol* e joias de cobre, mas, atrás da maquiagem, havia um rosto que perdera toda a inocência, inchado e amarelado de bebida.

O pai de Shidane fora morto por uma bomba britânica remanescente da campanha de anos antes contra o Mulá Maluco, e a raiva que aquilo fez brotar em Shidane às vezes fazia seu humor arder com a força do magnésio. Ele procurava brigas e era pulverizado; Jama e Abdi então se aninhavam em torno dele, com cautela, enquanto ele ofegava e os xingava por terem sido covardes, estúpidos, patéticos, os olhos vermelhos pelas lágrimas represadas. Jama e Abdi amavam Shidane, então toleravam a boca suja dele, suas exigências impossíveis, sua crueldade; ele era charmoso demais para que guardassem rancor. Seus olhos gigantescos podiam ser tão sinceros e cheios de compaixão que nunca conseguiam ficar bravos com ele por muito tempo. Sem Shidane e Abdi, os dias de Jama seriam longos, solitários e quase silenciosos; os dois se insinuaram no fundo de seu coração, e Jama fantasiava que eles eram irmãos. A única vez que se separavam agora era quando Shidane e Abdi iam para Steamer Point para mergulhar atrás de centavos. Navios de cruzeiro a caminho da Índia ou do Extremo Oriente paravam em Áden, e os passageiros ociosos jogavam moedas na água para ver os meninos *gali gali* arriscarem a vida para recolhê-las. Jama ocasionalmente observava os dois, Shidane perigosamente esguio e elegante, Abdi sempre lutando com a boca cheia de água salgada. Depois de horas no mar, eles voltavam para a praia com as bochechas cheias de moedas e as cuspiam aos pés de Jama; era mendigar, mas eles faziam parecer bonito.

Instigados por Shidane, o bando às vezes saía procurando confusão. Crianças indianas, judias e iemenitas moravam todas com os pais, não importava o quanto fossem pobres. Eram apenas as crianças somalis que corriam por aí ferozes, dormindo em todo e qualquer lugar. Muitos meninos somalis eram filhos de mães solteiras que trabalhavam nas fábricas de café e ficavam cansadas demais depois de doze horas de labuta para caçar meninos famintos e incontroláveis. Os pais iam e vinham regularmente, ganhando e perdendo dinheiro com o comércio das monções. Sem surras parentais a temer, os meninos somalis viam as outras crianças como bem alimentadas e fracas o suficiente para serem atormentadas em segurança. Jama, Shidane e Abdi gostavam de rondar pelo Suq al-Yahud e a área de *Banyali*, assim como a velha Áden. Naquele dia, penetraram no quarteirão judaico, andando sob roupas lavadas que balançavam, cruzando as vielas e procurando meninos da sua idade para lutar. Os meninos judeus pareciam muito empertigados e respeitáveis em comparação a eles, elegantes com os pequenos quipás equilibrados nas cabeças e livros debaixo dos braços enquanto voltavam da *yeshiva*.

Shidane pegou uma pedra e a arremessou contra um deles.

— Ei, *yahudi*, eles ensinam isso na sua escola? — perguntou, com a inveja secreta dos iletrados.

Abdi e Jama, embora hesitantes, pegaram pedras menores e também as jogaram.

Os meninos judeus fizeram uma pilha com os livros.

— *Punkahwallahs* somalis, seus pais são *punkahwallahs* somalis imundos — gritaram os garotos e começaram a bombardear de volta os meninos somalis.

A adrenalina corria dos dois lados, e logo insultos vis em árabe contra as mães uns dos outros eram trocados junto com as pedras. Jama contribuiu com os poucos insultos hebraicos que conhecia, que aprendera com Abraham, um menino com quem costumava vender flores:

— *Ben Zona! Ben Kelev!*

Os meninos judeus tinham suor escorrendo das têmporas para os cachos e descendo pelas costas das túnicas. Jama e Shidane gargalhavam ao evitar as pedras afiadas, empurrando Abdi para fora do caminho quando uma era mirada nele. Ouvindo a comoção e as obscenidades, as matronas judias saíram nas sacadas para intimidar seus pestinhas. Foram ignoradas até que uma mulher pragmática foi para dentro e voltou com uma bacia grande, derramando metade da água suja nos intrusos somalis e despejando o resto nos Filhos de Israel que desrespeitavam o sabá. Todos os meninos fugiram; Jama, Shidane e Abdi correram juntos, passando por lojas de tecidos que fechavam para o sabá.

Abdi afanou um colete preto que estava pendurado em um prego e eles correram ainda mais rápido, o butim segurado no alto enquanto um homem forte, de barba, os perseguia.

— É sabá, você não deveria correr! — gritou Jama sobre o ombro, e Shidane e Abdi gargalharam com sua espirituosidade.

O homem bufou e ofegou atrás deles, mas por fim desistiu, xingando-os em hebraico.

— Você não deveria xingar no sabá também! — gritou Jama em despedida, enquanto saíam correndo da vizinhança.

O *mukhbazar* Camelo era uma pequena espelunca caiada que servia pratos de macarrão e arroz para migrantes somalis. Havia algumas mesinhas redondas no interior, e cestos somalis pendiam nas paredes, em uma tentativa de decoração. A maior parte dos fregueses preferia ficar de pé ou sentar-se lá fora em grupos barulhentos, com pratos de metal equilibrados nas mãos. O *mukhbazar* Camelo se tornara um ponto de encontro para todos os somalis que chegavam à praia do Iêmen procurando trabalho. Mercadores, criminosos, cules, barqueiros, sapateiros, policiais, todos iam para lá fazer a refeição da noite. Com frequência, Jama ficava perto da entrada esperando ver o pai ou ao menos alguém que soubesse dele. Não sabia qual era a cara do pai; a mãe raramente falava sobre ele. No entanto, sempre sentira que, se um dia tivesse a chance de captar o seu olhar, vê-lo se mexer ou falar, iria reconhecê-lo imediatamente entre os homens desalinhados com cabeças raspadas e o reivindicaria como seu.

Em um dia ventoso, em que as pernas e os pés de Jama eram golpeados por detritos que voavam, ele se juntou a um grupo de homens reunidos em volta de Ismail, o dono do *mukhbazar*. Os somalis fluíam rua abaixo, para a consternação de condutores de burros e cules, que se esforçavam para passar com as cargas pesadas. Jama os ouviu xingando baixo os somalis – "os filhos da puta deviam voltar para a terra do me-dá-alguma-coisa", disse um *hammal* – e resistiu à tentação de contar aos homens o que o árabe ousara dizer. Ele se enfiou na multidão até alcançar o ombro de Ismail, que lia um jornal em árabe.

— Itália declara guerra contra a Abissínia, Haile Selassie apela à Liga das Nações — ele traduziu.

— Para o inferno com aquele demônio amaldiçoado! — gritou um homem do grupo.

— Americanos de cor recolhem dinheiro em igrejas, mas o resto do mundo desvia o olhar — continuou Ismail.

— Ótimo! Eles também desviaram os olhos quando os abissínios roubaram Ogaden; se podem tomar nossa terra ancestral, então deixe que os *ferengis* tomem as deles — gritou outro.

— *Runta*! Não é verdade! Olhe para esse menininho. — Ismail subitamente ergueu a cabeça do jornal e apontou um dedo raivoso para Jama. — Selassie não é maior que ele, no entanto tem a cara de pau de se chamar de rei, um imperador ainda por cima! Eu o conheci em Harar, quando ele estava sempre correndo para os agiotas a fim de pagar por alguma obra do demônio que vira com os *ferengis*. Aposto que precisa ser erguido pelos criados para conseguir se aliviar no penico novo francês.

Jama recuou, com o dedo ainda apontado para ele, enquanto Ismail voltava a ler.

— Os italianos juntaram um exército de mais de um milhão de soldados e estão estocando armas de capacidade letal. — Ismail parou e retorceu o rosto. — Um milhão? Quem precisa de um milhão de algo para fazer um trabalho? Essa guerra parece o começo de alguma coisa muito estúpida.

Ismail amassou o jornal com impaciência, limpando a tinta dos dedos com um lenço, e voltou para dentro de seu *mukhbazar*.

Jama escutava a conversa dos homens sobre a guerra; os nomes das cidades estratégicas, dos nobres desleais e dos clãs somalis que decidiram lutar com Selassie eram falados sobre sua cabeça. Ismail se inclinou para fora da janela da cozinha e assoviou para ele:

— Entre e faça algo de útil, menino!

Dois cozinheiros trabalhavam na cozinha: um somali careca e amarelado cozinhava o arroz e o macarrão, e outro homem mais alto fazia panelões de molho multiuso.

Ismail borboleteava por ali, movendo pratos sujos para a bacia no chão.

— Venha aqui, menino, e lave esses pratos, lave bem e terá um emprego.

Os olhos de Jama se arregalaram de felicidade com a perspectiva de dinheiro regular, e ele correu para a pirâmide de pratos como se fosse uma mina de ouro recém-encontrada. A água quente escaldou seus braços, mas ele esfregou e enxaguou as panelas pesadas e os potes sem reclamar. Ismail ficou atrás dele observando o trabalho, mas logo saiu para falar com novos fregueses. Em poucos minutos, a pirâmide suja se transformara em uma exibição de pratos brilhantes que pareciam quase novos. Jama se virou com um ar exultante, mas os dois cozinheiros não estavam interessados em suas conquistas. Ismail voltou para a cozinha e, depois de dar uma olhada em seus pratos rejuvenescidos, disse:

— Volte amanhã, Jama, pode começar às sete. Há um prato de arroz esperando você lá dentro.

Jama passou correndo, e Ismail deu um tapa em sua nuca. Uma grande travessa de arroz fumegante e ensopado estava colocada sobre uma mesa, e ele parou para sentir o aroma delicioso e se maravilhar com toda aquela comida, que era só sua. Comer devagar era um luxo que raramente se permitia, mas ele mastigou o cordeiro com calma, removendo toda a carne dos ossos e sugando o tutano. Lambeu o prato até ficar limpo e então sentou-se, o estômago estufado contra o sarongue preso com nós. Mas não conseguia ficar quieto, empolgado demais com aquela sorte inesperada. Assim que se sentiu capaz, saiu e foi cambaleando em direção à praia, onde esperava encontrar Shidane e Abdi. Jama riu com a memória de roubar do *mukhbazar* Camelo; a ideia de Shidane era amarrar uma tâmara fresca em uma vareta e usar a engenhoca para pegar *paisas* deixadas nas mesas para os garçons. Jama era o melhor em passar casualmente, de modo inocente, e pegar as moedas com a vara. Quando finalmente foram flagrados, se transferiram para o quarteirão *banyali*. Shidane jogava um osso dentro das lojas dos hindus vegetarianos, e Jama se oferecia para removê-lo por um preço.

Shidane e Abdi chutavam a arrebentação. O colete que Abdi roubara parecia ridículo pendendo em seus ombros ossudos, e Jama começou a rir ao vê-lo usando roupas de judeu gordo. Saltou sobre os ombros de Shidane; o garoto o chacoalhou e jogou para longe, irritado, e disse:

— Deixe-me em paz, seu burro.

Abdi olhava com tristeza para os dois, esfregando os olhos vermelhos e lacrimejantes, silenciosamente puxando o colete em torno das costelas para impedir que voasse com a brisa do mar. Shidane estava em um de seus ataques de mau-humor; encarou Jama, e suas narinas se alargaram, redondas, o rosto uma careta de pedra.

— Algo aconteceu com a mãe de Shidane — Abdi tentou explicar, mas Shidane o calou com um dedo severo sobre os lábios.

— Qual o problema, *walaalo*? Precisa de dinheiro? Acabei de ter um golpe de sorte.

— O quê? — perguntou Shidane, desconfiado.

— Arrumei um emprego. Começo amanhã no *mukhbazar* Camelo. Ismail quer que eu lave a louça a partir de agora.

— *Ya salam*! Vocês Eidegalle realmente sabem como cuidar uns dos outros, não é? — interrompeu Shidane.

— O que quer dizer com isso? — perguntou Jama, chocado.

— Bom, só parece estranho que você sempre ache trabalho e nunca pense em pedir pra nós também, só se importa com você mesmo.

— Ficou louco? — exclamou Jama.

— Não levante a voz para mim, *saqajaan*, me escutou? O que quer de nós, aliás?

— Pare, pare — pediu Abdi. — Deixe Jama em paz.

— O que está acontecendo com você, Shidane? Por que está agindo assim? Vou cuidar de você, pode ir comer lá quando quiser agora.

— Acha que precisamos de sua caridade, é? É isso? Acha que precisamos da caridade de um *saqajaan* filho da puta como você? — Cuspiu Shidane.

Jama congelou, Abdi congelou, as crianças brincando por perto congelaram, até Shidane congelou depois que essas palavras despeitadas saíram de sua boca. Jama sentiu o pulso batendo forte na

têmpora, na garganta, no peito, e um fiozinho de vergonha correndo por suas costas.

— Retire isso agora, Shidane — ameaçou Jama.

— Venha me obrigar.

Só havia uma maneira de manter a dignidade depois do insulto
de Shidane, e Jama levantou os punhos e atacou. Uma multidão de
meninos se aproximou deles emitindo um grito selvagem por sangue. Jama batia os punhos sem jeito no rosto macio de Shidane e
se desvencilhava das tentativas de Abdi de separá-los; sem querer
assistir aos amigos machucando um ao outro, Abdi preferia levar
os golpes ele mesmo. Jama prendeu Shidane na areia e viu entre os
joelhos o rosto que havia procurado em multidões, o corpo ao lado
do qual dormira por meses; era como se o mundo tivesse virado de
cabeça para baixo. Jama não conseguia olhar nos olhos de Shidane
enquanto lutavam; um Jama de sombra estava parado ao lado e
franzia a testa para a dor que ele infligia ao velho amigo. Abdi,
incapaz de interromper aquele cataclismo, desistiu de bancar o
apaziguador e saiu em defesa do sobrinho, puxando o cabelo de
Jama e debilmente tentando tirá-lo de cima de Shidane. Jama se
virou e socou Abdi com força na boca. Vendo aquilo, Shidane tirou
sua adaga troféu do sarongue e a enfiou fundo no braço de Jama.
Jama se afastou enquanto Shidane avançava para outra facada, mas
foi preso pela mão. Sangue vermelho caía na areia e era lambido
pela água. Jama se levantou zonzo de cima de Shidane e apertou
o braço ensanguentado. Lágrimas ardiam atrás de seus olhos, mas
ele os manteve duros e focados em Shidane.

— Inveja de mim, você só tem inveja de mim, porque é um
mendigo do mar, mergulhando por centavos que os *ferengi* jogam
para você, e sua *hooyo* abre as pernas para eles! — gritou Jama.

Shidane agarrou Abdi, que uivava, em uma mão, e a adaga ensanguentada na outra.

— Nunca mais me deixe ver você de novo ou vou cortar sua garganta!

A multidão de crianças, que conhecia os combatentes, manteve uma distância respeitosa e notou a mudança nas alianças. Dali em diante, Jama estava verdadeiramente sozinho, um menino sem pai, irmãos, primos e até amigos, um lobo entre hienas. Ele se afastou furtivamente, com a intenção de andar e andar até se encontrar no fim do mundo. Queria escapar como o falso profeta Dhu Nawas, que entrara com seu cavalo branco nas ondas e cristas do Mar Vermelho e deixara o mar levá-lo para longe da dor e da infelicidade.

Jama aproximou-se do *mukhbazar* Camelo na manhã seguinte; tinha os olhos cavados e escuros e as costas doloridas, mas o pior de tudo era que a mão sangrava toda vez que tentava usá-la. Ele amarrara, em torno do braço, uma tira do sarongue, que parava o sangramento mas não conseguia deter o fluxo da mão. Tinha caminhado em torno do restaurante desde o amanhecer, observando as paredes brancas ficarem cada vez mais luminosas contra o tecido escuro do céu. Então viu Ismail andando com aquela ginga de camelo que fizera com que o povo batizasse seu *mukhbazar* daquele jeito.

— *Nabad*, Jama — gritou Ismail.

— *Nabad* — murmurou Jama, a mão atrás das costas.

— Tem um longo dia pela frente. Comece varrendo o chão e limpando as mesas e, quando o primeiro freguês tiver comido, comece com os pratos.

Jama assentiu e seguiu Ismail até o cômodo pintado de amarelo. Pegou uma velha vassoura encostada em um canto e começou a atacar as pilhas de areia que tinham entrado durante a noite pela porta rachada. Logo jatos de sangue saíam da mão, descendo pela terra de sua mão e pelo cabo da vassoura para formar poças vermelhas no chão de cimento branco. Ismail voltou e encontrou Jama tentando varrer o sangue e apenas manchando uma área maior.

— Ei, ei! O que está fazendo? Por que tem sangue no meu chão inteiro? — gritou Ismail, correndo até Jama. Ismail ergueu a mão dele e o fez ir para fora.

— Menino, por que sua mão está sangrando?

— Alguém me cortou ontem, estava só me protegendo, mas agora não quer parar.

— *Wahollah*, Jama, como quer trabalhar hoje quando há todas essas najas em sua mão, está lidando com a comida das pessoas, pelo amor de Deus! Vá para casa e volte quando tiver cicatrizado — exclamou Ismail.

— Não, está tudo bem, por favor, me deixe ficar com o emprego. Vai parar de sangrar a qualquer momento — implorou Jama, mas Ismail era um homem enjoadiço e fez uma cara de nojo enquanto o sangue escorria da mão de Jama sobre a dele.

— Jama, sinto muito, vou pensar em você se surgir outra vaga, vá e lave a mão pra não piorar — disse Ismail, soltando a mão da criança.

Ismail fuçou os bolsos da calça fina e cinzenta e tirou um lenço e uma nota amarrotada. Ele deu o dinheiro a Jama e limpou sua mão no lenço. Jogou fora o pano ensanguentado e voltou para o café, fechando a porta com firmeza atrás de si. Jama ficou imóvel, olhando inexpressivamente para o dinheiro sujo em sua mão.

Queria se distanciar de qualquer olhar maldoso, então se afastou do mercado e foi em direção ao porto. O sol estava começando a engrossar o ar, que se tornara uma névoa sufocante, e Jama assumiu os olhos caídos e a mandíbula frouxa dos vira-latas que viviam nos limites da cidade. Cada vez mais *ferengis* apareceram nas ruas; nos uniformes brancos engomados e chapéus de bico da

Marinha Real, eles ignoravam o menino e vagavam entre grupos, dividindo cigarros e fofocas. Os olhos de Jama pousaram em um marinheiro alto, de cabelos negros, que se despedia de um grupo de homens com um aceno; Jama inconscientemente o seguiu e foi atraído cada vez mais para dentro do fervilhante Steamer Point. Guindastes de aço imensos levantavam caixas gigantes até caminhões à espera. Camelos aterrorizados eram suspensos ao serem desembarcados dos navios, as pernas rigidamente estendidas como as de um compasso. Máquinas vomitavam uma fumaça quente e suja na atmosfera já claustrofóbica. Jama deixou a mente e os pés vaguearem naquela terra alienígena, uma terra cômica, estranha, tecnológica, tão diferente da própria parte antiga de Áden. Observar os trabalhadores, seu maquinário que girava e zumbia e os bens animados e inanimados fez Jama perder de vista a cabeça brilhante de obsidiana do marinheiro. Sentou-se em um pedaço degradado do muro e balançou as pernas sobre a beirada, equilibrando-se nas mãos, com uma altura assustadora abaixo dos pés. À distância, navios a vapor se dirigiam ao porto com toda a graça lenta das tartarugas. Jama tentava imaginar de onde vinham e para onde iam, mas não podia realmente acreditar nos reinos gelados e nas florestas verdes que as pessoas haviam descrito para ele. Os navios eram para Jama ao mesmo tempo monstruosos e magníficos, e ele tentava apreender cada detalhe deles conforme se aproximavam. Jama se perguntou quem poderia criar objetos tão colossais; seriam obra de gigantes, de demônios ou de Alá? A fumaça negra tórrida emanando de suas barrigas o assustava, e ele temia que aqueles navios de fogo fumegantes pudessem a qualquer hora irromper em conflagrações diabólicas. Era sobrenatural a maneira como desafiavam as leis da natureza; o mar engolia tudo que se jogava nele, então como aquelas cidades de ferro e aço flutuavam como se não fossem mais que botões de flores ou pássaros mortos? Jama ficava cada vez mais sedento enquanto olhava para o mar brilhante e sonhou que podia beber tudo aquilo e flutuar e brincar como um peixe naquele paraíso azul. Desceu do muro e foi procurar algo para beber em um dos cafés cheios do porto, o dinheiro grudado na mão suada e ensanguentada como um selo em um envelope. Esperou atrás das costas largas de um marinheiro no balcão; um homem árabe esguio corria entregando bebidas nas mesas. Quando chegou sua vez, Jama descobriu que o balcão era maior que ele, então ergueu a mão com o dinheiro e a abanou para o homem que servia:

— *Shaah* agora!

O garçom soltou um riso debochado, mas pegou o dinheiro e colocou um copo de chá aguado no balcão. Jama o pegou cuidadosamente e saiu com os lábios colados na beira do copo grudento, balançando o troco na outra mão.

Jama estava cansado de sempre ser o pedinte à porta das pessoas, mendigando restos de comida, restos de atenção, restos de amor. *Todos estão ocupados demais com as próprias vidas para pensar em mim*, murmurou para si mesmo enquanto andava para o Al-Madina Café. Ele queria dar o troco para Ambaro e recuperar as afeições dela. Dentro do armazém, as mulheres tinham mudado de posição, e novas garotas estavam sendo treinadas pelos *banyalis*. Uma adolescente trabalhava no lugar da mãe, e ele olhou para ela com desaprovação. Reconheceu a mulher gorda ao lado dela.

— Onde está minha mãe? — exigiu Jama.

— Como diachos eu vou saber? Pareço a guardadora dela? — retrucou a mulher, empurrando Jama para fora do seu caminho.

— Os *banyalis* disseram para ela ir embora?

A mulher colocou sua travessa de cascas de café no chão e decidiu dar a Jama exatamente dez segundos de seu tempo precioso.

— Ela ficou doente umas semanas atrás, não a vejo desde então. Ela nunca conversou com nenhuma de nós, então não sei para onde foi, mas não deveria ser eu a dizer essas coisas pra você, menino, ela é sua mãe, afinal de contas.

Jama arrastou os pés para fora do armazém, as sobrancelhas franzidas em concentração enquanto repassava as possibilidades. A mãe subitamente era a única pessoa que importava para ele. Esgueirar-se pelos gastos degraus cinzentos até o corredor escuro do apartamento dos Islaweyne encheu Jama de memórias desagradáveis. Ainda lhe parecia inacreditável que a mãe, uma mulher que o ensinara com tanta devoção sobre orgulho, respeito próprio e independência, pudesse se sujeitar à ditadura de uma gorda e sua família superalimentada. Jama encontrou o quarto vazio e esgueirou-se para o apartamento abaixo. Ambaro tinha sido movida para um cômodo abafado, como um closet, em que velhas malas se empilhavam contra uma parede, observando-a com suas bocas silenciosas de zíper. Estava deitada em uma esteira de palha; o lenço fino tinha caído e revelava grandes ondas negras de cabelo. A túnica estava aberta ao longo do torso, revelando um corpo murcho de fragilidade infantil. Um odor estranho o atingiu quando Jama se aproximou dela; ele viu uma bacia cheia de najas; catarro, coágulos de sangue, vômito, tudo talhando junto.

A mão de Ambaro estava jogada sobre a boca, mas ele ainda ouvia um gorgolejar horrível, e cada tomada de ar deixava o gorgolejo mais alto. Jama chegou mais perto da mãe e correu os olhos dos joelhos para os tornozelos dela, inchados com o mesmo fluido que afogava seus pulmões.

— Onde você esteve, Goode? — Arquejou Ambaro.

— Desculpe, *hooyo* — sussurrou Jama, enquanto ardia de tristeza, arrependimento e vergonha.

— Filho, me coloque perto da janela.

Jama escancarou a janela, pegou a mãe por baixo dos braços e a arrastou com toda a força; apoiou a cabeça dela no colo e acariciou seu rosto. As batidas do coração de Ambaro chacoalhavam todo o corpo dela, cada pulso freneticamente batendo nas costelas como se dentro dela houvesse uma borboleta que lutava para se livrar do casulo. Os lábios de Ambaro estavam de um vermelho profundo e alarmante, mas seu rosto era de um amarelo pálido. Jama nunca teria imaginado vê-la tão doente, tão destruída. As pálpebras de Ambaro estavam fechadas de dor, e Jama observou, com inveja, enquanto seus pulmões convulsivos tomavam toda a atenção dela. Ele a queria de volta, para gritar com ele, chamá-lo de filho da puta, levantar-se subitamente e jogar uma sandália nele. Jama colocou a cabeça da mãe gentilmente no chão e correu para fora do quarto.

— Tia! — gritou Jama. — Tia, *hooyo* precisa de um médico!

Ele correu por cada cômodo procurando por Dhegdheer, encontrando-a na cozinha.

— *Hooyo* precisa ver um médico, por favor, chame um, eu imploro.

— Jama, como você entrou? Que tipo de gente pensa que somos? Não há dinheiro para um médico, não há nada que ninguém possa fazer por sua mãe agora, ela está nas mãos de Deus.

Jama tirou o resto de seu pagamento e o agitou diante do rosto dela.

— Eu pago, pegue isso e eu ganho o resto depois, *wallaahi*, vou trabalhar para sempre!

Dhegdheer empurrou a mão dele.

— Você é um criança, Jama.

Ela virou as costas para ele e serviu uma concha de sopa.

— Aqui, leve isso para ela e não faça muito barulho, *inshallah* ela apenas precise de descanso.

Jama pegou a sopa, a cabeça pendendo até o peito, o coração pesado como chumbo, e voltou para a mãe. Pegou Ambaro nos braços e tentou colocar a sopa nos lábios dela. Ambaro desviou a cabeça.

— Não quero nada daquela vagabunda, ponha para lá, Goode.

Jama sentiu uma onda de poder correr por Ambaro. Ela virou o rosto para a janela e respirou profundamente, com facilidade.

— Olhe para aquelas estrelas, Goode, elas vigiam tudo.

O céu estava negro e luminoso como carvão, uma lua crescente intensamente branca pendendo sobre eles como uma foice recém-forjada, as estrelas voando como faíscas da fornalha do soldador.

— É outro mundo sobre nós; cada uma daquelas estrelas tem um poder e um significado em nossas vidas. Aquela nos diz quando cruzar as ovelhas; se aquela não aparecer, devemos esperar problemas; e a pequenininha nos leva ao mar. — Ambaro apontava para pontos anônimos a distância.

Jama via apenas um mar de solidão, uma expansão vazia e impossível de navegar sozinho.

— Aquelas estrelas são nossas amigas, zelaram por nossos ancestrais, viram todo tipo de sofrimento, mas a sua luz jamais se apaga, e elas vão zelar por você e por seus netos.

Ambaro sentiu as lágrimas de Jama caindo sobre ela e pegou a mão dele.

— Ouça, Goode, não estou deixando você. Vou viver em seu coração, em seu sangue; você fará algo de sua vida, eu lhe prometo. Me perdoe, meu bebê serpente, e não viva a vida que eu vivi, você merece coisa melhor.

— Eu quis deixar você feliz, *hooyo*, mas agora é tarde demais. — Jama chorou.

— Não é, não, Goode. Verei tudo o que você faz, o bom e o ruim, nada será escondido de mim.

Jama encostou o rosto na bochecha da mãe e esfregou a cara molhada na dela, esperando pegar o que ela tinha pegado, ir com ela para a próxima vida. Ambaro afastou o rosto dele.

— Pare com isso, Goode. Devo contar o que o *kaahin* disse ao seu pai? — ela perguntou, para tentar animá-lo. — Um grande *kaahin* um dia disse ao seu pai, quando ele era criança, que o filho dele, o filho de Guure Mohamed Naaleyeh, veria muito dinheiro passar por seus dedos, então sei, no meu coração, que você é um menino de destino, nasceu com a bênção das estrelas.

Ambaro tocou o rosto de Jama.

— Adivinhe o que seu pai disse ao *kaahin*? Ele perguntou: "O que é dinheiro?". Nenhum de nós tinha visto antes, mas agora sei que dinheiro é como água, vai lhe dar vida. Pegue o amuleto *kitab* do meu pescoço.

Jama começou a desfazer os grandes nós no cordão que segurava o amuleto sobre o peito de Ambaro; em um coração de papel dobrado, havia prece após prece. Era naquele coração que Ambaro mantinha sua esperança, não confiava mais no corpo. A escrita havia borrado e desbotado no papel fino pautado que o *wadaad* usara.

— Dentro do amuleto, coloquei cento e cinquenta e seis rupias, não quero que as use a não ser que precise muito, espere até crescer e saber o que quer fazer da vida.

Jama apertou o amuleto na palma da mão. Jamais vira uma rupia, muito menos centenas delas – seu mundo era de *ardis* perdidos na rua, *paisas* para comprar bolos velhos e *annas* ocasionais jogados para Abdi pelos passageiros dos navios.

— Vim guardando para você, Goode, me prometa que não vai desperdiçar e não conte para ninguém também, amarre no pescoço e esqueça-se delas.

Os pulmões inundados de Ambaro protestaram novamente contra a conversa e tomaram controle; o rosto dela se contorceu subitamente enquanto ela buscava ar. Jama não acreditava em uma palavra da profecia do velho *kaahin*; sabia que nenhum menino nascido para um destino especial veria a mãe se afogar num líquido estranho que saía de sua boca e seu nariz. Jama limpou o rosto da mãe em seus *ma'awis* e a segurou nos braços.

— Calma, *hooyo*, calma. — Ele a confortou, balançando-a gentilmente. A mãe se curvou como um feto, com as costas viradas para ele, e logo adormeceu.

Jama observou as costas dela subindo e descendo e agarrou um punhado da sua túnica, para se manter conectado. O tecido umedeceu em seu aperto nervoso; ela já escapava dele. Teria preferido que o cordão umbilical jamais tivesse sido cortado, e sim se estendido ilimitadamente como uma teia de aranha entre eles. Ele não pertencia a ninguém mais, por que Deus não podia apenas deixá-los juntos?

Os olhos de Jama ficaram abertos a noite toda, observando o quarto no breu em busca de qualquer figura que pudesse se materializar para levar a mãe embora. A escuridão estava viva com densidades mutantes, grumos de luz cinza que flutuavam lentamente ao longo do chão, massas negras peludas que estremeciam nos cantos. Os dedos de Jama finalmente afrouxaram o aperto na túnica de Ambaro e se estenderam até ela. O braço de Ambaro estava relaxado ao lado do corpo, os dedos pousados no quadril. Jama colocou a mão sobre a dela, e a sensação foi como a de uma daquelas conchas que davam na praia: fria, dura, macia, veias formando espirais supérfluas sob a pele dela. Tudo que era poderoso e vibrante nela havia sumido, só restava a máquina gasta de seu corpo, e a pequena vida que aquela máquina maravilhosa havia produzido foi deixada para sofrer por tudo que ela fora um dia.

HARGEISA, SOMALILÂNDIA, MARÇO DE 1936

O acompanhante finalmente soltou o antebraço de Jama, deixando a marca da palma suada na pele dele. As pernas de Jama tremiam após a longa viagem na parte traseira de um caminhão, e ele apertou as coxas com as mãos para firmá-las enquanto o homem de seu clã foi reabastecer o estoque de *qat*. Jama tinha aguentado o cuspe verde e o fedor ácido que vinha com os hábitos de seu acompanhante durante o dia e a noite que levaram para cruzar o Mar Vermelho e chegar a Hargeisa. O estômago gasoso e inchado de Jama pendia diante dele, que se perguntava por que aumentava cada vez mais quanto mais fome sentia. Seu estômago estivera relativamente quieto durante a viagem, mas por semanas depois do enterro ele se contraíra, doera, o fizera vomitar, lhe dera diarreia e também constipação, até que expeliu sangue e pequenos pedaços de carne endurecida. Uma mulher do clã de sua mãe o encontrara encolhido em uma viela, coberto de poeira e moscas. Levou apenas três dias para que uma rede de telefone humana de homens e mulheres do clã localizasse sua tia-avó e enviasse Jama para ela como uma entrega defeituosa. Em Áden, os Islaweyne pagaram pelo enterro de Ambaro, mas esperavam que Jama cuidasse de si mesmo. Separado de Shidane e Abdi, ele ficara com as crianças de rua mais imundas da cidade. Jama comera mal e irregularmente, às vezes pegando comida da terra e limpando casualmente antes de engolir em poucas bocadas sem gosto. Tornou-se briguento e barulhento, lutando com frequência com as outras crianças abandonadas. Para aplacar o demônio faminto em seu estômago, agitado e vociferante em seu caldeirão de saliva e ácido, Jama lutara com gatos e cães de rua por restos de ossos. Tentara ser corajoso, mas a tristeza e a solidão se infiltraram nele, torcendo suas entranhas e causando tremores. Jama sonhava com a mãe todas as noites: ela seguia uma caravana no deserto somali, e ele a seguia, gritando o seu nome, mas ela nunca se virava, e a distância entre eles crescia até que ela fosse apenas um ponto no horizonte.

Jama olhou em torno de si; a Somalilândia era amarela, intensamente amarela, um amarelo sujo com veios marrons e verdes. Um grupo de homens estava ao lado do rebanho de camelos enquanto o caminhão superaquecia, sua grelha de metal fazendo caretas debaixo de uma acácia. Não havia cheiro de comida, incenso ou dinheiro como havia em Áden, não havia fazendas ou jardins, mas havia uma doçura distinta no ar que ele respirava, algo revigorante, intoxicante. Aquele era seu país, aquele era o mesmo ar que seu pai e seus avôs tinham respirado, a mesma paisagem que conheceram. O calor fervilhava sobre o chão, fazendo com que a vegetação esparsa parecesse uma miragem que desapareceria se ele esticasse a mão. O vazio do deserto era purificante e ao mesmo tempo perturbador, depois da humanidade tumultuosa de Áden; desertos eram os locais de nascimento dos profetas, mas também os parques de diversões de *jinns* e criaturas que mudavam de forma. Ele ouvira da mãe que seu próprio bisavô Eddoy saíra do acampamento da família para as areias, sem dizer a ninguém para onde ia, e nunca mais foi visto. Eddoy se tornou um dos muitos encantados pelas mensagens mutantes deixadas entre as dunas. Embora aquelas histórias de pessoas perdendo a cabeça e desaparecendo apavorassem Jama, a mãe costumava provocá-lo, dizendo que não era ruim ter um *jinn* na família e que ele deveria chamar o bisavô se algum dia se perdesse. Seus antepassados foram adoradores do corvo e feiticeiros antes do tempo do profeta, e as pessoas ainda mantinham recordações do paganismo. Olíbano e mirra preciosos ainda ardiam nas mesmas urnas ornamentadas de argila branca; amuletos de couro preto pendiam nos pulsos gorduchos dos bebês. O amuleto da mãe estava apertado como uma forca em seu pescoço, as páginas sagradas encardidas e coladas juntas. Ele se deitou debaixo da acácia e abriu os braços. O céu o cobria como uma mortalha azul, e ele sentia-se refrescado pela cor de água sobre si; adivinhou o horário pela posição do Sol e decidiu descansar. Acordou, perturbado pelo som de duas vozes acima de sua cabeça, e, ao abrir os olhos, viu uma velha de pé sobre ele, alta como uma amazona. Ela se curvou para limpar a baba de seu rosto sonolento e o apertou contra o peito, enchendo o nariz dele com um cheiro de leite azedo. Lágrimas brotaram nos cantos dos olhos de Jama, mas ele as evitou com medo de envergonhar os dois. Jinnow pegou a mão dele e o levou embora, Jama flutuando da mão dela como uma linha que se soltara da pipa.

Era só a expansão do vazio ao redor que fazia Hargeisa parecer uma cidade, mas, diferentemente das casas desmontáveis do deserto, de palha e peles, as casas dali eram moradias de pedra branca proibitivas, utilitárias como colmeias. Grandes janelas com barras eram decoradas com desenhos simples, geométricos, e as casas mais ricas tinham pátios com primaveras e hibiscos roxos subindo pelas paredes. Para onde se olhasse havia portas fechadas e ruas vazias; todos os dramas da cidade eram desenvolvidos por figuras escondidas atrás de grandes muros e cortinas fechadas.

Por fim, a porta do complexo de moradias do avô abriu, e uma menina sorridente disse:

— Tia, é o Jama?

Mas Jinnow a tirou do caminho, ainda segurando Jama pelo braço com firmeza.

No pátio, mulheres se levantaram para olhar o menino mais de perto.

"É esse o órfão? É a cara do pai!", "*Miskiin*, que Alá lhe tenha misericórdia", gritaram.

A menina saltitava na frente de Jinnow, os olhos grandes constantemente voltando para Jama.

Jinnow chegou a seu quarto.

— Vá embora agora, Ayan — ela disse, enxotando a menina e puxando Jama atrás de si.

Uma grande *aqal* de nômade enchia o cômodo, um iglu feito de galhos e peles. Ela viu o olhar de surpresa de Jama e deu um tapinha no rosto dele.

— Eu sou uma verdadeira *bedu*, nunca consegui me acostumar a dormir debaixo de pedras, sentia que era uma tumba — ela disse. — Venha dormir e descansar, filho.

O interior da *aqal* era iluminado por tapetes coloridos de palha. Jama deitou-se obedientemente, mas não conseguia impedir os olhos de se moverem pelo entorno.

— Você se lembra de uma vez que ficou aqui com a sua mãe? Não, olha como minha mente está apodrecendo, como pode se lembrar, não conseguia nem sentar ainda — disse Jinnow.

Jama se lembrava de algo, do calor aconchegante, da luz passando por galhos entrelaçados, do cheiro terroso, estava tudo marcado em sua mente de uma vida passada. Observou Jinnow enquanto ela fuçava em volta, arrumando sua parafernália de velha senhora. Ela tinha as mesmas bochechas altas, os mesmos olhos oblíquos e o mesmo jeito de falar baixo e granuloso que Ambaro, e o coração de Jama afundou quando ele percebeu que a mãe jamais seria velha como Jinnow.

Depois de um sono agitado, Jama se aventurou no pátio; as mulheres seguiram com suas tarefas, mas podia ouvi-las sussurrar sobre ele. Correu na direção de uma árvore desfolhada crescendo perto do muro do complexo, trepou nos galhos esticados e sentou-se em uma forquilha no alto. Encostado no limiar, Jama flutuava sobre o teto e as copas das árvores, olhando como um anjo oculto para os homens de branco andando sem rumo de um lado para o outro de uma rua empoeirada. A árvore tinha uma bela casca marrom, suave e sarapintada com manchas escuras, como a pele da mãe, e ele encostou a cabeça no tronco fresco e sedoso. Descansou os olhos, mas, em momentos, sentiu pequenos mísseis que o acertavam; olhou para baixo e viu Ayan e dois menininhos rindo.

— Caiam fora! Caiam fora! — Jama sibilou. — Caiam fora daqui!

As crianças riram mais alto e chacoalharam a árvore, fazendo Jama balançar e perder a pegada em seu assento.

— Ei, bastardo, desça, desça da árvore e ache seu pai! — Eles cantavam, Ayan liderando com um olhar cruel e um sorriso banguela.

Jama balançou a perna para aquele sorriso, esperando afundar o resto dos dentes dela.

— Quem estão chamando de bastardo? Seus bostinhas, aposto que sabem tudo sobre bastardos com as putas das suas mães!

— Ei, Jinnow, venha pegar esse seu menino, que boca suja, você pensaria que é um Midgaan, não um Aji. Não é de espantar que foi jogado na rua — disse uma mulher de cara comprida.

Jinnow, perplexa e envergonhada, correu até Jama e o arrastou para baixo.

— Não faça isso, Jama! Não rebaixe o nome de sua mãe.

Ela apontou para seu quarto e Jama entrou, encabulado. Dentro da *aqal*, Jama chorou e chorou, por sua mãe, por ele mesmo, pelo pai perdido, por Shidane e Abdi, e isso soltou algo emaranhado em sua alma, e ele sentiu a tempestade abandonar sua mente.

Jinnow passava os dias cuidando das tamareiras, vendendo frutas no mercado perto do leito de rio seco que dividia a cidade ou tecendo esteiras intermináveis, enquanto Jama aparecia e desaparecia ao longo do dia. Como todos os homens tinham partido com os camelos, ele passava o dia nas ruas para evitar a conversa grosseira das mulheres do complexo, que o tratavam como uma mosca zumbindo pelo cômodo, enxotando-o quando queriam falar coisas sujas. Com rosto de um amarelo cruel devido às máscaras de beleza de cúrcuma, elas arrastavam umas às outras para os cantos, mãos em concha sobre a boca, e, em sussurros altos, languidamente assassinavam reputações, sacando sapatos em brigas com a mesma rapidez com que os caubóis sacavam armas.

Apertando os finos dedos marrons contra o muro do complexo, Ayan espiava e observava Jama tropeçar na rua. Ayan era a filha de uma das esposas mais jovens do complexo e vivia em um quarto menor, longe de Jinnow. Jama jogava pedras nela toda vez que a menina se aproximava dele, então agora ela se contentava em olhá-lo a distância, envesgando os olhos e batendo as pálpebras viradas para cima para ele. Como era uma menina, raramente tinha permissão para sair, e a má reputação de Jama no aglomerado e sua boca suja lentamente começaram a ganhar sua admiração. Ela esperava encará-lo até se tornarem amigos, mas ele tinha uma memória boa e ainda planejava uma vingança pela vez em que ela ousara chamá-lo de bastardo. Jama observava secretamente a rotina dela – que consistia em cumprir trabalhos domésticos, cuidar de crianças ou não fazer nada, com uma perna coçando a parte de trás da outra – e planejava a sua derrocada. A mãe de Ayan era uma mulher alta e rabugenta com um dente da frente faltando, uma terceira esposa negligenciada que batia nos filhos verbal e fisicamente. Na frente da mãe, Ayan era uma criança bem-comportada e trabalhadora, mas, em privado, era a líder da gangue e uma lutadora cruel. Sua trupe de crianças desalinhadas se reunia atrás dela depois da hora do almoço, então rondavam pelo complexo, pegando lagartos pelo rabo, espiando as crianças mais velhas e fuçando nos pertences delas. Se desafiadas, as crianças mais jovens fugiam, enquanto Ayan lutava com o alvo raivoso da intromissão deles. Arranhões e cortes formavam padrões na pele dela como as tatuagens de um guerreiro maori, o rosto jovem socado pelos punhos da mãe e dos primos até assumir uma forma adulta dentada. Jama não tinha posses para serem afanadas ou segredos para esconder, mas para Ayan ele representava um enigma, era um menino estranho e silencioso de uma terra estrangeira.

Jama às vezes via Ayan à noite, quando as mulheres se reuniam em torno da lamparina de parafina para contar histórias. Lendas sobre os horrores que algumas mulheres sofreram nas mãos de homens, sobre amantes secretos que algumas mantinham ou sobre Dhegdheer, que matava jovens mulheres e comia seus seios. Ayan era regularmente ridicularizada como "suja" e "perdida" pelas mulheres e crianças mais velhas por não ser circuncidada, e sua cabeça pendia envergonhada. Seus erros estúpidos eram recontados; uma vez, ela tentara abrir uma fechadura com o dedo e ficara presa.

— Eu achei que era assim que as pessoas abriam fechaduras! — Ayan lamentava.

— Bem-feito para você, isso foi a recompensa de Alá por ser xereta — regozijava-se a mãe dela.

As histórias favoritas de Jama eram sobre sua avó Ubah, que viajara sozinha até o distante deserto Ogaden para vender peles, incenso e outros luxos, apesar de ter um marido rico.

— Que mulher, Ubah era uma rainha e minha melhor amiga. — Jinnow suspirava.

Todas as contadoras de histórias afirmavam ter visto uma criatura que mudava de forma, nômades que à noite se transformavam em animais e procuravam presas humanas nas cidades, desaparecendo antes do nascer do dia e do primeiro chamado para a reza. Os olhos de Ayan formavam grandes círculos assustados na luz alaranjada, e Jama podia vê-la tentando se aninhar na mãe e sendo empurrada com irritação. Ele esperava que uma dessas criaturas que mudavam de forma levasse Ayan embora pela noite negra como breu em que as sombras entravam e saíam das vielas – vielas onde hienas andavam com bandos de cães selvagens, caçando juntos homens solitários, rasgando os tendões de seus calcanhares em fuga conforme tentavam correr para salvar suas vidas, seus gritos indefesos rasgando a noite reclusa.

A vida de Jama não era diferente da das cabras amarradas no complexo, que olhavam ao redor inexpressivamente enquanto mascavam cascas. Ele era apenas um monte de barro estúpido que ninguém queria moldar ou nele soprar vida; não era mandado para a escola, não era enviado com os camelos, apenas diziam "pegue isso" e "saia daqui!". As esposas faziam questão de trocar olhares ostensivos e trancar os quartos quando ele estava por perto; eram todas como a sra. Islaweyne em sua mesquinharia. O único conforto que encontrava era na *aqal* de Jinnow, à noite, quando permitia que ela o aconchegasse debaixo das cobertas finas e esperava que começasse a falar dos pais dele. Com os olhos bem fechados, ouvia Jinnow descrever como o pai tinha saltado uma noite no deserto e espantado com uma tocha as hienas que perseguiam os camelos da família, como a mãe fugira quando criança e chegara até o mar antes de ser trazida de volta. Jinnow se recordava deles em seus melhores dias, jovens e corajosos, antes que a fome, as decepções e as doenças os fizessem cair.

Ela recitava velhos *gabays* para fazê-lo rir:

— A vida neste mundo permite que um homem prospere enquanto outro afunda na obscuridade e é tornado ridículo; um homem passando pela influência maligna de Marte vermelho é mais fraco que uma ovelha recém-nascida socada no focinho.

Jinnow disse a Jama uma noite:

— Sei que já está enjoado de leite, você acha que já é um homem, mas não tenha pressa para isso, Jama, o mundo dos homens é cruel e inclemente. Não ouça aqueles tolos no pátio, você não é órfão, você tem um pai, um pai perfeitamente bom que vai retornar.

— Por que ele não voltou para me buscar, então? O que está esperando?

— Não seja assim, Jama, somos todos servos de nosso destino; ele virá quando puder. Com sorte, terá garantido uma boa vida para vocês dois em algum lugar.

— Qual o problema em ficar aqui? Aqui é nosso lugar.

— Seu pai tinha música demais na alma para esse tipo de vida; sua mãe também, mas ela se esforçou para afogá-la. A vida aqui é muito dura, todos ficam olhando para o horizonte, mas um dia *inshallah* você também verá como o mundo é grande.

— Mas onde está meu pai?

— Longe, muito longe, em uma cidade chamada Gederaf, no Sudão, depois de Ogaden, depois do Djibouti, a muitos meses de caminhada, filho. Ouvi dizer que ele estava lutando na Abissínia, mas agora parece que está no Sudão tentando ser motorista de novo.

— Posso ir encontrá-lo?

— Alá, como eu poderia deixar você fazer isso? Devo à sua mãe me certificar de que não se machuque. Ela está me observando, eu a sinto aqui. — Jinnow colocou a mão sobre o estômago. — Ela é como uma luz aqui, entende, filho? Sua mãe, Kahawaris, às vezes os mortos estão mais vivos que os viventes. Nenhuma pessoa morre de verdade enquanto há outras que se recordam dela, que têm afeto por ela.

Jama estava pronto para explodir engaiolado no complexo. Precisava de um emprego, assim poderia juntar com o dinheiro da mãe e encontrar o pai. Esquadrinhou a cidade estéril atrás de lugares para trabalhar, mas lojas e casas operavam nos níveis mais básicos de sobrevivência e não havia espaço para luxos como criados pagos. O mercado consistia em um punhado de mulheres estendendo frutas podres e vegetais murchos em panos empoeirados na areia; elas sentavam-se ao sol conversando, reunindo a escassa renda nos colos. As casas que serviam comida eram os lugares mais cheios de Hargeisa, mas ofereciam apenas dois pratos, não importava a riqueza dos fregueses: arroz cozido com cordeiro ou camelo. O cozinheiro também trabalhava como garçom e lavador de pratos e ganhava uma ninharia pelos três serviços. Crianças e jovens se aglomeravam pelos restos das casas de comida, empurrando os menores para fora do caminho. Homens mascavam *qat* constantemente para afastar a fome lancinante no estômago, assim não sucumbiriam mentalmente a ela e não se humilhariam. Depois, às tardes, os degraus dos armazéns dos Haber Awal ficavam entupidos de homens falando uns mais alto que os outros, rindo e compondo epigramas, mas, mais tarde, quando o *qat* deixava seus sistemas, eles se tornavam morosos, reclinando-se como estátuas enquanto a cidade escurecia ao seu redor. Mesmo com *qat*, o medo da fome determinava cada decisão que cada pessoa tomava – para onde ir, o que fazer, quem ser. Nômades necessitados vinham dos campos e sentavam-se debaixo das árvores, exaustos demais para se mover. Jama considerava-se duro, mas a juventude de Hargeisa era endurecida pelo deserto, todos brigões beligerantes, desinteressados em conversinhas com estranhos, e os meninos de sua idade só queriam cantar e dançar com as meninas do mercado. Jama, sem encontrar companhia dentro ou fora do complexo, transformou a mente em um parque de diversões, fantasiando o dia inteiro sobre o pai que de algum modo perdera. Conjurar o pai era um prazer – seus músculos fortes, anéis e relógios de ouro, seu cabelo cheio, suas roupas caras, tudo podia ser remodelado num capricho, ele dizia e fazia apenas o que Jama queria, sem a intrusão da realidade. O fato de que seu pai estava vivo o tornava tudo o que Jama poderia querer, enquanto ver a mãe na mente era agonizante: ele lembrava como ela cheirava antes de morrer, o suor correndo por suas têmporas, o medo que tentara esconder dele.

Jama vira meninos trabalhando no matadouro, levando carcaças de animais recentemente mortos para as casas de comida e o mercado. Ele observava os entregadores, com os pescoços inclinados de modo desconfortável para a frente devido ao peso sobre os ombros e os pés se movendo de um jeito frenético, levantando redemoinhos de areia que subiam pelas pernas. O trabalho era duro e sujo, mas Jama decidira conseguir dinheiro por quaisquer meios necessários.

Ele acordou cedo numa manhã, com o céu cinza e o ar ainda fresco, e saiu de fininho do quarto, perseguido pelos roncos de Jinnow. Uma escuridão rica de hienas cobria a cidade, e Jama podia sentir *jinns* e meios-homens às suas costas assombrando as vielas, fazendo os pelos do pescoço ficarem de pé. Ele correu para o matadouro, os gritos dos camelos e ovelhas aumentando de volume conforme se aproximava. Conjurou uma imagem do pai, o príncipe encantado dos pais: alto, forte, elegante em um uniforme, um sorriso brincando em seus lábios escuros. O matadouro estava vazio de gente; apenas os animais confinados o receberam, esperando desde o anoitecer pela chegada da morte, fixando nele os olhos suplicantes e levantando as narinas que se alargavam no ar. Jama sentiu o banho de sangue iminente chiando no ar e esfregou os pelinhos na base da espinha, que se arrepiaram de nervoso, como se fossem recrutas assustados em sentido diante de um velho general ensanguentado. Ele andou de um lado para o outro, evitando os olhos dos animais, virando as costas para eles e contando as estrelas, enquanto cada uma delas se curvava e saía do palco. Quando o Sol nasceu, mais figuras minúsculas apareceram no horizonte do amanhecer, aproximando-se de Jama com olhos hostis. Ele olhou em torno com satisfação ao perceber que estava entre os mais altos do grupo variado de meninos que se formara e esperava que os açougueiros chegassem e fizessem sua seleção. Com a mesma avaliação rápida de força e valor que normalmente faziam sobre o gado, os açougueiros escolheriam seus carregadores para o dia. Os meninos das castas Midgaan e Yibir, aqueles jovens demais para acreditar que poderiam ser escolhidos, eram insultados e expulsos da fila: "Saiam daqui, merdas imundas, vão limpar umas latrinas!". Eles se afastavam, formando uma fila separada, silenciosos e enraivecidos. Os carregadores mais velhos eram pastores de camelos que tinham sido possuídos por *jinns* nos desertos assombrados e solitários, e agora estavam proibidos de se aproximar dos animais. Os menores mal tinham cinco anos, criancinhas desnorteadas que foram largadas em Hargeisa pelos pais nômades que desejavam endurecê-las; tinham sido arrancados dos braços das mães e, agora, dormiam amontoados na rua. Famintos e solitários, seguiam as crianças mais velhas para todo canto, os pais ocasionalmente fazendo visitas para perguntar: "Então, quanto ganhou?".

Os açougueiros chegaram já cheirando a sangue; com um tapa impaciente no ombro e um grunhido, empurravam para fora da fila os meninos que empregariam no dia. Jama foi um dos poucos escolhidos. Os azarados voltaram para suas esteiras ou trechos de terra e se prepararam para dormir durante o dia e ignorar as dores insidiosas da fome. Jama foi em direção ao local de morte, mas parou, esperando evitar ver o abate de fato. Um homem gritou:

— Ei, você! Seja lá qual for seu nome! Venha aqui!

Ele se virou e viu um homem grande, de peito nu, ajoelhado sobre um camelo morto, ainda segurando as rédeas como se o animal pudesse escapar.

— Jama, meu nome é Jama, tio.

— Não importa. Leve essa carcaça para o restaurante Berlim. Espere aqui enquanto a preparo.

Jama ficou de lado e esperou enquanto o açougueiro cortava o pescoço e as pernas, removia a pele do torso do camelo e o esvaziava de coração, estômago, intestinos e outros órgãos que só os somalis mais pobres comiam. A carnificina era chocante, sua eficiência e velocidade tornando-a ainda mais pavorosa, e ele ficou parado diante da caixa torácica gigante, nua e brilhante, amedrontado e pasmo por sua profanação. O açougueiro se levantou, limpando as mãos vermelhas no sarongue antes de pegar a caixa torácica e a equilibrar na cabeça de Jama. O peso fez com que ele cambaleasse, e a carne macia, pingando sangue, pressionava contra sua pele de modo revoltante. Jama se empurrou para a frente, tentando não balançar, mas a carga pesada o fazia ir para um lado e para o outro. Parou e empurrou a carcaça pelo pescoço até os ombros e a segurou ali como se fosse Atlas apoiando o mundo em seus braços frágeis. Os ossos largos afundavam nas costas de Jama, e sangue escorria da cabeça para os ombros e a espinha, fazendo suas costas marrons brilharem com um lustro cor de rubi. Seu nariz estava tomado pelo cheiro denso e ferroso de sangue, e ele parou contra um muro com uma ânsia de vômito vazia. O sangue pingava na areia, decorando suas pegadas com delicadas poças vermelhas, como se ele estivesse ferido. Finalmente chegou à casa de comida e passou depressa a caixa torácica para um cozinheiro por uma janela. O cozinheiro a pegou como se não tivesse peso e voltou a conversar e a picar sem reconhecer a existência da carreta humana que lhe trouxera a encomenda. Jama voltou para o abatedouro com uma careta no rosto, os braços grudentos afastados do corpo rançoso, de modo que não esfregassem contra a pele e soltassem fumaças metálicas. Ele entregou mais quatro carcaças naquela manhã, e no final parecia um pequeno assassino coberto dos sucos e vísceras de suas vítimas. Com cuidado, atou seu dinheiro duramente conquistado na ponta de seu sarongue e caminhou para casa. O sangue secou rápido no sol do meio-dia, e o cabelo e a pele começaram a coçar; ele passou as palmas sobre a pele, e o sangue se descolou em tiras cor de vinho. A parte interna das unhas estava tomada por sangue seco, e seu cabelo grudento atraía moscas gordas e persistentes, o zumbido causando um pandemônio que atormentava seus ouvidos. Jama se acostumara com o próprio cheiro rico, forte, mas o aroma da morte grudado nele era insuportável. Sabendo que a água preciosa no complexo era usada apenas ocasionalmente para banho, ele retirou depressa o máximo de sujeira do corpo que conseguiu, usando areia para se limpar, como recomendara o profeta. Chegou à porta do complexo, e ela foi aberta por Ayan antes que ele chegasse a bater. A menina tinha cortes recentes no rosto e uma de suas tranças se desmanchara, espalhando o cabelo ondulado de um lado da cabeça.

— *Nabad*, Jama — ela enunciou devagar, olhando intensamente para os olhos dele. — Onde esteve? Parece cansado, e o que é isso no seu cabelo?

Ela se esticou para tocar o cabelo de Jama, mas ele estapeou sua mão.

— Sai, idiota! — Ele rosnou, seguindo na direção do quarto de Jinnow.

Podia ouvir Ayan saltando atrás dele, as sandálias de borracha batendo no chão de terra.

— Um dia pego você — ele ameaçou.

Cansado e faminto, ele só queria cair sobre a esteira de palha. Ayan continuou a segui-lo até que, sem conseguir mais se conter, explodiu com as novidades:

— A gata amarela está grávida! Ela não está só gorda, há gatinhos lá dentro! Venha ver, Jama! Venha!

Jama virou-se e lançou para ela o olhar mais depreciativo que conseguiu antes de entrar no quarto de Jinnow e bater a porta atrás de si. Ele ouviu Ayan guinchar de frustração antes de se arrastar de volta para o pátio principal. Havia uma imobilidade no ar; o complexo estava silencioso, teias de aranha flutuavam do teto, baratas estavam acomodadas nas frestas, todos cochilavam. O zumbido dos insetos no ar era pontuado pela conversa martelada e metralhada das mulheres lá fora; o cheiro de carvão, cebola, carne e chá fervendo com cravos e cardamomo passava por baixo da porta. Conforme Jama cochilava, imagens de Hargeisa brotavam em sua mente, a aspereza das pedras quentes e os espinhos debaixo do pé, a comichão suave do pelo de camelo, o gosto de tâmaras, *ghee*, fome, uma boca ressecada surpresa com o gosto de comida.

Uma jovem mulher chegou ao complexo enquanto ele dormia, levando suas parcas posses em um embrulho nas costas e parecendo prestes a desmaiar. Era uma das sobrinhas de Jinnow, que recentemente fugira para se casar com um homem de outro clã.

— Isir? O que está fazendo de volta? — gritou uma das esposas.

— Aquele homem não me quer mais, ele se divorciou de mim.

— Está vendo! Ele ao menos lhe deu seu *meher*?

Através das paredes finas, Jama foi acordado pela correria das mulheres do complexo. "Ela foi possuída, posso ver um *jinn* nos olhos dela, diga a Jinnow", gritavam. Jinnow trouxe Isir para o *aqal*. Jama fingiu que dormia, mas observou enquanto a senhora inspecionava a mulher, esfregando as mãos sobre todo o corpo dela, meio médica, meio sacerdotisa.

— Como se sente, menina?

— Bem, estou bem, só mantenha aquelas loucas longe de mim — disse Isir; ela estava vestida com trapos, mas sua beleza ainda era intensa.

— O que aconteceu?

— Aquele idiota inimigo de Deus diz que estou possuída.

Isir flagrou os olhos de Jama espiando por baixo do braço, e ele os fechou rapidamente.

— Ele lhe deu alguma parte de seu dote?

— Nem um *gumbo*.

Na luz fraca, as mulheres pareciam prontas a cometer um ritual misterioso. Jinnow pegou ervas de suas bolsas de couro e disse a Isir para comê-las. Ela deixou Isir descansar e chamou as outras mulheres do complexo; como era a *alaaqad* da vizinhança, com poderes xamânicos, elas não poderiam recusar.

Isir chacoalhou Jama.

— Você é o filho de Ambaro?

Jama assentiu; os grandes olhos castanhos de Isir tinham o mesmo cobre ardente que os olhos da mãe.

— Vá e ouça o que estão falando para mim — ela exigiu.

* * *

Jama foi como os olhos e ouvidos de Isir.

— Nossa irmã precisa de nós, ela foi afligida por um *saar*, precisamos exorcizá-la nesta noite; como o marido dela não está aqui, devem trazer perfume, roupas novas, *halwa*, incenso, âmbar e prata ao meu quarto para satisfazer o *jinn*. Vou conduzir a cerimônia — proclamou Jinnow.

— Ela sempre foi assim, é o preço da beleza. — Caçoou a mãe de Ayan. — Isir sempre enganou os homens, um deles finalmente colocou uma maldição nela.

— Bobagem — gritou Jinnow —, ela tem o nosso sangue, não podemos ficar de lado agora que precisa de nós, e se um homem as jogasse fora com o lixo?

As mulheres do complexo resmungaram, mas concordaram em preparar a cerimônia do *saar*.

Algumas limparam o quarto de Jinnow, algumas cozinharam, algumas emprestaram tambores e outras recolheram os presentes. Quando as crianças tinham sido alimentadas e enviadas para longe, Isir foi levada por uma procissão ao quarto de Jinnow. Jama foi trancado para fora, mas, com o coração disparado, ele trepou no muro e andou sobre o telhado até conseguir espiar pela janela de Jinnow. O quarto estava muito iluminado com lamparinas de parafina, enfumaçado com incenso caro. Jinnow trouxera mais mulheres velhas, idosas misteriosas com pele negra brilhante e mãos fortes. Depois que o incenso foi passado em torno, e os presentes dados ao *jinn*, Jinnow pegou o tambor maior e bateu nele intermitentemente, gritando instruções para o *jinn*. Isir ficou no meio do quarto, parecendo dura e nervosa; a cada comando, as velhas cantavam "Améeem", e as jovens batiam palmas. Então as velhas pegaram os tambores menores, ficaram de pé e começaram a bater com força.

Jinnow ficou atrás de Isir, a pegou pela cintura e a forçou a dançar, e o grupo ululou e dançou com elas. Jinnow arrancou o lenço da cabeça de Isir e puxou o cabelo dela. Jama observou enquanto os movimentos de Isir se tornavam mais determinados e definitivos, Jinnow a um centímetro do rosto dela gritando e chorando:

— *Nin hun, nin hun*, um homem ruim, um homem ruim, nunca se prenda a um homem ruim, nós lhe dissemos que ele era inútil, inútil, enquanto você era corajosa e forte, Alá te ama, Alá te ama.

As lágrimas de Isir corriam livremente por seu rosto; para Jama, ela parecia uma menininha perdida. Jinnow girava Isir com mais energia do que ele teria imaginado; subia vapor das mulheres, e ninguém notou o menino, pendurado de cabeça para baixo na janela. Isir tinha jogado a cabeça para trás, com os olhos semicerrados, mas olhava nos de Jama sem o ver e dizia coisas que ele não entendia. Jinnow a encorajava, gritando:

— Você está carregando esse fardo nas costas e cambaleia como um camelo cansado, pare aqui e passe seu fardo para mim! Expulse-o de sua alma! Você está cheia de fantasmas! Cuspa-os! Consiga sua liberdade, minha menina!

Isir continuou chorando enquanto as mulheres do complexo dançavam em torno dela, batendo palmas como apoio e expulsando as próprias dores.

Isir se tornou uma pequena aliada contra as mulheres do complexo; ela dormia no mesmo quarto que Jinnow e Jama e se juntava às conversas deles tarde da noite.

— Eu dormia bem ali, do lado de Ambaro, onde você está agora, Jama, ficávamos trançando nossos cabelos e fazendo cócegas uma na outra.

— É verdade, é verdade. — Encorajava Jinnow.

— Jinnow nos acertava com o chinelo para que parássemos de rir.

— Elas não se importavam com o horário.

— Lembra, tia, como ela lia as nossas palmas? Contava todo tipo de coisa, com quantos homens iríamos nos casar, quantos filhos teríamos, ela assustava as outras meninas com aquela conversa.

Jama apoiava-se nos cotovelos e escutava as duas mulheres com atenção.

— É porque ela tinha a visão interna e não suavizava ou escondia o que via. Percebi isso nela desde criança, eu a via ler o futuro nas conchas quando não tinha nem cinco anos, homens adultos vinham pedir a ela para dizer o destino deles. Ela contou isso para você, Jama? — perguntou Jinnow.

Jama vasculhou a memória.

— Ela só me disse que eu tinha nascido com a proteção de todos os santos e que uma mamba-negra me abençoou quando eu estava na barriga dela.

— É tudo verdade, você teve um nascimento muito auspicioso, todo *kaahin* e astrólogo invejava seus sinais, até Vênus apareceu na noite em que você nasceu.

Jama descansou a cabeça no braço e suspirou alto; se apenas pudesse encontrar o pai e acreditar em toda aquela conversa fantástica.

Jama ia ao abatedouro todas as manhãs, e sua disposição e diligência significavam que era sempre escolhido, criando inimigos entre as outras crianças famintas. Ele via o trabalho fedido e suarento como um tipo de teste que, se passasse, lhe daria o direito de ver o pai, um julgamento de seu valor como filho e como homem. Escondia todo o dinheiro do abatedouro em uma lata no quarto de Jinnow. O monte de moedas aumentava cada vez mais em seu esconderijo, e ele podia sentir a reunião com o pai aproximando-se; quer o pai viesse até ele ou ele fosse até o pai, Jama sabia que estava destinado a acontecer. Ele lia o encontro nas nuvens, nas entranhas das carcaças que entregava, nos grãos de café no fundo de sua xícara.

Depois do trabalho, frequentemente vagava pela cidade, às vezes indo tão longe quanto a vila Yibro que ladeava o deserto espinhoso, nos arredores de Hargeisa. Ele andava pela vizinhança pária procurando sinais da mágica que diziam que os Yibros tinham; queria um pouco do veneno poderoso deles para usar contra Ayan, para ver os cabelos e as unhas dela caírem. Espiava dentro de pequenas cabanas escuras, um rejeitado entre os rejeitados, enquanto olhos escuros e ardentes observavam seus movimentos. Mas não havia mágica para ver; os Yibros ainda precisavam descobrir os feitiços que transformariam terra em pão, poções para salvar suas crianças moribundas ou maldições que manteriam longe os perseguidores. Um menino Aji entre eles poderia facilmente trazer problemas. Se um cabelo na cabeça dele fosse danificado, um bando de lobos uivantes desceria até a vila, destruindo e rasgando tudo e todos, então eles o observavam e esperavam que sua curiosidade fosse satisfeita rapidamente. A vila saíra recentemente do luto por um jovem morto por Ajis; o corpo tinha sido cortado e a carne fora colocada em um cesto do lado de fora da cabana da família. A mãe dele desmaiou quando olhou no cesto e percebeu de onde aquela carne abundante tinha vindo; a cabeça dele estava no fundo, quebrada e cinzenta. Não se podia cobrar nenhum dinheiro de sangue, e o pai foi trabalhar na cidade no dia seguinte como fazia todo dia, sorrindo para esconder sua fúria, curvando-se para os homens que tinham desmembrado seu filho. Jama viu que a vila estava cheia de mulheres; os homens Yibro normalmente trabalhavam em outro lugar, martelando metal, mexendo com couro ou limpando latrinas na cidade. As crianças sentavam-se do lado de fora cutucando o nariz, os estômagos esticados até o ponto de explosão, a miséria como um modo de vida. As esmolas do clã que ajudavam os outros somalis a sobreviver ali estavam ausentes, já que os Yibros eram tão poucos e tão pobres. Superstições antigas diziam que somalis Ajis ostracizavam Yibros e Midgaans e outros indesejáveis sem pensar duas vezes; Yibros eram apenas judeus, comedores de comidas proibidas, feiticeiros. Jama tinha apenas uma vaga ideia de que aquelas pessoas recebiam um pagamento de famílias como a dele sempre que um filho homem nascesse, e que uma maldição ou feitiço de um Yibir era mais poderoso e destrutivo do que de qualquer um. Ele podia ver por que eram temidos; suas roupas eram ainda mais esfarrapadas do que as dele, suas choupanas ficavam abertas para as crueldades do calor de agosto e do frio de outubro, e sua intimidade com a miséria era mais profunda do que a de qualquer um.

Em um dia parado e estagnado, Jama voltou para casa do trabalho e encontrou Ayan no quarto de Jinnow. Na ponta dos pés, os olhos dela, circulados por *khol* roubado, se arregalaram ao ver Jama olhando-a fuçar nas coisas de Jinnow; a bela garrafa prata de *khol* rolava no chão, separada da tampa ornamentada.

— Ladra! Ladra! — gritou Jama, cheio de medo de que ela tivesse achado seu dinheiro para encontrar o pai. — O que está fazendo? Sua ladra! — exclamou, partindo para cima dela.

A surpresa tinha congelado uma expressão ridícula no rosto de Ayan, as sobrancelhas arqueavam-se como espinhas de gatos assustados e a boca com dentes faltando estava aberta. Jama puxou os braços dela para as costas, levantando seus pés magros e sujos do chão.

— Me solta! — ela gritou.

— O que quer aqui? O que está procurando? Alguém mandou você?

— Não, não, por favor, Jama, estava apenas olhando, *wallaahi*, me solta! — ela implorou.

Jama, confuso, continuou a segurá-la; Ayan era forte e elástica para uma menina, mas não era páreo para um menino de rua feroz como ele. Jama tinha vergonha demais para apalpar o corpo dela atrás de dinheiro, então, vendo o guarda-roupa de madeira escura imponente com a chave na fechadura, abriu a porta e enfiou Ayan dentro. Rapidamente virou a chave e deu um passo para trás, tremendo, com gotas de suor caindo pela testa. Fitou a porta do guarda-roupa enquanto Ayan chutava e gritava para que ele a soltasse.

—Jama! Jama! Jama! Me deixe SAIR! Não consigo respirar! Ah, Deus, ah, Deus — dizia a voz abafada dela.

Jama se recompôs e, com um dedo para cima, disse:

—Você vai ficar aí dentro, sua ladra suja, até que Jinnow volte e examine você.

Ayan gritou alto por muito tempo, a respiração errática e as lágrimas convulsivas claramente audíveis no quarto. Jama limpou o suor da testa e saiu do quarto enquanto Ayan continuava a gritar e chorar:

— Está escuro! Está quente demais. Vou morrer. Assassino! Assassino! Jama, o Bastardo Assassino! Por favor, ajudem!

Jama esperou e esperou fora do quarto de Jinnow, enquanto, dentro do armário, Ayan engoliu o ar quente estagnado e emitiu um gemido baixo e estranho. Sua jaula estava forrada de vestidos nupciais e roupas de baixo dadas como parte de dotes ancestrais, as relíquias de amores mortos e sonhos jovens de glamour e romance. A escuridão aveludada em torno dela mudou e abriu espaço para a jovem visitante, ao mesmo tempo que acariciava o rosto úmido dela até a inconsciência, com dedos longos e molhados. Ela sentiu que estava no fundo de um poço muito fundo, fundo demais na terra para ser encontrada um dia, e o pânico a tomou em ondas velozes. A reza da tarde chegou e passou, e só quando já estava quase na hora da reza do anoitecer é que Jama pôde ouvir a voz de

Jinnow se levantando em meio a uma comoção no pátio. Jinnow veio do pátio pelo corredor seguida de uma trupe barulhenta de mulheres, com um olhar importunado no rosto enrugado.

— Viu Ayan? A mãe dela não consegue encontrá-la — perguntou Jinnow.

Jama olhou para cima e só então lhe ocorreu quanto tempo tinha passado naquela soleira e quanto tempo Ayan ficara em sua prisão improvisada. Jama se levantou rangendo em pernas fracas e abriu a porta. Com dedos escorregadios e um quarto cheio de mulheres esperando, virou a chave na fechadura do armário, e um fedor de urina imediatamente preencheu a cela quente e abafada. Vendo apenas tecidos e bolsas na altura da cabeça, os olhos de todos baixaram para o chão do armário, e ali estava Ayan, quase inconsciente, a cabeça jogada para trás, a língua vermelha demais pendendo do canto da boca. Um arquejo coletivo se levantou da audiência, e Jinnow empurrou Jama violentamente para o lado e pegou Ayan. Ela chacoalhou a menina e beijou o rosto dela até que os olhos da garota abriram e um longo grito se desenrolou dela. A mãe de Ayan pegou a filha e a abraçou de modo sufocante contra o peito.

— Que Deus quebre suas costas, seu demônio — ela disse sobre o ombro de Ayan, os olhos cercados de antimônio perfurando Jama com ódio.

Jama gaguejou.

— Ela é uma ladra, Jinnow, examine-a, ela estava tentando roubar meu dinheiro!

Um guincho saiu de Ayan e da mãe.

— Que Deus quebre suas bolas, bastardo mentiroso, você é amaldiçoado por todos os santos, o que fiz para merecer isso, Alá? Ah *tolla'ay*, *tolla'ay*, minha pobre criança, que Deus lhe bote debaixo da terra, seu eunuco, seu demônio! — gritou a mãe de Ayan.

A cabeça de Jinnow pendeu para baixo, e lágrimas grossas caíram pelo rosto aflito de Jama. Jovens mulheres trazendo água e
panos arrancaram Ayan das mãos da mãe e a levaram para reavivá-
-la e limpá-la. Jinnow observava perplexa, limpando as próprias lágrimas na barra do vestido. A mãe de Ayan se esticou em sua altura
total e, com uma unha longa e afiada, empurrou o rosto de Jama.

— Quero você fora daqui ou juro por Deus que vou cortar fora
sua coisinha horrível.

As mulheres do pátio saíram do quarto, deixando atrás de si um
miasma de óleo de cabelo e incenso.

Jinnow pegou Jama em um abraço esmagador e massageou suas
costas, ombros e pescoço de modo violento e reconfortante. Ela o
mandou para a cama, mas ele não foi, afastando-se e dando uma
última olhada atenta nela. Os olhos pequenos de Jinnow eram
emoldurados por cílios curtos e plumosos, sua pele parecia papel
velho, pintas se espalhavam pelas bochechas e pelo nariz, e três dos
dentes da frente eram de ouro: ela era uma Ambaro idosa. Jinnow
e Isir saíram do quarto para confortar a mãe de Ayan, e Jama pegou
seu dinheiro guardado e se esgueirou atrás delas, furtivo como um
gato. Havia um silêncio profundo e falso ecoando no pátio, mas
ele podia ver olhos cintilando por trás de portas e cortinas. Quando
saiu no anoitecer, um vento frio agitou suas roupas puídas e fez sua
pele arrepiar. As estrelas ficaram menores e mais apagadas conforme as lamparinas de parafina eram colocadas nos parapeitos das
janelas pela rua, queimando como vaga-lumes dourados presos em
gaiolas. Jama ouviu Jinnow chamando-o de volta e olhou sobre o
ombro; ela estava descalça na rua, o braço como um fio enquanto
o levantava. Ele acenou para ela, tentando desesperadamente comunicar sua gratidão e seu amor, mas continuou correndo. A mente de Jama se deu conta de que ele não era mais criança; precisava
aprender como ser um homem. Jama chegou a Naasa Hablood,

os Seios das Virgens, duas colinas cônicas gêmeas que se erguiam sobre Hargeisa, e olhou para baixo para ver as lamparinas e luzes da cidade desaparecendo na névoa marrom translúcida de uma tempestade de areia. O vento lambia e estapeava as cabanas de madeira dos nômades, enquanto as casas de pedra branca se mantinham pomposamente em pé entre o lixo que voava, mas, por fim, a cidade inteira desapareceu como se fosse apenas uma miragem de alguma lenda árabe. Com a mesma facilidade, Jama foi afastado da família, do lar e da terra natal.

Areia arranhava seus olhos e borrava o caminho conforme dançava em torno do deserto em um balé giratório frenético. O sarongue de Jama foi quase arrancado pelos *jinns* da areia maliciosos escondidos na tempestade. Ele cobriu o rosto com o tecido e conseguiu progredir lentamente daquele jeito. A tempestade de areia deixara o Sol laranja-escuro, até que, envergonhado pelo poder obscurecido, ele desceu pelo horizonte para ser substituído por uma Lua de aparência frágil e anêmica. Jama seguiu tropeçando pelas colinas, chutando pedras com os pés nus, espinhos gigantes espetando-o e cutucando-o perigosamente. Animais do deserto corriam procurando refúgio, suas patinhas peludas correndo sobre os pés envoltos por areia de Jama. Exausto, ele parou e caiu na areia. Sem nada além do uivo do vento ao seu redor, adormeceu, o arranhão gelado da tempestade ainda atingindo seus braços e suas pernas. Quando abriu os olhos inflamados, o Sol ainda não tinha nascido, mas viu uma estrada asfaltada diante de si como se os *jinns* a tivessem preparado enquanto ele dormia. Fora coberta de areia, folhas e galhos pela tempestade que partia. O vento havia se acalmado e a temperatura estava amena; Jama ficou de pé, empolgado, e examinou a estrada da esquerda à direita, da direita à esquerda, esperando que as luzes redondas de um caminhão aparecessem, mas não havia luz além do branco da Lua. A estrada asfaltada era fria e suave contra os pés doloridos após a caminhada no deserto, e ele andou lentamente enquanto o Sol retornava jubilante ao leste, os raios iluminando a estrada ondulante até que parecesse dourada.

Um som retumbante reverberou pela estrada, e então a buzina "daru daru daruuu" de um caminhão invisível rasgou o ar da manhã como o canto de um galo. Jama correu para encontrá-lo e desviou por pouco de sua dianteira gigantesca enquanto ele fazia a curva e acelerava. De pé no rastro de fuligem do veículo, ele se perguntou quanto tempo levaria para chegar ao Sudão, se tinha dinheiro suficiente e se conseguiria comida e água na estrada. Só sabia que tinha de se afastar de Hargeisa, todo o resto era um mistério. Subiu pelo lado de uma montanha, pedras escorregando sob os pés. O deserto o apavorava, com o silêncio, as rochas marcando as covas dos nômades, o vazio. Jama subiu ainda mais pela montanha, esperando encontrar companhia humana enquanto seguia as fezes de cabra deixadas por um rebanho. Conforme subia mais alto, podia ver todo o vale Maroodi Jeeh abaixo dele, e escalou os grandes rochedos de granito acreditando que poderia ver o Sudão do topo. Apertou os olhos para a listra azul no horizonte, incerto se era céu ou mar. O terreno parecia estranho daquela altura; leitos de rio secos serpenteavam pela terra até onde o olho podia ver, e acácias cresciam curvadas e atrofiadas em grupos enroscados de aspecto exaurido, como velhas viúvas mendigando. Rochas imensas com rosto de pedra sentavam-se acocoradas no meio do nada. Grandes cupinzeiros, o ápice do gênio arquitetural dos insetos, se levantavam altos e imponentes como prédios de apartamentos sombrios. Uma casa de nômade, construída com galhos e palha, tinha uma grande cerca em torno de si, mantendo fora o vazio. Os esqueletos de bodes mortos por secas anteriores se despedaçavam; suas costelas brancas projetavam-se da areia como dentes, e dentro delas flores amarelas nasciam em cactos. Na distância, brilhava a luz metálica, apressada, de um rio espontâneo, alimentado pela chuva que caía nas montanhas. Abutres arremetiam sobre o rio rezando por corpos afogados para alimentar a família. Na água, opalas e esmeraldas brilhavam, e acima de tudo, voavam nuvens brancas e macias de contos de fada em um céu azul. Pequenas vilas haviam crescido ao longo da estrada, as moradias frágeis tão perto da beirada que parecia que a velocidade do caminhão acelerado as jogaria para longe. Aqui e ali lamparinas de parafina esquecidas queimavam perigosamente em lares improvisados. As cabras da vila se encolhiam ao lado de camelos congelados como estátuas em seu sono, sinos de madeira no pescoço soando com a passagem do caminhão. Bem ao norte, os oficiais da colônia britânica, usando uniformes cáqui, galopavam cavalos procurando javalis em uma caçada com lanças. Javalis eram raramente vistos no país agora, mas os britânicos eram ainda mais elusivos, preferindo se esconder do calor e da estrangeirice sangrenta da Somalilândia em suas residências governamentais. A visão dos cavalos árabes bem-cuidados suando na vegetação rasteira, atormentando os pobres javalis, entristeceu Jama, e ele desceu a encosta da montanha de volta à estrada.

Jama andou e andou; nenhum outro carro ou caminhão passou ao seu lado, e ele não viu nenhuma caravana de camelos, mas continuou teimosamente. Bem acima dele, o Sol ficou mais pesado e maior, como uma velha senhora acalorada cambaleando antes que os joelhos finalmente arriassem e ela se retirasse para a noite debaixo de uma névoa vermelha. Ele chegou a uma cidade Oromo em ruínas, seus prédios um dia grandiosos caídos e esquecidos; depois de esperar centenas de anos pela volta de seus habitantes, os edifícios enlutados finalmente desmoronaram. Jama se esgueirou para dentro da velha mesquita, madeira podre e tijolos de argila se desintegrando ao seu redor. Sentou-se ali para descansar como um louco entre a sujeira e os destroços, morcegos voando do púlpito silencioso e espíritos murmurando às suas costas. Observou enquanto o vento soprava vida em uma pele velha de cobra e ela deslizava procurando seu antigo eu. Faminto e assustado, ele se arrependeu de ter fugido e agora estava terrivelmente tentado a voltar para Jinnow. Encontrou um poço e espiou em sua boca sombria, suspeitando que estivesse cheio de lixo – gravetos, entulho, um rato morto –, mas estava com tanta sede que jogou uma pedra e ouviu a deliciosa resposta da água. Inclinou-se mais sobre a boca do poço, e a velha mureta cedeu debaixo dele; caiu de cabeça no buraco fedido, cuspiu e assoou o nariz, mas a água amarga já tinha descido por sua garganta. Ele se apressou para sair, com pavor de que a coisa toda fosse cair em cima dele, e voltou desanimado para a mesquita fantasma com os braços arranhados e um gosto horrível na boca. Só quando o corpo adormecido da mãe apareceu ao seu lado, as costelas subindo e descendo em um cochilo pacífico, ele finalmente fechou os próprios olhos. Na hora mais escura da noite, o céu se abriu e revelou um reino secreto azul e branco. Os céus altos e a terra baixa estavam ligados por uma camada de gotas de chuva conquistadoras, seguidas por uma banda que marchava trovejante, parecendo tocar tambor, címbalos, violinos e flautas agudas cujas notas caíam e se quebravam contra a terra deserta arquejante em uma música raivosa da vida. Jama foi despertado por esse concerto milagroso anunciando o fim da estação seca e se virou de costas, sonolento, para receber sua bênção. A chuva batia contra os seus lábios, e ele abriu a boca para bebê-la; ouviu risos felizes ecoando em torno de si e viu *jinns* encharcados saltando e dançando enquanto reivindicavam para si o deserto.

Jama colocou os pés nas grandes pegadas que os *jinns* haviam deixado. Perna esquerda, perna direita, perna esquerda, perna direita, ele andava alto em pernas finas e longas esculpidas por cada grão de areia, cada pedra, cada duna que tocavam. Em torno, grandes lagos iridescentes haviam se formado com a tempestade da noite, parecendo miragens no calor flutuante do dia. Jama parava regularmente para se maravilhar com o súbito dilúvio e examinar o rosto na superfície sedosa da água, colher frutinhos de *karir* e beber água da chuva. As montanhas tinham se tornado pirâmides azuis e roxo-escuras sob as nuvens de chuva, e foi com um coração jubilante que Jama andou pelo temporal, lavando a memória de meses de sujeira, sangue do abatedouro e infelicidade. Uma caravana de camelos molhados e nômades passou por ele levantando água, os jovens pastores lançando um rápido olhar de suspeita para ele conforme pulavam as poças. Jama seguiu o grupo discretamente, escondendo-se atrás das pernas de um velho camelo que levava uma mulher doente embrulhada em peles. A caravana parou no túmulo de um santo e começou a descarregar, as mulheres encarregadas das tendas, das crianças e das ovelhas, enquanto os homens lutavam com os camelos. A estação chuvosa finalmente chegara; *bash bash* e *barwaaqo*, a estação de pinga-pinga e chuva de Deus. Todos tinham um brilho no olhar; os pescoços virados na direção das nuvens por meses finalmente podiam relaxar. Por alguns meses, a vida seria um pouco mais gentil e as pessoas teriam tempo para recitar poemas e se apaixonar. Brotos verdes apareciam em todo lugar, os camelos comiam como se estivessem em um banquete romano, e clareiras apareciam ao lado de planícies de terra que magicamente se tornaram rios. Pelas manhãs, os camelos seriam chamados pelo nome e, com uma subida e um gemido, eles se levantariam e seguiriam lentamente até seus donos orgulhosos.

O túmulo do santo era uma estrutura simples com um grande domo caiado, mas atraía uma mistura cosmopolita de viajantes; homens ricos com turbantes altos e expressões arrogantes rezavam ao lado dos Tumals, Yibirs e Midgaans trabalhadores e subjugados.

Nômades ascéticos pediam bênçãos ao lado de marinheiros mercantes beberrões, em casa pela primeira vez em anos. Mulheres do campo com cabeças descobertas e seios expostos uivavam por fertilidade assim como mulheres da cidade, veladas e protegidas. Jama se moveu naquela *mêlée*, rezando por um pai enquanto as mulheres rezavam por filhos; observou o fervor dos outros fiéis e esperou que Deus ainda o ouvisse em meio ao clamor.

A uma pequena distância do túmulo, havia uma cabana cercada por uma multidão curiosa. Jama abriu caminho e viu uma cena de pesadelo: um velho tinha a cabeça de um menino presa entre os joelhos. O homem santo abrira a cabeça do menino; uma aba de pele cabeluda caíra de um lado e ele sulcava o crânio para a frente e para trás com sua adaga. Por fim, um quadrado do crânio do menino se soltou da polpa macia e aguada do cérebro; o velho o pegou cuidadosamente e colocou ao seu lado. Uma mulher explicou à audiência silenciosa que o menino tinha caído de uma montanha, estava dormindo desde então e não se esperava que acordasse; seu pai o trouxera ao homem santo em desespero. O menino jazia sem vida durante a operação, mas o pai estava sentado ao lado dele, com os olhos arregalados e brancos. Jama desejou ser o menino adormecido com o próprio pai curvado sobre ele com medo e amor.

Ele passou a noite no túmulo; o nome de Alá foi repetido a noite toda até ecoar em todos os lugares e parecer emanar do túmulo, das árvores, das montanhas. Do acampamento dos nômades, ouviram-se tambores e ululações até tarde da noite; os jovens homens e mulheres dançavam sob os céus que brilhavam magenta, jade, prata e violeta com relâmpagos. O ar chiava entre as chuvaradas e os jovens guerreiros pulavam alto como pulgas, jogando as lanças no ar, exibindo suas acrobacias marciais. Jama adormeceu com as estrelas dançando sobre sua cabeça, girando de modo zonzo ao som dos tambores e dos cantos.

Na manhã seguinte, um homem correu gritando para que as pessoas se levantassem e observassem um milagre – o menino tinha acordado e estava falando de novo; velhos e jovens se aglomeraram em torno da cabana do homem santo e viram a luz nos olhos do menino piscando no escuro. As pessoas gritavam: *"Allahu Akbar, Allahu Akbar,* Deus é Grande", e traziam presentes de incenso e tâmaras para o homem e seu filho. O homem santo ficou alheio ao espetáculo, calmamente tocando as contas de seu rosário e mascando um maço de *qat.* Quando um grupo de fiéis empolgado se aproximou, ele acenou para que fossem embora e voltou para o frescor do túmulo. Jama viu o milagre como prova de que, de todas as tumbas da Somalilândia, a atenção de Deus estava naquela. Ele correu para longe do túmulo esperando que Deus lhe entregasse seu pai. De volta à estrada, em momentos apareceu um caminhão branco com BISMALLAH pintado em vermelho e amarelo na frente, pedindo para que o Senhor tivesse misericórdia dele; dos espelhos, pendiam guirlandas de jasmins murchos, mas sua fragrância ainda perfumou o ar da manhã quando o caminhão passou.

Jama correu atrás do veículo, acenando e gritando:

— Espere! Espere! Está indo para o Sudão?

O caminhão reduziu a velocidade e zombarias soaram da cabine.

— Claro que não. Vamos para o Djibouti, se quiser entrar, é só vir! Rápido! — gritou um dos homens amontoados na cabine, o reflexo dos corpos no espelho lateral dando a impressão de uma hidra de muitas cabeças.

Jama se içou pela escada, jogando-se em um canto do que era essencialmente uma grande caixa de madeira, contendo cabras, mangas, cebolas, *qat* e homens apertados uns contra os outros. Houve uma leve agitação quando a criança embarcou; olhos o espiaram e baixaram antes de voltarem a dormir. As barras de metal em torno da caixa afundavam no pescoço de Jama e impediam que dormisse, então ele se virou e se despediu de sua terra natal, um príncipe capturado exilado junto com cabras e galinhas. Seu país era uma reflexão tardia dos construtores de impérios, um pequeno pedaço do tabuleiro global de monopólios para ser recolhido a fim de despeitar os outros. Seu povo era visto pelos britânicos como uma raça feroz e indomável, que dava uma boa fotografia, mas não era uma nação moderna que merecia status igual ao dos Estados adultos e civilizados da Europa. Sua terra fora dividida entre França, Itália, Reino Unido e Abissínia. Agora os somalis e os britânicos coexistiam, normalmente em paz; o Mulá Maluco havia muito fora esmagado, mas seus avisos apocalípticos ainda flutuavam nas mentes somalis e insinuavam uma calamidade que espreitava o mundo. O que era sugerido pelos ventos irascíveis, ardentes, com cheiro de mostarda, soprando da Abissínia, e o silêncio da grande Liga das Nações de que falavam os nômades no deserto.

Os britânicos tinham construído a estrada para facilitar a passagem para dentro e para fora de seu território, e agora Jama rodava por ela, fazendo um progresso lento na direção da fronteira artificial entre a Somalilândia e o Djibouti. O Sol finalmente havia reclamado a soberania do céu e projetava seus raios sobre seus súditos, empurrando gotas de suor por suas têmporas. O cheiro de gordura, gasolina e podridão entrava no nariz de Jama, mas ele mantinha os olhos abertos, esperando que aquela viagem chegasse ao fim.

CIDADE DO DJIBOUTI, SETEMBRO DE 1936

Nenhuma fronteira ou placa alertou Jama para o fato de que estava em um novo país, foi apenas um sentimento de afundar. O caminhão se moveu com o nariz para baixo, baixo, até que se endireitou em um platô de calor infernal, desnorteante. O Djibouti era baixo e quente, parecia ainda mais estéril e apavorante que a Somalilândia, e as poucas árvores que ousavam existir estendiam os braços em derrota. As rochas rachavam em um calor de cinquenta graus. A terra era branca, e os poucos confortos que o deserto somali oferecia timidamente – cactos em flor, grandes arbustos matronais, cactos-candelabro viçosos – eram maliciosamente negados ali. O ar exalava uma corrupção, um aroma misturado de sordidez, suor e fezes de cabra. Jama podia ouvir pessoas falando em uma língua estranha sobre o barulho de perfuração da estrada e, para seu assombro, passaram por um grupo de homens europeus avermelhados, de shorts curtos e apertados – homens adultos com shorts tão pequenos que quase revelavam o que Alá ordenara que fosse escondido. Estavam de pé, com mãos nos quadris e bigodes grossos eriçados debaixo dos chapéus quadrados, dando ordens para um grupo de trabalhadores somalis suados. O pescoço de Jama se torceu para olhar aqueles homens enquanto o caminhão seguia, certo de que era o primeiro vislumbre dos perigosos homens afeminados do pecado dos quais ouvira falar em Áden. Suas mãos apertaram as tábuas da caixa enquanto ele observava os homens misteriosos recuarem na distância.

Um homem com dentes verde-musgo gesticulou para que ele se sentasse de novo.

— *Fransiis, Fransiis*, acomode-se, são apenas franceses, menino do campo, nunca saiu antes da terra selvagem?

Os olhos avermelhados e zombeteiros do homem permaneceram em Jama enquanto ele se sentava e timidamente se recompunha.

Uma brisa soprou no rosto de Jama, o cheiro de sal marinho e a umidade quente no ar lhe dando a impressão de viajar por uma cidade no fundo do mar. O caminhão desacelerou e braços e pernas cresceram dos cobertores em torno dele, esticando-se e endireitando-se. Haviam chegado ao seu destino. O caminhão parou tristemente no trânsito, depois de tantos quilômetros assoviando por estradas limpas e desertas, soltando fumaça escura do cano exausto que chacoalhava. Os passageiros saíram da parte traseira, passando algumas moedas para um dos muitos braços que se esticavam da cabine do motorista, as cabeças todas fixadas para a frente, as bochechas cheias de *qat* mastigada. Jama sentiu que ia desmaiar; o calor dos veículos aumentava a temperatura uns poucos graus insuportáveis. Carros e caminhões estavam enfileirados em uma corrente organizada, enquanto veículos do Exército tentavam entrar e sair da fila, as buzinas abrindo caminho. Antebraços rosados e musculosos acenavam instruções para a multidão desinteressada; motoristas tinham deixado seus assentos para conversar e dividir água, mas agora zombavam dos pomposos legionários. Mesmo nas redondezas da Cidade do Djibouti, Jama já podia sentir sua energia intensa. Ele se aproximou do início do engarrafamento e viu a causa: soldados europeus operavam um ponto de controle e estavam quase desmontando os veículos à procura de bens contrabandeados. Ignorando as reclamações e os insultos dos motoristas, caixas de banana eram abertas com pés de cabra, animais eram soltos de seus cercados, viajantes adormecidos eram revistados. Em meio a toda essa comoção, Jama achou um caminho em torno do ponto de controle, escapando pelas costas dos legionários armados.

Uma avenida larga se abriu diante dele, e Jama vagou ao longo dela desfrutando da novidade de lajotas de concreto debaixo dos pés. Em Hargeisa, o chão era feito de cem tipos diferentes de areia, mas não havia uma única lajota de concreto na cidade toda. Ali, palmeiras cresciam ao lado das ruas, dispostas em intervalos regulares como guardas. Prédios se erguiam a distância, com um estilo diferente das construções somalis ou de Áden; eram curvilíneos e altos, construídos para durar muito mais tempo que os edifícios dos britânicos em Hargeisa. Aquela cidade fora conjurada das fantasias dos conquistadores, um lar longe do lar apesar do clima antieuropeu; uma cidade provinciana francesa transferida para o lugar mais quente da Terra. Havia barracas montadas ao longo da rua debaixo de coberturas de grama; grupos de mulheres vendiam apenas melancias, ou apenas bananas, ou apenas laranjas. Conforme Jama andava, a rua tomava vida: homens jovens discutiam e brigavam, jovens mães conversavam do lado de fora enquanto os bebês dormiam. Velhas mendigavam discretamente e homens de terno voltavam para casa para *siestas* e para esperar as entregas de *qat*. Uma bela mesquita com bandeiras brancas e turquesa tremulando de seus minaretes soava o *aadaan*; água era vendida das costas de camelos com aspecto sonolento como em Hargeisa. Ninguém prestava qualquer atenção no menino no mercado; aquela cidade estava acostumada a uma maré constante de recém-chegados: iemenitas, afares, somalis, indianos, colonos franceses, todos sentiam que a cidade pertencia a eles. Havia confrontos, casos de amor e amizades entre as comunidades, mas também pura indiferença.

Jama perambulou, feliz por estar de volta a um lugar com a energia de Áden, eletrizando-se com os táxis que passavam zunindo e o calor úmido envolvendo seu corpo. As lojas e as barracas, com os produtos brilhantes expostos para apreciação, o atraíam. Se não fosse por sua fome de ver o pai, teria desaparecido nas vielas lotadas do mercado para encontrar amigos entre a sujeira e a chicanice. Cabras barulhentas espiavam de entradas, delicadamente mastigando cascas de vegetais e papéis de embrulho oleosos enquanto observavam a multidão com olhos inquiridores. Seus filhotes sedentos e frustrados tremelicavam a seus pés tentando pegar as tetas levantadas, o leite requisitado para o desfrute humano por meio de panos vermelhos, azuis ou amarelos presos ao redor das tetas cheias das mães. A abundância de vida em torno de Jama era de tirar o fôlego, chocante depois do espaço e dos horizontes largos da Somalilândia. Parecia bizarro que tantas pessoas estivessem concentradas em um só lugar. E o barulho! Era como se ele tivesse passado meses surdo e seus ouvidos tivessem se aberto, permitindo a entrada de uma cacofonia de gritos, xingamentos, músicas, discussões. Homens ficavam nas esquinas em grupos, encostados em muros em ruínas. Com os peitos magros saindo de camisas desabotoadas, suor caindo em cascata por seus traços finos e galhos de *qat* presos entre os dentes, seus olhos seguiam garotas do mercado, apalpando-as e cutucando-as conforme elas passavam desfilando.

Jama sentou-se debaixo de uma palmeira e examinou o entorno em busca de outro caminhão; estava no coração de uma vasta favela e não conseguia ver uma saída. Sob a sombra da palmeira, cercado por barulho e movimento, tudo parecia nadar ao seu redor; carretas puxadas por burros atravessavam o céu e pássaros voavam com as costas para o chão. Sua visão escureceu, e sua cabeça bateu na terra.

* * *

Quando acordou, percebeu que fora movido. Estava em um pequeno quarto úmido, em frente a uma porta azul descascada que rangia nas dobradiças com a brisa. Na penumbra, ele viu um gato com um pelo malhado como o de um leopardo sair correndo para a rua enquanto o som de passos se aproximava. Jama fechou os olhos rapidamente quando um homem e uma mulher entraram.

— O que você fez, Idea? — Arquejou a mulher.

— Eu o encontrei lá fora, Amina, ele tinha desmaiado debaixo da palmeira. Tentei acordá-lo e lhe dar água, mas ele estava como morto, então o trouxe para dentro.

A mulher correu até Jama e colocou a mão na cabeça dele.

— Querido, você está queimando, qual o problema?

Jama formou as palavras com os lábios para ela, mas não saiu nada. Ela encostou um copo de água na boca dele, e o líquido queimou ao descer pela garganta ressecada.

— Vou pegar um pouco de arroz para ele.

Ela saiu apressada, pernas ágeis como molas debaixo de si, o cabelo descoberto estendendo-se ao redor da cabeça em riachos negros e cinzentos. O marido ficou de pé ao lado de Jama. A boca dele era torta, e o menino a olhou pelo canto do olho. Quando ele sorriu, Jama notou uma fileira de dentes de ouro aparecendo, e um sorriso perpassou seus lábios à memória de Shidane e sua lenda de contrabandistas escondendo diamantes nos dentes de ouro. O marido, pensando que o menino sorria para ele, abriu seu sorriso máximo, torto, um tanto louco, os olhos brilhando no cômodo escuro.

— Então, quem é esse menino forte? — perguntou a mulher.

— Este menino veio para ser meu aliado, Amina, assim não serei mais atormentado por você e pelas bruxas que chama de amigas — respondeu o marido, em uma voz grave.

— Ignore-o, meu filho, ele está desempregado — provocou a mulher.

— Jama Guure Naaleyeh, sou Jama Guure Naaleyeh — afirmou Jama com orgulho, e o homem e a mulher assentiram, escondendo sua diversão.

— E quem é seu povo? — perguntou Amina.

— Eidegalle.

— Ah, um nobre Eidegalle caiu em nossas mãos Issa. — Idea riu.

Jama ficou encantado por aquele homem excêntrico e seu rosto estranho. Quando estava sério, inclinava a cabeça para o lado, a boca em um declive triste, mas então ele explodia em alegria, e seus olhos, nariz, lábios e dentes voavam em diferentes direções. Jama logo descobriu que o homem sabia falar inglês, francês, afar e árabe, além de somali, mas passava o tempo cozinhando, limpando e amando a esposa, que trabalhava como faxineira em um escritório colonial. Ele falava com Jama como se conversasse com um velho amigo. Na verdade, era tão cativante que Jama perdeu seu jeito reservado e disse coisas a ele em resposta; como ia encontrar o pai, por que havia partido de Hargeisa e como tinha aprendido árabe, e um pouco de híndi e de hebraico, nas ruas de Áden. Conversavam animadamente em um somali entrelaçado de árabe, atraindo a zombaria de Amina.

— Ah, aí vai ele de novo! Sempre se exibindo; por que não usa esse blá-blá-blá para arrumar um emprego, hein? Não tem motivo para usar essas línguas de passarinho se só fica sentado em casa.

O marido de Amina levantava um dedo.

— Jama, deixe-me dizer uma coisa, enquanto estiver aqui conosco, ignore tudo o que esta mulher disser; eu juro que ela é a mulher mais ignorante que você vai conhecer, acha que se consegue mulas cruzando burros com cachorros.

Amina e o marido gargalhavam dos insultos um do outro.

Idea era o nome dele, ou, para ser mais preciso, seu apelido, mas todos o chamavam de Idea, mesmo a esposa. Ele fora professor nas escolas do governo até que, desiludido com o uso que o governo colonial fazia daquela educação, baixou o giz e tornou-se a única esposa masculina do Djibouti. Idea viu que as escolas não disseminavam conhecimento, e sim propaganda, enganando os jovens para que não vissem nenhuma beleza ou coisa boa em si mesmos. Idea preparou o jantar daquela noite, e foi a melhor comida que Jama já tinha provado: peixe fresco temperado servido com roti quente e adoçado com mel, um molho feito de tâmaras amassadas e outro de bananas amaciadas. Era celestial. Jama cutucou os ossos do peixe até que não sobrou nada neles. Não tinha nem comparação com a gororoba que os cozinheiros serviam nas casas de comida, e Idea parecia deliciado com o impacto que a refeição tivera no hóspede.

— Jama, aposto que nunca comeu peixe antes, hein? Só arroz e um pouco de camelo ou cordeiro? Nós, somalis, temos uma grande costa, mas odiamos peixe, por que será? — perguntou Idea, de modo reflexivo.

— Já comi peixe! A gente costumava roubar qualquer coisa que queria dos cafés em Áden.

— Bom para você, mas, Jama, vejo nômades… somalis e afares, para ser justo… apertando o nariz, juro, apertando o nariz quando passam pelo mercado de peixe, e se pode ver o estômago deles encovado de fome! Por Deus, não faz sentido!

Jama, sentindo-se saciado e contente, recostou-se, o estômago estufado cutucando o ar. A lamparina de parafina foi acesa e os adultos ficaram acordados, conversando baixo na noite iluminada de âmbar. A última coisa que Jama notou foi um lençol de algodão suave sendo colocado sobre ele.

Pela manhã, uma luz branca penetrante entrou pela janela. Jama cochilou enquanto Idea abria as cortinas, varria o chão, preparava panquecas e cantava canções em diferentes línguas. Ele já estava vestido em uma camisa europeia amassada e calças que balançavam um pouco na altura de seus tornozelos, com sandálias de couro marrom, grossas, de alças, nos pés. Amina saíra para trabalhar e Idea tropeçava pelo cômodo, parecendo perdido.

— Então, Jama, o que vamos fazer hoje? — perguntou Idea.

Jama olhou em torno do cômodo, para a pilha de livros empoeirados no canto, com páginas rasgadas espiando entre as capas, para as roupas bem dobradas na prateleira, para o belo espelho de bordas douradas com pintas negras na superfície, e encolheu os ombros. Sentaram-se olhando um para o outro por um minuto, antes que Idea dissesse:

— Vamos, lave-se, vou mostrar a cidade a você.

Jama lavou o rosto, escovou os dentes com o dedo e jogou um pouco de água nos braços e no peito.

— O passeio vai começar aqui da minha casa, centro do meu mundo — declarou Idea em uma voz clara e autoritária. — Esta mesquita à nossa frente foi construída pelos otomanos, já ouviu falar deles? Não? São os descendentes de Osmã, aqueles senhores turcos robustos do leste e oeste. As pequenas bandeiras são para representar o poder do Islã nos quatro cantos do mundo — continuou Idea, agitando a mão como se espalhasse as palavras sobre Jama. — Essa viela vai dar no Boulevard de Bender, onde nossas mulheres engenhosas vendem de tudo, de pimentões verdes a cobras recheadas, romãs e peles de leopardo, remédios e poções de amor, absolutamente tudo. Tenho certeza de que dá para encontrar até algumas almas ali, definitivamente há corpos, os árabes aqui vendem menininhos de sua idade para os primos do outro lado do mar.

— Você sente falta de ser professor? — perguntou Jama.

Idea parou de andar e baixou os olhos para o menino.

— Não. Quando era professor, trabalhava para pessoas que não tinham respeito por mim ou ninguém como eu.

Uma velha mendiga se apoiava numa bengala ao lado do muro da mesquita, a mão negra como uma passa estendida em silêncio para eles. Um menino sentava-se ao pé dela, uma perna solitária emergindo de seus shorts sujos, o cabelo e os cílios grudados de sujeira. Idea passou uma moeda para a velha.

— Vamos, vou lhe mostrar o *sadhu*.

Idea apertou o passo, rapidamente percorrendo a viela enquanto a corrupção noturna esmaecia e transformava-se em comércio diurno. Sutiãs eram removidos um a um de sacadas por mãos lânguidas, e cortinas eram fechadas para que as mulheres tivessem um pouco de paz. Idea se movia por ali como um cão farejador, mal olhando para cima enquanto seguiam depressa, até que chegaram a uma rua aberta onde táxis passavam zunindo. No meio, havia uma loja chamada Tecidos Punjabi e um tumulto de mulheres cambistas do mercado ilegal; era a coisa mais estranha que Jama já vira. Um homem indiano, nu exceto por uma tira de pano em torno de suas partes privadas, estava sentado em um caixote com os pés pressionados em suas coxas magras. Havia marcas alaranjadas em sua testa e seu cabelo branco comprido estava enrolado como um ninho de cobras na cabeça. Os olhos do *sadhu* estavam fechados serenamente, e um cigarro gordo, enrolado à mão, queimava em sua mão esquerda, com um cheiro doce e herbáceo.

— Venha, Jama, para o Plateau de Serpents — gritou Idea.

Além dos cafés e escritórios da Place Menelik, ficavam as residências coloniais, e Idea queria caminhar através daquela parte proibida da cidade. Ele apontou para a via que subitamente se tornava asfaltada conforme se aproximava das casas europeias.

— Note, Jama, note todas as pequenas diferenças.

Jama tivera muitas experiências ruins com *bawabs* quando tentara ir ao assentamento europeu em Áden, mas Idea não tinha medo deles. Ele levantou o braço e gritou *"Hoi Hoi"* para os africanos uniformizados guardando as casas grandiosas. Eles não responderam, bastões nas mãos enquanto observavam Jama e Idea com olhos hostis.

Idea respirou fundo.

— Meu menino, este é um local triste e sórdido, tudo e todos podem ser comprados aqui, os pobres vivem sobre esgotos abertos enquanto os ricos folgam naquelas piscinas de hotel europeu; uma gente burra, irracional, vazia, os franceses nos têm na palma da mão, alimentando-nos, curando-nos, batendo-nos e fodendo-nos como desejam.

Jama não tinha certeza do que Idea queria lhe mostrar, mas estava ficando com medo de que a polícia fosse aparecer. Idea pegou a mão dele e os dois cruzaram a via para um jardim cercado.

— Olhe para isso, Jama.

Na sombra de palmeiras, pendiam dois balanços, um escorregador de madeira que dava em um tanque de areia e um carrossel que girava com a brisa. Idea pegou Jama por baixo das pernas e o jogou sobre a cerca.

— Vá e brinque — ele ordenou.

Jama foi pego entre a empolgação infantil e a vergonha adolescente, mas obedeceu. Testou o peso contra os balanços, então começou a se balançar um pouco, preocupado que fosse quebrar a corda e ser preso.

— Vá para o outro agora — gritou Idea.

Jama escorregou para o tanque de areia e então foi para o carrossel, se empurrando com hesitação, sem saber o que aquela máquina deveria fazer. Uma *ayah* somali chegou empurrando um bebê com cabelos cor de chamas em um imenso carrinho preto como um corvo, e uma velha *ayah* indiana levava um menino pequeno pela mão. As crianças europeias eram paradas por vizinhos, que bagunçavam seus cabelos e esfregavam marcas imaginárias de sua pele. As crianças já esperavam serem paparicadas e adoradas e não sorriam com a atenção. Jama sabia que, para onde quer que fossem, lhes ofereceriam coisas boas, embora não precisassem de nada. Nas lojas em Áden, os comerciantes indianos não permitiam que crianças somalis cruzassem a soleira da porta, enquanto crianças *ferengi* corriam e pediam doces e brinquedos ao tio Krishna.

— Já brinquei o bastante agora, Idea.

Jama desceu com cuidado do carrossel e subiu na cerca. Idea parecia satisfeito porque se fizeram entender e estendeu a mão para que Jama a segurasse, mas ele não a pegou. Queria que Idea soubesse que ele era um jovem homem, não uma criança.

A casa estava tomada por um silêncio sufocante, como se houvesse coisas acontecendo ao longe, mas o som delas estivesse submerso debaixo de metros de água. Jama se levantou e saiu da casa; tinha dormido até tarde e o Sol estava se aproximando de seu zênite. Ele esperava que Idea tivesse ido ao *suq*, porque seu estômago já estava roncando. Andou distraído pelo cômodo escuro e olhou para seu reflexo no espelho de estanho sarapintado. Seus olhos eram grandes e afundados, com íris castanhas circuladas por largas faixas azuis-claras; eles pareciam ao mesmo tempo suplicantes e orgulhosos. As sobrancelhas de Jama eram grossas e dramaticamente arqueadas; o nariz, largo e chato como o de um leão; e os lábios eram cheios, e ele os apertava para parecer másculo e sério. O cabelo era fino e havia uma mancha loira de fome perto das têmporas; os fios tinham recuado da testa, deixando pequenos tufos onde a linha costumava ficar. Seu peito era vergonhosamente ossudo, e ele podia contar todas as costelas e, se virasse de costas, todas as vértebras da espinha também. Os braços eram igualmente magros, com cotovelos pontudos e protuberantes. Jama colocou os punhos na cintura e estufou o estômago e as bochechas, para ver como pareceria se fosse uma criança rica e gorda. Ele se virou de lado e riu da silhueta grávida, então houve um movimento na porta, e viu Idea observando com seu sorriso torto.

— Não se preocupe, Jama, você vai ter uma barriga gorda um dia, olha só para a minha — disse Idea, levantando a camisa sobre o estômago e estapeando a barriga murcha. — Eu poderia fazer uma fortuna dançando para iemenitas velhos, não acha? — Ele riu. — Venha, me ajude a fazer o almoço, hoje há um pouco de carne.

Jama parou ao lado de Idea e lhe passou os ingredientes, observando a comida cozinhar. Enquanto lavava os pratos, ele se virou para Idea e perguntou:

— Como posso ir até o Sudão daqui?

— Sudão? O que você quer no Sudão? — Idea riu.

— Meu pai está trabalhando lá, vou visitá-lo.

O sorriso sumiu do rosto de Idea.

— Você sabe o quanto é longe, Jama? Nosso povo foi jogado aos quatro ventos. Você vai precisar passar por países onde há guerras sendo travadas, até atravessar o Djibouti é perigoso. No ano passado, trezentas pessoas foram mortas em um dia quando os somalis e os afares pegaram novamente as lanças.

— Eu vou ficar bem.

Idea balançou a cabeça.

— O que lhe dá tanta certeza?

— Posso fazer qualquer coisa, Idea, qualquer coisa mesmo. Eu atravessei o deserto sozinho, não foi?

— E veja o estado em que estava! Achei que alguém tinha deixado o lixo debaixo da árvore, e lá estava você, desmaiado. Olhe, Jama, fique aqui e ficará bem, fique em Áden e ficará bem, fique em Hargeisa e ficará bem, mas atravesse a Eritreia ou a Abissínia e verá coisas que não quer ver. Espere aqui... deixe-me mostrar uma coisa para você.

Ele voltou com um livro gasto, com a lombada soltando-se.

— Neste livro, há figuras de nossa terra desenhadas por *ferengis*. — Idea folheou as páginas verdes e azuis até achar a imagem que queria. — Veja esse chifre saindo do lado, aqui é onde vivem os somalis; ao nosso lado, estão os oromos, os afares, os amharas e os suaílis no sul, todos os nossos vizinhos.

Jama olhou o mapa, mas não fazia sentido para ele: como poderiam montanhas, rios, árvores, estradas, vilas, cidades serem encolhidas em uma pequena página?

— O Sudão é aqui. — Idea afundou o dedo em um país rosa. — Nós estamos aqui. — Outra unha rasgou um ponto roxo.

— Tudo no meio é controlado pelos italianos. — Idea alisou uma extensão de amarelo. — Tudo isso é um abatedouro, os italianos são demônios, podem aprisionar você ou colocá-lo no Exército deles. Eu leio nos jornais todos os dias que dez ou cinquenta eritreus foram executados. Não há uma cidade ou vila sem uma forca. Eles matam videntes por preverem sua derrota e os trovadores por zombarem deles. Um menino somali frágil seria como um petisco antes da refeição do meio-dia para eles.

— Bem, então vou levar uma faca.

Idea sufocou o riso.

— E vai matar todos eles com sua faca?

— Se precisar.

— Você me lembra tanto meu filho, Jama.

— Você tem um filho? — perguntou Jama, com uma pontada de ciúmes.

— Eu tive um filho.

— O que aconteceu com ele?

Idea deu de ombros.

— Eu o levei para ser vacinado e, alguns dias depois, ele morreu. Era um menino saudável, inteligente como você, não havia motivo para ele morrer.

Jama podia ver lágrimas brotando nos olhos de Idea, então colocou os braços em torno dele, abraçando-o forte com seus braços finos.

Quando a noite caiu, a vizinhança se encheu de luzes e música; as batidas de tambor ganharam velocidade e então pararam abruptamente. As cordas de um alaúde foram tocadas levemente, e homens vieram pela viela carregando instrumentos musicais maiores. Crianças tomadas de empolgação saíam das casas rindo e perseguindo umas às outras, ficando quentes e sujas de terra antes de serem chamadas para tomar banho. Incensários eram colocados na rua para repelir o cheiro de lixo podre que tomava a cidade assim que o Sol se punha. As choças feitas sobre o esgoto a céu aberto pareciam apalpar e se afastar do fedor desagradável que cintilava abaixo delas.

— *Yallah!* Vamos, tem um casamento — gritou Amina, quando voltou do trabalho.

Ela derramou água em uma banheira de latão para que Jama se lavasse, e ele trabalhou com o sabão, espumando e esfregando a pele, tentando remover as camadas de sujeira que jamais terminavam. O sabão vermelho era novo e duro, e Jama brincou com ele para cima e para baixo de suas costelas, como se fosse uma cítara, até que seus ossos ressoaram e sua pele vermelha cantarolou. Ele segurou o amuleto da mãe longe da água, mas não ousou tirá-lo, caso os *jinns* o roubassem.

Quando saiu, roupas estavam jogadas em todo lugar, e até no chão elas pareciam festivas e especiais. Havia tecidos listrados com fios prateados ou dourados, anáguas rendadas, xales de lantejoulas; vestidos cortados de modos ousados e modernos, roxos profundos e turquesa, cor-de-rosa e jade, amarelos e rubi. Amina entrou no cômodo parecendo uma rainha, com o cabelo fora do lenço e brincos de ouro magníficos descendo das orelhas até o pescoço. Um vestido vermelho decotado, brilhando com lantejoulas vermelhas, caía solto em seu corpo; pulseiras de ouro correram para cima e para baixo quando ela levantou os braços, contente com o rosto limpo e brilhante de Jama. Amina saiu do cômodo e voltou segurando um lápis de olho e uma latinha com uma mulher se reclinando, que deu para Jama segurar.

— Abra o *khol* para mim, meu querido — Amina disse a Jama.

Ele cuidadosamente desenroscou a tampa do *khol*, passando a ponta ornamentada para Amina, e ela pintou as pálpebras com um traço preto.

— Agora o rouge, por favor — ela disse, admirando seu trabalho.

Jama jamais vira rouge antes e se atrapalhou com a latinha, até que conseguiu abri-la e estendeu a gosma vermelha para Amina. Ela passou um pouco nos dedos e esfregou nas maçãs do rosto, a boca pensativamente aberta. Jama saboreou o hálito suave dela contra o seu rosto. A pele de Amina parecia suave, mas os olhos negros enfeitiçadores pertenciam a uma mulher selvagem como Salomé.

— Coloque as sandálias, Jama, rápido, rápido — ordenou Amina.

Jama despertou do devaneio e olhou para trás. Ela tinha comprado sandálias enormes para ele, com fivelas de metal nos tornozelos.

— Obrigada, tia — ele disse, enquanto se esforçava para calçar as sandálias pesadas.

Idea os seguiu pela noite. Ele usava um terno bege largo que brilhava na escuridão. Amina aplicara um perfume oleoso do Iêmen que permanecia docemente no ar enquanto ela caminhava, cumprimentando os vizinhos conforme eles saíam das casas, conversando e prendendo os cabelos. O casamento iria acontecer no centro do bairro africano, no Hotel de Paradis, e a batida de um tambor e a elevação de uma voz feminina já podiam ser ouvidas de lá. Jovens mulheres de saltos altos tropeçavam pela rua, levando maquiagem, roupas e rumores umas às outras. Em torno da varanda do hotel, rondavam pessoas pobres, as roupas sacudidas e os rostos limpos com saliva, esperando se esgueirar para o banquete sem serem notadas. Eles seguiram os convidados iemenitas, somalis e franceses por uma escadaria em espiral até o teto. A vista do topo lembrou Jama dos ingleses bem-vestidos e adornados de joias que costumava ver dançando nos terraços dos hotéis caros em Áden. Aqueles hotéis sempre tinham *bawabs* africanos para espantar qualquer um que parecesse muito pobre ou muito negro. Uma banda estava num canto, o baterista mascando *qat* e a cantora cantarolando baixo para si mesma. Eles logo perceberam que os homens e rapazes estavam se acomodando no fundo para dar às mulheres os melhores assentos na frente. Idea pegou Jama pela mão e o levou para a parede. As mulheres do Djibouti andavam em torno dele com sua maquiagem perfeita, usando camada após camada de roupas cintilantes no calor abafado. Eram muito ousadas e livres em comparação com as mulheres de Hargeisa: grosseiras, flertavam com os homens ou zombavam da virilidade e da mãe deles; nada estava a salvo delas. A comida estava servida em mesas ao lado e os homens ficavam ali perto, beliscando pequenos bolos e samosas quando as mulheres não estavam olhando. O casamento era entre um homem somali e uma mulher iemenita, e Idea disse que poderia ser uma combinação difícil, já que todas as mulheres iemenitas pareciam ter noventa centímetros de altura. Homens jovens se juntavam em grupos, registrando as mulheres jovens que passavam por perto. A banda se levantou e tocou uma música popular que fez a multidão bater palmas e ulular, então o casal subiu as escadas. A noiva usava um vestido grande europeu que sobrecarregava sua pequena figura e o marido usava um terno escuro e um sorriso fantástico; ambos tinham guirlandas perfumadas de jasmins em torno do pescoço. Foram levados pelas mães de rosto sério e sentaram-se em tronos dourados. As amigas da noiva e as parentes correram para fazer um reboliço por causa do vestido, enquanto convidados se enfileiravam para beijar, envergonhar e colocar dinheiro no colo do noivo. Quando todos, a não ser Jama e Idea, tinham ido atormentar o casal, a comida foi distribuída. Famílias inteiras haviam aparecido sem convite para tomar parte do banquete, e as famílias do noivo e da noiva distribuíram a comida livremente, para não trazer azar para o casamento. Homens franceses sentavam-se juntos, parecendo desconfortáveis, prendendo os presentes caros entre as pernas.

Idea se virou para Jama e pegou a mão dele.

— Gosto de ter você aqui, Jama. Por que não fica comigo e Amina? Vou ensiná-lo a ler e escrever. Sempre pode encontrar seu pai quando ficar mais alto e comprar uma faca maior.

Jama fechou o rosto contra aquela sedução.

— Não, Idea, não posso esperar, estive esperando a vida toda. Quero meu pai agora; e se eu esperar e ele morrer?

Idea entendeu e deu tapinhas na mão de Jama.

— Certo, Jama, eu tentei. Vamos ver amanhã como podemos fazer você chegar ao Sudão sem ter a cabeça explodida na metade do caminho.

A festa seguiu até tarde da noite, com mulheres que dançavam de modo escandaloso, cozinhando dentro dos *hijabs* e vestidos caros, desmaiando no calor como o de uma fornalha. Meninos do mercado ocasionalmente as bombardeavam de baixo com punhados de cascalho e amantes secretos se aproveitavam da multidão e da confusão para escapulirem juntos. Amina, por fim, levou Jama e Idea de volta pela via escura até a casa deles, ignorando os sussurros ilícitos ao redor. Alguns legionários franceses queimados de sol se esquivavam em seus shorts brancos sujos, sussurrando para as sacadas das namoradas, pedindo que os deixassem entrar. Jama olhou para o céu; ao lado da Lua, havia uma estrela brilhante que jamais notara antes, e ela cintilou e piscou para ele. Enquanto apertava os olhos, viu uma mulher sentada na estrela, os pés pequenos balançando sob o *tobe* e o braço acenando. Jama acenou e ela sorriu de volta, soprando beijos de estrela cadente para ele.

Idea andava na frente a caminho das docas em L'Escale, os braços soltos balançando de cada lado, distraidamente dando tapinhas na cabeça de Jama e acariciando seu cabelo. Jama tentou acompanhá-lo, o tempo todo pensando se realmente queria partir.

Amina acordara Jama antes de sair para o trabalho e lhe entregara uma refeição envolta em um pano.

— Boa sorte, Jama, espero que encontre seu pai, mas, aconteça o que acontecer, não perca a fé em si mesmo. Você é um menino inteligente e, com um pouco de sorte, terá uma boa vida — ela disse, antes de cobrir o rosto dele de beijos. Ele não tinha lavado o rosto depois, e aqueles beijos ainda ardiam vermelhos em sua pele.

Jama olhou para o rosto de Idea; o sorriso torto ainda estava lá, mas não havia alegria nele, os olhos do homem estavam tristes. Jama pegou a mão de Idea quando ela balançou para trás e a segurou, pensando secretamente que, se não tivesse um pai, teria escolhido ser filho de Idea.

Idea olhou para ele.

— Quando for para a Eritreia, vai ver ainda mais claramente que há *ferengis* que acham que você não sente dor como eles, não tem sonhos como eles, não ama a vida tanto quanto eles. É um mundo ruim em que vivemos, e você é como uma pulga no lombo de um cachorro, por fim, vai terminar entre os dentes dele. Tenha cuidado. E acima de tudo, Jama, fique longe dos fascistas.

— Fascistas? O que são fascistas?

— São *ferengis* perturbados que fazem a obra do demônio. Na Eritreia tentaram nos eliminar, na Somália fazem as pessoas trabalharem até a morte em suas fazendas, na Abissínia jogam veneno dos aviões sobre crianças como você.

Jama assentiu, mas não conseguia compreender não estar vivo, não sentir dor ou felicidade, não sentir a terra áspera sob os pés. *Talvez esses fascistas devessem ser evitados*, pensou, mas não acreditava de verdade que pudessem feri-lo. O primeiro *ferengi* que ele conheceu trabalhava no Steamer Point, em Áden. O homem branco enfiara uma agulha afiada em seu braço e usara luvas para tocá-lo, mas o somali que acompanhara Jama até Áden dissera que aquilo o protegeria de doenças. *Talvez os médicos brancos não pudessem ser fascistas*, pensou Jama consigo mesmo. Chegaram ao corpo de água de L'Escale; barcos de passageiros e navios mercadores maiores flutuavam na superfície da água suja, carregando e descarregando. Os carregadores gritavam uns para os outros em somali e afar e cantavam músicas de trabalho para tornar as cargas mais fáceis de aguentar. Idea e Jama pararam na beira da plataforma de concreto. Jama mordeu o lábio, e seus pés hesitaram no ar antes de pisar no deque. Ele pensou em dizer a Idea que mudara de ideia e que queria ficar, mas sabia que não suportaria a traição de trocar seu pai de verdade por outro.

Idea conduziu Jama através da multidão.

— Precisamos descobrir qual barco está indo para Assab, temos um membro do clã lá, um *askari* chamado Talyani. Diga a ele que é meu sobrinho, ele o ajudará a chegar até Asmara, e de lá você pode pegar um trem.

Velhos peregrinos antiquados de barbas vermelhas e túnicas brancas se empilhavam em um pequeno *dhow*, o barqueiro enchendo cada centímetro quadrado com carne penitente. Idea falou uma litania de línguas para diferentes funcionários tentando descobrir de onde partia o barco para Assab. Eles seguiram a curva do porto até uma área mais silenciosa, onde um navio a vapor pintado de amarelo esperava na água.

— É esse, acho — gritou Idea, correndo na frente pela prancha de madeira.

Jama o observou abordar um par de marinheiros de peito nu, antes de parar um homem somali com um quepe. Idea contou francos que tirou do bolso e apontou para Jama, que esperava perto do navio. O capitão acenou para que ele fosse para lá com um gesto expansivo.

Idea esperou no topo da prancha.

— Queria convencê-lo a ficar, mas acho que esta é nossa despedida por um tempo. Aprenda a ler, Jama. Eu esperava ensiná-lo enquanto ficasse conosco, mas você me abandonou. De qualquer modo, venha cá.

Idea deu uns tapinhas no rosto de Jama e colocou um lenço cheio de moedas na mão dele.

— Não é muita coisa, mas vai ajudar.

Jama segurou as lágrimas e escondeu o rosto na barriga de Idea; seu coração disparava e o menino não conseguia dizer as palavras que sentia dentro de si.

— Queria poder fugir com você, mas aquela mulher me enfeitiçou! Não me esqueça, Jama, aprenda a ler! — Foram as últimas palavras de Idea antes que ele virasse de costas e voltasse para Amina.

Jama encontrou um lugar sombreado no deque e observou Idea recuar na distância, os pés tremelicando por causa do motor que sacudia abaixo. Alguns passageiros conversavam entre si e um par de membros da tripulação fumava cigarros ao lado da amurada. Jama se aproximou deles, sentindo-se subitamente abandonado. Colocou um cigarro imaginário entre os dedos, inclinou a cabeça para trás e apertou os lábios como os marinheiros; fumaça imaginária se encaracolou na direção do céu. Quando os homens terminaram seus cigarros, Jama foi investigar o barco. Seguiu pequenos degraus que levavam ao deque de baixo e entrou na ponta dos pés, o cheiro de frutas velhas e tabaco emanando de trás de portas fechadas. Ele se perguntou onde a âncora era guardada quando estavam no mar; devia ser uma coisa antiga, de aparência sagrada, pensou, prata encrustada de cracas verdes. Foi até o fim da passagem e espiou por um postigo no chão; estava escuro, mas pôde ver uma figura curvada diante de uma fornalha na qual um pequeno fogo laranja ardia. A figura estava nua a não ser por um par de shorts e concentrava-se em empilhar pedaços de carvão, alheio ao menino espiando atrás dele. Jama entendeu que o Djibouti era mantido tão quente por tropas de homenzinhos como aquele alimentando fogos subterrâneos. Deixou o foguista com seu trabalho sufocante e se esgueirou para o deque superior.

Teve sonhos felizes, sonhos em que desembarcou para encontrar um carro preto grandioso parando diante dele. A porta do passageiro foi aberta por um braço em uma manga de terno, um relógio de ouro sólido batendo e brilhando contra a pele escura do motorista. Parecia que todas aquelas promessas que a mãe fizera de que ele era o querido das estrelas finalmente iam se cumprir: ele seria um menino normal com um pai de verdade. Queria seu pai mais do que qualquer coisa no mundo, estava se tornando um homem e precisava do pai para iluminar o caminho. Jama tinha tan-
+ ⸱ ⸱rguntas para Guure. Para onde você foi? O que vem fazendo
⸱⸱ ⸱? Por que não voltou para mim? Jama sentia-se pronto
⸱⸱ ⸱r; sua sentença finalmente tinha acabado.

⸱⸱ lançou violentamente quando manobrou para se
⸱ espera fora interminável. A boca de Jama tinha

um gosto azedo, e a língua estava seca e algodoada. Ele comeu a refeição que Amina tinha preparado, colocando o pano sobre a cabeça contra a forte luz do sol. O barco traçou uma linha regular sobre o mar limpo e esverdeado, deslizando como um dançarino europeu rico nos terraços de Áden. A viagem de barco parecia fácil demais para Jama; o menino desconfiava de facilidade e conforto, coisas tão estranhas para ele. Concentrou-se na costa, esperando divisar algum ponto de referência, algo que reconhecesse das histórias que ouvira de Idea, mas não encontrou nada. Mais tarde, quando o Sol ia para o oeste, deixando pinceladas largas de rosa, laranja, vermelho e roxo atrás de si, apareceram ilhas no horizonte. Ilhas cercadas por areia fina e branca, as folhas das palmeiras de aspecto preguiçoso balançando forte, os recifes de corais gentis em torno delas açoitados pelas ondas em duelo do Mar Vermelho e do Golfo de Áden. Jama contou várias ilhas pequenas e percebeu, feliz, que eram os sete irmãos perversos. Idea lhe dissera que tinham sido piratas maus que Deus pegara em uma tempestade violenta e transformara em ilhas, para serem eternamente açoitadas pelos ventos violentos do estreito Bab el Mandab, o Portão das Lágrimas.

ASSAB, ASMARA, OMHAJER, ERITREIA, OUTUBRO DE 1936

Os passageiros reuniram seus embrulhos e suas crianças enquanto a tripulação corria, preparando-se para a chegada. Jama ficou de pé e foi até a proa do barco. Depois de atracar, um homem de colete anunciou "ASSAB, ERITREIA". Jama precisou empurrar os corpos que protestavam atrás dele, esmagando-o enquanto gritavam para serem soltos. Finalmente uma prancha foi colocada contra a embarcação e o portão foi aberto.

Jama seguiu os outros passageiros, na maioria afares voltando para ver familiares em Dankalia, mas alguns poucos somalis e iemenitas se misturavam à multidão. A atenção dele foi capturada por uma tábua gigante sobre dois postes, mostrando uma cabeça com capacete. Um nariz ameaçadoramente grande e um queixo pesado, pontudo, em um rosto branco eram tudo que podia ver na escuridão crescente, e escritos europeus circulavam a imagem. Jama notou alguns homens levantando o braço direito para a figura, então fez o mesmo, imaginando por que alguém se daria ao trabalho de pintar um *ferengi* tão feio. Jama se emparelhou com um homem somali que olhou de soslaio para ele.

— Sim, menino?

— Tio, estou procurando por um homem do meu clã, conhece um *askari* chamado Talyani?

— Talyani? Conheço um Issa chamado Talyani, mas sei lá onde ele mora. Pergunte na delegacia de polícia — respondeu o homem.

— O que você quer? É tarde para mendigar, não? — gritou uma voz atrás da porta.

— Fui mandado por Idea, no Djibouti, sou sobrinho dele, pode me ajudar a ir para o Sudão? — disse Jama, a voz mais alta que o normal. A porta pesada foi destrancada e ele entrou.

A casa de Talyani era imaculadamente limpa. Sentada no chão, havia uma jovem com um bebê sugando seu peito; ela fez um aceno educado para Jama.

— Pode ficar por algumas noites, o barco para Massawa deve chegar logo. Esses são minha esposa, Zainab, e meu filho, Marco — disse Talyani. — Pegue uma roupa de dormir para ele quando tiver acabado, Zainab, e comida também. Vou para a cama. — Talyani desapareceu no corredor escuro, mas então voltou. — Você é sobrinho dele, é? De que lado?

Jama pensou rápido.

— Dos dois lados, minha mãe é meio-irmã de Amina e meu pai é irmão dele.

Talyani retorceu a sobrancelha, mas deixou passar.

— Vamos conversar melhor pela manhã.

Jama expirou longamente. Por sorte, Talyani não tinha pedido que recitasse os nomes de seus avôs. A casa estava em silêncio, apenas o mamar do bebê perturbava o ar, e Jama ficou parado sem jeito perto da porta. Zainab se mexeu rápida e silenciosamente pelo cômodo, arrumando cobertores no chão para ele.

— Deixe-me ajudar. — Ofereceu Jama.

Zainab balançou a cabeça, o cabelo caindo pelo rosto e projetando uma sombra, mas ele podia ver outra sombra ali, a marca preto-azulada de um punho em torno do olho.

Enquanto ela servia um prato de arroz e cozido, Jama olhava para o bebê. As bochechas redondas de Marco eram brilhantes e macias, o queixinho descansava nos cobertores no qual o menino fora aninhado, e ele dormia como um rei sem qualquer preocupação no mundo. Jama comeu em silêncio enquanto Zainab se agitava ao redor, pegando água e endireitando móveis que já estavam retos. Podiam ouvir Talyani através da parede, limpando a garganta e se acomodando, recordando-os de que ele ainda estava ali. Os pratos foram rapidamente esvaziados e Zainab os levou, lavando-os imediatamente. Ela voltou para pegar o bebê e hesitou na porta, virando-se para ele.

— Precisa de algo mais? — O rosto pequeno dela era o de uma adolescente, com gordura juvenil e espinhas.

— Não, obrigado — respondeu Jama, imaginando o quanto Zainab era de fato mais velha que ele.

O cômodo parecia estranho no sol da manhã, nu e brilhante, como se tivesse sido lambido. Fotografias em branco e preto de Talyani usando uniforme de um *askari* italiano pendiam orgulhosamente em molduras de madeira envernizada. Tinha as meias de menino de escola puxadas até os joelhos e um chapéu alto e estranho na cabeça; o cabelo era preto e ondulado como o de um italiano, daí o apelido. Sorridente e fantasiado, ele era uma mascote colonial, e Jama não conseguia imaginá-lo colocando areia nos motores dos caminhões italianos ou cuspindo na comida deles como ele faria. Talyani devia ser como os homens que Idea mencionara, pensou Jama, olhando para as fotos, os que mataram os fazendeiros e as crianças abissínios.

Zainab tornou-se melancólica conforme o dia da partida de Jama se aproximava. Disse que ele fora seu primeiro hóspede desde que ela chegara a Assab e que antecipava um longo período antes que outra pessoa viesse fazer uma visita. Zainab quase se esquecera como era ter alguém com quem conversar e fazer as coisas. Sua vida de adolescente, com seu elenco de irmãs, tias, amigas e vizinhos, tinha chegado a um fim abrupto quando se casara, um sacrifício que fizera sem conhecimento real do que deixava para trás. Suas amigas tinham ficado impressionadas com sua coragem de deixar a Somalilândia, e Zainab também, até perceber que era cativa de um tirano bêbado e que veria apenas as quatro paredes à sua volta e o teto sobre a cabeça. Talyani, por outro lado, tinha liberdade e uma vida no mundo exterior, mas era grosseiro e condescendente com os vizinhos afares, famílias majoritariamente contrárias à invasão italiana de seu país. Ele cantava músicas italianas em voz alta no quintal e tinha começado a fazer a saudação fascista aos passantes. Se não fosse pelo bebê, Zainab teria se escondido em um dos barcos a vapor e fugido de volta para Burao.

Em sua última manhã, Jama foi despertado pelo barulho de panelas e potes batendo no chão. A voz de Talyani ecoou pela casa enquanto ele gritava com Zainab na cozinha.

— Sua mãe não lhe ensinou nada, idiota? Pegue essas coisas, não as comprei para que você as destruísse.

Jama cobriu os ouvidos para bloquear a crueldade de Talyani e buscou seus sonhos doces. As botas de Talyani se aproximaram.

— Está pronto? Tenho que ir para uns lugares.

Ele saiu das cobertas e foi para a bacia, a água lavando os últimos vestígios dos sonhos.

Esperaram lá fora enquanto Talyani fechava dois grandes trincos na porta da frente. Marco chutava, aninhado no quadril da mãe, e gorgolejava de empolgação ao sentir o ar fresco na pele. Zainab estreitou os olhos para o céu cerúleo, as roupas vermelhas a fazendo parecer jovem e livre, mas apertava o filho com força. Jama não conseguia imaginá-la envelhecendo naquela cidade, onde havia poucas mulheres e *askaris* demais para que pudesse visualizá-la andando pelas ruas como uma velha senhora magra.

Assab era golpeada por ventos quentes e secos que sopravam dos desertos vulcânicos escuros de Dankalia. Talvez ficasse perto demais daquele ermo atômico para que os italianos se esforçassem em desenvolvê-la, apesar de ser a primeira base imperial deles desde os césares. Haviam comprado Assab por uma soma moderada dos egípcios. Seus prédios eram velhos e desmoronados, manchados de cinza e deformados pelo vento implacável. As pessoas eram uma mescla de andarilhos; abissínios procurando trabalho, pescadores iemenitas seguindo os baixios do Mar Vermelho, afares nômades com os dentes raspados em pontas, somalis a caminho de outro lugar. Embora fosse um porto tão movimentado quanto a Cidade do Djibouti, a maioria dos assabis dormia até tarde do dia, e aqueles na rua tinham um olhar frustrado, apertado, com raiva por perderem a época em que aquela área era uma das mais ricas da Terra. Como parte do Império Axumita, Assab exportara chifres e couro de rinoceronte, símios e leões para Roma, o Egito e a Pérsia.

Um barco de carga balançava ao lado deles, a pintura descamando faixas de folhas metálicas. Era a única embarcação atracada e parecia ter vindo para morrer, pelo jeito que arquejava e suspirava. Talyani parou e entregou a Jama o bilhete fino de duas liras, seu passe para o pai.

— A viagem vai levar metade de um dia, vou achar alguém para acompanhá-lo até Asmara. Espere até ver aquele lugar, *Wah Wah*! Os italianos a transformaram em um grande paraíso; há cinema, hotéis, lojas que vendem qualquer coisa que você poderia querer comprar.

Com os olhos brilhando, Talyani os deixou para encontrar alguém que acompanhasse Jama no resto da viagem. Logo voltou com dois outros *askaris*, jovens de pele macia.

— Esses meninos vão colocá-lo em um caminhão de Massara para Asmara, não é longe — disse Talyani, orgulhosamente dando tapinhas nas costas dos dois. — Pode pegar um trem de Asmara para Agordat, e então um caminhão. As estradas estão fantásticas agora, os *ferengis* finalmente trouxeram progresso ao nosso país.

Talyani apertou a mão de Jama, quase a esmagando.

— Talvez você se torne um *askari*, como seu pai e eu.

— Meu pai é motorista, não *askari* — corrigiu Jama, desencorajado pelo exemplo que Talyani dava deles.

Zainab apertou a mão de Jama e ele embarcou em seu segundo navio. Talyani partiu de imediato e Zainab o seguiu com relutância, virando de vez em quando para acenar, seu sorriso brilhante na luz da manhã.

Sob os pés, Jama podia ouvir o balido de ovelhas e cascos agitando-se em pranchas de madeira. Ele se agachou para escapar do vento quente e espiou pelas frestas na madeira. Podia divisar cabeças ossudas e corpos felpudos nos fachos de luz que atravessavam o porão, seu cheiro oleoso erguendo-se no calor. Os jovens *askaris* subiram pela prancha, os passos lentos e pesados contradizendo suas idades. *Olhe todas essas roupas quentes*, pensou Jama, sentindo vontade de desmaiar só de olhar para elas. O navio partiu do porto rapidamente e com pouco aviso, deixando para trás retardatários que gritavam e corriam pela plataforma para alcançá-los, segurando os sarongues entre as pernas.

— *Masaakiin*, coitados — murmurou Jama, ao observá-los gesticulando desesperadamente para a tripulação, que ria.

Os guinchos das gaivotas fizeram Jama se sentar, e ele limpou saliva do rosto. À sua frente, havia as maiores montanhas e colinas que já vira, subindo além das nuvens. Debaixo das montanhas se aninhava uma bela cidade caiada de branco, o píer entrando de modo acolhedor no mar. Conforme Massawa ficava mais perto, Jama podia ver uma ilha de arcos elegantes e palácios de estuque branco assomando-se sobre outra ilha abarrotada de favelas de folhas de metal onduladas e pranchas de madeira. A cidade rica e a cidade pobre eram unidas por um cordão umbilical de concreto. Uma placa estava virada para o mar e um dos *askaris* se inclinou para a frente, tentando ver as palavras na superfície esfregada pelo sal.

— A pérola do Mar Vermelho — ele recitou devagar.

Jama sorriu com o glamour que a placa prometia. *Dhows* navegavam o mar plácido e pássaros voejavam, bicando insetos nas planícies de lama cercando a passagem elevada. Eles entraram em um labirinto de ruas, os *askaris* liderando o caminho com passos longos de avestruz. Entravam em vielas misteriosas que subitamente se abriam em praças cheias de luz e então seguiam novamente para a escuridão. Jama olhou para cima. Algumas das casas tinham venezianas de madeira e sacadas intrincadamente entalhadas, e uma delas exibia um imenso domo em forma de cebola sobre o telhado. Mesquitas antigas, as paredes irregulares com repetidas caiações, ficavam separadas das casas, como avós honrados sentados na rua observando o mundo passar. A cruz de prata da Igreja Ortodoxa tinha um brilho branco sobrenatural na linha do horizonte da cidade, atrás da estrela e do crescente de uma mesquita. Jama soltou um suspiro feliz para o mercado coberto, decorado com toldos brancos sobre as barracas, os produtos dispostos caprichosamente em mesas como um butim recuperado da caverna de Aladim. Apesar de muito antiga, Massawa era organizada e bem-cuidada, com bolsos de inacreditável riqueza escondidos como pérolas em uma concha. Criados se amontoavam dentro e fora das casas grandiosas de mercadores árabes, judeus, armênios e europeus. Em todo lugar havia o som de uma diligência discreta e lucrativa. E, no entanto, perto dali existiam favelas, onde panelas com pouca comida queimavam fácil e italianos de botas brilhantes ficavam à toa em bares baratos, cuidando de seus copos de cerveja.

Cruzaram outro caminho elevado mais longo até a porção de Massawa no continente. Aquela parte da cidade parecia mais plana, mais residencial, onde todos iam descansar depois das seduções da velha cidade.

— Vamos conseguir um caminhão nesta estrada principal — disse um dos *askaris*.

Não parecia muito com uma estrada principal para Jama, mal tinha largura para um veículo. Ele olhou para o horizonte; o pai poderia simplesmente aparecer em torno da esquina, era mais que possível que ele dirigisse por aquelas estradas, pensou. Não era uma via movimentada, e o som de qualquer veículo se aproximando fazia o coração de Jama saltar. Um dos *askaris* correu para fazer sinal para um caminhão, e o motorista, vendo os uniformes, parou. Jama olhou rapidamente para a cabine – *não é ele*, assegurou a si mesmo – e todos se amontoaram dentro dela. A vasta depressão na terra em que havia entrado no Djibouti agora rapidamente se elevava, e o veículo rangia e guinchava para dar conta da inclinação. O motorista recitava a *al-fatiha* baixinho, enquanto os *askaris* brincavam para esconder o medo. O caminhão quase perdeu o equilíbrio ao subir, raspando a parte de baixo ao se endireitar.

— Nunca fica mais fácil — disse o motorista, entre os dentes apertados.

Jama, no começo aterrorizado pela estrada precária, começou a gostar dela, apontando os perigos para o motorista:

— Olha! Um buraco! E ali tem umas pedras soltas, tome cuidado, motorista!

Ele podia ouvir o coração do motorista batendo perto de seu ouvido e as engrenagens do veículo rangendo debaixo dele. Os *askaris*, relaxados com a vigilância de Jama, adormeceram, as cabeças rolando da esquerda para a direita em uníssono.

— Ei, você é bom nisso, menininho. Quer trabalhar para mim? — perguntou o motorista, e Jama assentiu com entusiasmo, e eles trocaram sorrisos no espelho retrovisor.

Finalmente chegaram às avenidas bem-cuidadas de Asmara, onde casas novas, com a pintura ainda fresca, reluziam por todo canto. Grandes *villas* italianas estavam pintadas de vermelhos, corais, rosas e amarelos de dar água na boca; flores brancas e roxas caíam sobre os muros. Era o lugar mais arrumado e fértil que Jama já vira. Árvores farfalhavam ao lado da via, limpadores varriam as calçadas sem lixo, e havia tanta pavimentação que todos os lugares pareciam cobertos de pedras padronizadas. Jama olhou em volta; todas as lojas eram dirigidas por europeus, e a cidade parecia pertencer aos homens barrigudos de bigodes virados para cima sentados do lado de fora delas. Mulheres usando vestidos que expunham braços e pernas subindo e descendo os declives gentis de bicicleta. Os únicos africanos que podia ver eram os varredores de rua.

— É estranho, não é? Não se preocupe, eles foram generosos o suficiente para nos deixar um resto de terra mais abaixo — disse o motorista.

Jama se inclinou sobre os *askaris* para ver mais claramente através da janela suja. Prédios de três andares com colunas na frente assomavam-se sobre o caminhão enquanto passavam pela avenida principal. Uma grande catedral com uma cruz de mosaico iridescente apareceu diante deles, e mulheres com vestidos brancos e pretos estavam em pé nos degraus, pegando as contas de rezar enquanto o sino da igreja soava. Mendigos eritreus sentavam-se ao lado do muro da catedral, envoltos em *shammas* brancas e sujas.

Jama gritou:

— Olhe! *Gaadhi dameer!* — E apontou com empolgação enquanto uma carroça de burro passava, o burro a meio-galope balançando a cauda, um menininho segurando as rédeas.

O motorista descobriu o caminho para a reserva africana e desacelerou.

— Onde querem que eu deixe vocês? — ele perguntou.

— Mais abaixo, onde estão os somalis — respondeu um dos *askaris*.

Eles seguiram e pararam na frente de uma casa de chá cheia de homens somalis.

Jama deixou os *askaris* pagarem por ele. O motorista apertou a buzina para Jama.

— *Nabad gelyo*, a paz esteja com vocês! — ele gritou, antes que o caminhão partisse.

— Vai pagar pela comida, pequeno homem? — perguntou um dos *askaris*.

Jama tirou algumas moedas do lenço de Idea.

— Pegue bastante para mim, estou com fome — ele exigiu.

Os *askaris* voltaram com pratos cheios.

— Quem está procurando aqui? — perguntou o *askari* mais alto.

Jama deu de ombros, confiante de que alguém o receberia.

— Qualquer um, um Eidegalle, imagino.

— Vou perguntar na casa de chá — disse o *askari*, levantando-se.

Jama podia vê-lo circulando, apertando mãos, fazendo piadas. O *askari* voltou um pouco depois, seguido por um homem coxo com um cesto cheio de carvão na mão. Eles trocaram *salaams*.

— Uma velha Eidegalle mora por ali, mas aviso que ela pode ser difícil — disse o vendedor de carvão.

As casas da reserva eram pequenas e amontoadas, com animais amarrados em postes do lado de fora.

— É essa aqui — disse o homem, parando em uma *tukul* com formato de colmeia e uma esteira de junco servindo de porta.

Jama balançou a esteira de junco e os *askaris* deram um passo para trás quando uma velha corcunda com um rosto duro a afastou.

— Quem é você? — ela perguntou bruscamente.

Jama recitou o que sabia de sua linhagem, pulando avôs e mutilando nomes antigos. Ele explicou que estava a caminho do Sudão e que só precisava de um lugar para dormir por uma noite.

— O que um nanico como você quer no Sudão? — questionou a velha.

— Vou encontrar meu pai — respondeu Jama.

— Tem certeza de que tem um?

Jama se virou para se afastar da velha bruxa. O homem manco ria com os *askaris* enquanto voltavam para a casa de chá.

— Espere, espere! Não leve as palavras de uma velha tão a sério. Pode ficar por uma noite.

Sentaram-se longe um do outro na cabana, ouvindo o casal vizinho brigar até que eles também ficaram quietos. Jama, sentindo-se oprimido pelo silêncio, cedeu:

— Como você conseguiu essa corcunda? — ele perguntou.

Awrala riu.

— Rá! Veja bem, menino... Meu pai veio para cá para ser fazendeiro... Bem, isso não é totalmente verdade; na verdade, ele ficou enfadado do trabalho duro bem rápido e nos transformou em fazendeiros, e eu passava o dia inteiro assim. — Ela demonstrou a postura curvada, equilibrando as mãos nas coxas. — Dos cinco aos dezoito anos, lavrei, semeei, aguei e colhi, um trabalho duro como vocês jovens jamais acreditariam — gabou-se Awrala.

Jama queria contar a ela sobre as entregas de carcaças que fizera em Hargeisa, mas deixou para lá. Uma luz havia se acendido nos olhos dela.

— Então os italianos vieram e tomaram a terra dele, *finito*! Puf! Tudo sumiu, todo aquele trabalho duro foi em vão, era uma linda terra, tanta água e vida, diferente de nosso país estéril, mas eu ainda me curvo, sobre uma vassoura agora. Quer sentir? — ela disse, rindo.

Jama foi pego de surpresa, mas seu medo dela havia desaparecido. Ele foi para trás de Awrala e ela guiou a mão dele sobre a corcunda. Era dura e protuberante como o casco de uma tartaruga, e parecia uma coisa pesada para uma mulher tão velha carregar para todo canto. Ele tentou amassá-la sob os dedos, mas era muito firme.

Awrala riu sob seus dedos.

— Já basta, faz cócegas, durma um pouco.

— Quer que eu ande nas suas costas? — Ofereceu Jama, com pena de sua pobre espinha deformada.

— Não, não, seu peso me quebraria — ela disse, sufocando um bocejo.

Então arrumou os cobertores deles no chão e se enrolou debaixo do dela.

— Minha cabeça está me matando — sussurrou Jama.

— Não se preocupe, durma que passa, só não está acostumado com a altitude aqui — ela respondeu, sonolenta.

Jama, sem conseguir dormir, tentou manter Awrala acordada.

— Você não tem filhos? — perguntou.

— Não, depois de três maridos, aceitei que era estéril — respondeu Awrala, batendo as contas de seu *tusbah*.

— Por que não volta para Hargeisa, então? — perguntou Jama.

Awrala se animou.

— Por que eu deveria? Não sou mais somali; o lugar em que se nasce nem sempre é o melhor lugar para você, menino. Não há nada em nosso país. Eu me acostumei com a chuva, as colinas e o ar fresco de Asmara. Vou ser enterrada aqui.

Jama ficou ouvindo a respiração de Awrala assoviando entre os dentes até que finalmente adormeceu.

* * *

O ar da manhã estava gelado e enevoado, e a grama molhada de orvalho. Em todo lugar havia tocos verdes mofados onde árvores tinham sido cortadas para fazer lenha. Um cheiro de café queimado e carvão emanava das pequenas moradias, pungente no ar penetrante, e Jama tossiu e pigarreou com os homens saindo das cabanas. O calor do chá de Awrala aqueceu seu estômago, mas seu rosto, dedos e pés estavam dormentes. Estava frio como em uma manhã de outubro em Hargeisa. Ele sempre quis ver o gelo que diziam cair do céu na estação seca, mas se perguntava por que Deus não enviava o gelo para Áden, onde era mais necessário. Eles deixaram a reserva africana e desceram uma colina íngreme; passaram por mulheres e meninas marchando firme colina acima, carregando feixes de gravetos e lenha maiores que elas, os torsos curvados com o esforço. Para Jama, elas pareciam mulheres enfeitiçadas tomadas por corcundas monstruosas, com tentáculos tentando alcançar outras vítimas. Um ônibus passou correndo, e as mulheres pularam depressa para fora do caminho quando ele derrapou perigosamente perto delas; os feixes nas costas se desmancharam. Na frente do ônibus, alguns rostos brancos olhavam pelas janelas enquanto todos os passageiros negros estavam amassados no fundo. Awrala liderava o caminho com uma velocidade que zombava de sua idade, empurrando as pessoas para fora do caminho. Conforme se aproximavam da estação de trem, apareceram italianos, seguidos de carregadores com malas e grandes arcas. A estação estava apinhada de trabalhadores e viajantes perambulando como cupins. Todos os homens usavam chapéu, embora alguns estivessem descalços. Na plataforma, Jama encontrou a beleza de ferro que o levaria até seu pai; ela tinha um nariz arrebitado e grandes olhos redondos, e brilhava radiantemente verde em meio ao vapor que parecia nuvem.

Jama correu para o trem e Awrala o puxou de volta, com medo de que o ferisse.

— Me deixe tocar — ele exclamou.

Arrancando o braço das mãos dela, Jama acariciou o lado da locomotiva como se fosse um gatinho ronronando debaixo dos dedos. Observado pelo engenheiro italiano dentro da locomotiva e por um foguista eritreu, o menininho cumprimentou a cobra feita pelo homem. O interior da cabeça do trem continha instrumentos brilhantes de latão, círculos de vidro com agulhas tremulantes e um grande assento de couro. Jama se afastou invejosamente, e, de trás dele, veio o súbito chamado guinchante do apito do trem. Ele pulou, os pés levantando-se do chão em choque, então se virou de novo para a locomotiva e os dois homens acenaram.

Enquanto andavam pelo comprimento do trem, os vagões iam ficando menos grandiosos, o número de assentos aumentava e as flores nos vasos desapareciam; quando Awrala parou, estavam perto do último vagão. Ela deu a Jama seu bilhete e esperou que ele encontrasse um banco de madeira antes de ir embora, impulsionando-se em meio à multidão. O vagão encheu rapidamente; pessoas sentavam-se no chão, ficavam de pé onde conseguiam, seguravam seus bodes entre os joelhos, enfiavam galinhas que cacarejavam no espaço de bagagens sobre a cabeça.

Jama se inquietou, temendo que sua bexiga ficasse cheia demais e ele terminasse se molhando. O apito final soou e o trem estremeceu numa partida lenta. Jama estava sentado ao lado da janela e observou enquanto Asmara, verde e calma, desaparecia na distância. Pensou com tristeza na velha descansando debaixo da terra um dia, sem poder desfrutar de suas amadas colinas. Árvores altas e suntuosas beiravam as trilhas e pequenas vilas apareciam pela janela, assim como pastores levando gordas vacas marrons pelos campos e clareiras. Riachos brilhantes serpenteavam por campos, pássaros vadeando em suas margens enquanto mulheres se banhavam. Alunos perseguiam-se a caminho da escola, flanqueados pelas imensas plantações dos italianos, a terra subitamente dominada por trigo por quilômetros. Conforme os trilhos continuavam subindo, a terra se tornava mais arenosa e seca. Montanhas pontudas e cinzentas furavam o céu, *tukuls* isoladas aninhadas em seus corações.

O trem abria caminho por trilhas montanhosas estreitas e em ruínas, às vezes deixando-o ver um burro ou camelo morto bem abaixo. Em todo lugar para onde Jama olhasse, havia outra montanha gigante, ondeando com força muscular, cada uma competindo com a seguinte para se aproximar do céu, como Deus ordenara que sua criação fizesse. Os picos pareciam ascéticos com as cabeças raspadas de verde; havia muito, se abstinham de água e dos prazeres da vida, silenciosamente esperando o dia em que Alá os abençoaria por sua piedade.

— *Manshallah*, graças ao senhor — disse Jama, deslumbrado pelo gênio de Deus.

Em torno dele, estendia-se o paraíso, cheio do que era bom no mundo, assim como do que era ruim. *A vida é assim, pensou Jama, uma longa viagem, com luz e escuridão sobre você, e companheiros ao redor nas próprias viagens – cada pessoa sentada, de modo passivo ou impaciente, imaginando se os trilhos de seu destino a levarão em um cavalo de ferro ribombante à sua destinação ou a varrerão em um caminho invisível para outro mundo.*

Em Keren, muitos dos passageiros desceram, ansiosos para chegar ao grande mercado antes que ficasse lotado. O suor úmido dentro do vagão saiu com eles, e Jama esticou as pernas durante o resto da viagem para Agordat. Depois de Keren, o trem começou uma longa descida para os planaltos e o calor subiu novamente. O trem guinchava escarpa abaixo. As rodas contra os trilhos soavam como facas sendo afiadas e seu silvo metálico irritava Jama. Um jovem eritreu tocava preguiçosamente uma *rababa* com cordas, que soava como a harpa de um anjo, e Jama se virou para vê-lo tocar um pouco. O balanço do trem deixava seus olhos pesados, mas ele estava empolgado demais para dormir.

O trem se aproximou da pequena estação de Agordat, a pintura lisa coberta de uma fina poeira marrom, vapor brilhando sobre a locomotiva escura como transpiração. Jama desembarcou naquela cidade simples de comércio. Uma grande mesquita dominava a linha do horizonte e um mercado agitado já estava a todo vapor. Os turbantes e os arcos árabes o recordaram de Áden. As únicas pessoas que via sem turbantes vendiam peles de crocodilo, homens usando longas camisas lindamente coloridas, com calças bufantes. Jama se aproximou deles.

— *As-salamu alaykum*, onde posso pegar um ônibus para o Sudão? — perguntou ele em árabe.

A resposta tinha um sotaque forte.

— Passando o *suq*, há uma praça principal de onde saem os ônibus, mas só vão até Omhajer, você vai ter que pegar um caminhão para cruzar a fronteira.

Jama ficou curioso.

— De onde você é, *sahib*?

— Sou takaruri de um lugar chamado Kano, um lugar muçulmano do outro lado da África. Há cinquenta anos, meu avô e seu povo passaram por muitos países em sua caminhada para Meca. Quando chegaram aqui, tinham ficado sem comida e sem dinheiro, então se assentaram, esperando juntar dinheiro suficiente para cruzar a Arábia, e pela ordem de Alá um dia iremos.
— O homem riu.

— Qual a distância daqui a essa Kano? — insistiu Jama.

— Três anos andando — respondeu o homem, o rosto sério.

* * *

A praça era um terreno pardo de terra, vazia de pessoas, a não ser por dois *askaris* eritreus e um vendedor de café. Um pequeno ônibus enferrujado assava sob o sol e duas gaivotas de olhos brancos observavam a cena de um fio de telefone, o vermelho dos bicos parecendo pintado entre a gravidade ocre e cáqui da praça. O motorista apareceu depois que o Sol começou sua descida, com um chapéu bicudo na mão. Ele não cumprimentou ninguém, entrou no ônibus e esticou-se no banco de trás para dormir, cobrindo o rosto com um lenço. Jama sentiu a cabeça latejar com o sol; uma dor aguda o atravessava de uma têmpora a outra, e a língua estava seca e inchada. Ele comprou água de um vendedor e observou uma jovem entrar na estação de ônibus com uma maleta médica na mão. Uma unidade de jovens soldados italianos marchava atrás dela. A luz branca refletia violentamente na maleta, passando por ele e pelos italianos como um holofote. O ônibus ganhou vida, e Jama e a mulher correram para ser os primeiros a entrar, mas o motorista estendeu o braço pela porta bloqueando o caminho e fez um gesto para os soldados. Jama não entendeu e pulou para dentro quando o braço do motorista baixou. O motorista se aproximou, gritando e enfiando o dedo no rosto de Jama, gesticulando para os assentos do fundo. Jama virou o rosto e o ignorou; o motorista o pegou pelo pulso e tentou arrastá-lo, Jama bateu na sua mão para se soltar e cuspiu nele. Os soldados italianos assistiam à comoção, alguns rindo, a maioria só olhando. O motorista levou Jama até a porta e o empurrou para fora do ônibus. Ele caiu de pé e soltou uma torrente de insultos ao motorista e aos soldados que observavam.

— Babuínos, estão olhando o quê? Que Alá quebre suas espinhas, seus depravados fodedores de burro!

Os soldados entraram no ônibus. Um italiano de longos braços e pernas de aranha subiu por último e falou com o motorista, os olhos negros seguindo Jama enquanto ele andava por perto. O motorista balançou a cabeça, mas o italiano continuou sussurrando em seu ouvido. Por fim, o motorista cedeu e chamou Jama, gesticulando com o braço para que entrasse. Jama hesitou, a raiva agitada como um ninho de cobras. O motorista o acompanhou até o fundo; o italiano desengonçado sorriu quando ele passou, os olhos escuros emoldurados por cílios negros e grossos. Jama devolveu um pequeno sorriso. Quando ele estava sentado em segurança nos assentos dos negros, o motorista estendeu a mão, esfregando os dedos. Jama contou uma tarifa razoável e deu a ele. O motorista mostrou o dinheiro aos soldados e o ridicularizou; começou a gesticular para a porta novamente, então Jama lhe deu o dobro. Abatido, ele contou o resto do dinheiro no colo, com ombros encurvados. O filho da puta o falira.

Os soldados ficaram turbulentos, gritando e pulando de assento em assento para brincar de luta. A maioria deles estava no fim da adolescência e cheio de energia hormonal. Acendiam cigarros e cantavam canções barulhentas; pareciam pessoas de férias em vez de um exército imperial. Qualquer garota que passasse era sujeitada a assovios e genitais pressionados contra a janela do ônibus. Os soldados mais velhos na frente do ônibus observavam com um bom-humor paternal. Mas deixaram Jama em paz, parecendo esquecer completamente de sua presença conforme o ônibus seguia o curso de um rio largo na direção do Sudão. Apesar das planícies quentes, o rio nutria terra suficiente para alimentar fazendas e tamareiras silvestres. Vacas, raras na Somalilândia, ali pastavam felizes em grandes rebanhos. O fim da viagem foi quieto; os soldados tinham se cansado de rir e agora dormiam nos ombros uns dos outros, fios de baba manchando os uniformes. Depois de passar por vilas idílicas na beira do rio cultivadas por pessoas de pele escura e roupas coloridas, Jama chegou a um ponto de verificação fora de Omhajer. Era a última parada na Eritreia antes de cruzar para Gedaref, no Sudão, onde soldados armados subiram no ônibus. Fizeram questão de olhar para Jama e a mulher de modo especial. Pela janela suja, era possível ver mais italianos esperando atrás de sacos de areia, uma metralhadora apontada para o ônibus. Um soldado do ponto de verificação enfiou o relógio no rosto do jovem soldado desajeitado e gesticulou para as planícies escurecendo. Os soldados no ônibus olharam pelas janelas cobertas de areia e buscaram as armas. O oficial deles colocou uma mão apaziguadora no ombro do guarda, mas o homem empurrou a mão para longe, as veias raivosas do pescoço protuberantes enquanto continuava a gritar. Os jovens italianos ficaram em silêncio, e a mulher eritreia sussurrou no ouvido de Jama que patriotas tinham atacado o ponto de verificação e roubado um caminhão. Jama sufocou um riso atrás da mão.

Omhajer estava tomada por tendas militares e barracas de comida comandadas por antigos *askaris*. A cidade se movia no ritmo de uma batida militar e a testosterona formava nuvens sobre os rostos não barbeados dos homens. O pulso da cidade parou por um momento quando a mulher eritreia desembarcou do ônibus; sapateiros pararam de consertar sapatos, mercadores pararam de vender e mandíbulas pararam no meio de frases. Homens que haviam se acostumado com os ângulos duros de corpos masculinos agora fixavam os olhos em curvas femininas ondulantes e quase morriam de deleite. A mulher sentiu o calor dos olhos deles queimando suas roupas e se apressou para sua vila. Jama viu *askaris* somalis, eritreus e líbios, mas nenhum parecia amigável, os rostos contorcidos e imbecis de desejo.

Atrás da parte traseira de palha de uma barraca, Jama contou seu dinheiro do abatedouro e soltou um suspiro desesperado – mal bastava para comprar comida. Ele correu pelas ruas, rápido como guepardo, caçando grupos de *askaris* somalis, correndo perto de um grupo antes de perceber que eram eritreus e parar deslizando nos calcanhares. *Askaris* viravam e observavam o menino estranho correr para dentro e fora de vielas. Um *askari* somali gritou:

— Ei, o que está procurando, menino?

— Um homem do meu clã, um *askari* Eidegalle! — gritou Jama.

O *askari* riu.

— Bem, pode parar de correr, encontrou um!

Jama correu até ele; o soldado tinha um rosto bondoso e colocou uma mão magra na sua cabeça.

— Por que está procurando por mim?

Jama limpou a garganta e começou:

— Preciso de ajuda para encontrar meu pai, ele mora no Sudão, mas costumava ser *askari*.

— Quem é seu pai? — interrompeu o soldado, um cigarro na mão.

— Guure Mohamed Naaleyeh. — Arfou Jama.

O soldado explodiu em riso, tossindo uma névoa escura de fumaça.

— Você é filho de Guure? — ele perguntou, os olhos redondos de alegria.

Jama assentiu, abraçando o peito nu.

— *Waryaa*! Venham todos e olhem! É filho de Guure!

Mais homens rindo se aproximaram de Jama, deram tapas em suas costas e maltrataram seus ombros.

Jama ficou em silêncio enquanto o cutucavam e apontavam que tinha o nariz do pai ou discutiam se ele tinha a mesma postura curvada do genitor. Estavam perto o suficiente para que Jama sentisse o cheiro de fumaça de madeira e suor em seus uniformes. O primeiro *askari* desfez o grupo e puxou Jama de lado.

— De onde você vem?

— Hargeisa.

— Por todos os santos, não minta para mim.

— *Wallaahi*, juro que vim de Hargeisa.

O *askari* ficou em silêncio e Jama podia ouvir os outros falando o nome do pai como se ele fosse um irmão havia muito perdido.

O *askari* segurou a mão de Jama; sua pele escura era do mesmo tom que a dele.

— Seu pai é um bom amigo meu, de todos nós, ele sempre me falava do filho, de seu forte guerreirinho, e nos ameaçava com sua vingança, mas olhe pra você! É só uns ossos amarrados.

— Eu mataria pelo meu pai — protestou Jama —, o que ele quiser, eu faço! Como posso chegar até ele?

— Não há ônibus para Gedaref, só veículos militares, e os italianos não permitem passageiros, mas pode ir com um dos mercadores sudaneses daqui. São poucas horas de viagem, mas eles partem só uma vez por semana e cobram caro — explicou o *askari*.

O coração de Jama disparou; ele não queria passar nenhum tempo naquela cidade de soldados, mas começava a perceber que seria forçado a isso.

O *askari* leu o desalento no rosto dele.

— Podemos enviar uma mensagem para ele e dizer que está chegando. — Os outros *askaris* murmuraram seu consentimento.

Os olhos de Jama se avermelharam. Toda a fatiga e infelicidade da viagem atingiram um crescendo, agora que estava quase no fim, e transbordou para fora. Ele virou para esconder o rosto, e os soldados se entreolharam, buscando soluções para o problema do menininho.

— Não se preocupe, enquanto estiver aqui é meu hóspede, vai dormir na minha tenda, comer minha comida, aprender como ser um *askari*, é o mínimo que posso fazer por Guure — propôs o primeiro *askari*.

O *askari* o levou por uma longa fila de tendas de lona idênticas, parando em uma e puxando a aba para o lado.

— Aqui está, descanse. Se precisar de mim, estarei a cinco tendas para a esquerda, vou lhe trazer algo para comer logo.

Jama entrou na tenda escura e caiu no chão sujo.

Depois de uma noite em uma esteira suada emprestada, com comida de soldado mal digerida nas tripas, a pele vermelha e inchada dos ataques das hordas de mosquitos, decidiu se levantar. Seus braços e pernas doíam, mas ele precisava saber mais sobre o pai. Balançou a aba da tenda que o *askari* mencionara na noite anterior e uma voz de homem gritou:

— Se não for o diabo, entre!

Jama entrou; cinco homens estavam no chão, espremidos um contra o outro no espaço apertado.

— Olá, filho do Guure — disse o *askari*. Os outros gemeram e colocaram os braços sobre a cabeça para bloquear os sons que perturbavam seu sono.

— Olá — disse Jama, olhando em torno para a tenda espartana, feliz por ser finalmente o filho de alguém.

— O que o traz aqui tão cedo? — perguntou o *askari*. Ele procurou nas calças um graveto de escovar os dentes, um palito fino com uma ponta aberta, fibrosa.

— Quero saber mais sobre meu pai — respondeu Jama, como se fosse um direito seu.

Ele se agachou em um canto e esperou enquanto o homem passava o graveto sobre cada dente, cuspindo as fibras.

— Você ainda nem sabe meu nome, pequeno *bulabasha*! Sou Jibreel. Guure é um grande amigo meu, é um homem feliz e generoso, e a melhor companhia que alguém pode encontrar. Quando marchávamos, costumávamos empurrar uns aos outros para ficar perto dele, assim podíamos ouvir suas piadas e imitações. Ele imitava todo mundo com perfeição, especialmente os *bulabashas* italianos... O tempo voava. Ele sempre era o primeiro a começar as canções de marchar. Você tem uma voz bonita como a dele?

Jama balançou a cabeça tristemente.

— Ele falava muito de você, sabe. Às vezes recebia notícias suas pelos *askaris* que moravam em Áden e conheciam sua mãe. Ele tinha orgulho de você.

— Ele não é um motorista? — interrompeu Jama.

— Talvez, você precisa de documentos de identidade, dinheiro e outras coisas, e todos saímos de casa só com as roupas nas costas, mas talvez em Gedaref seja mais fácil. Um grupo deles se disfarçou de comerciantes sudaneses e saiu de fininho em um caminhão, putos com os italianos e suas leis estúpidas de homem negro e homem branco. Eles querem que você entre na sarjeta ao se aproximar, diga "mestre isso", "mestre aquilo". Acho que Guure foi embora logo depois de ver um sargento italiano obrigar dois *askaris* a beber o mijo dele como punição. É o costume aqui, não é uma vida, mas é melhor que a morte, mas bom que Guure partiu... Quanto mais você fica, menos homem se torna.

Um soldado sonolento repetiu as palavras de Jibreel.

O apetite de Jama por informações crescia conforme era alimentado.

— Como ele é? — ele perguntou, com olhos brilhantes.

— Ele é pequeno, robusto, parece jovem para a idade, seu tipo de marrom, tem uma cabeça grande, um cabelo estranho amarelado, braços fortes e dentes grandes como os seus.

O rosto de Jama se contorceu enquanto tentava imaginar o pai, mas era um esboço vago demais para ser satisfatório, e não tão bonito quanto o homem em suas fantasias.

— Não se sobrecarregue, logo poderá vê-lo com os próprios olhos. — Jibreel riu. — Sua presença aqui é uma grande novidade, então não vai demorar muito até que alguém alcance Guure e diga que você está a caminho. É improvável que ele consiga voltar para cá, eles não são gentis com desertores, mas faremos uma arrecadação e veremos se conseguimos ajudar — ele disse com uma piscadela.

Jibreel colocou um cigarro na boca, e Jama observou o modo como ele o segurava entre os lábios, acendia um fósforo e deixava gavinhas de fumaça escaparem do nariz ao inalar.

— Deixe-me experimentar.

Jibreel passou o cigarro com um sorriso divertido. Jama o colocou na boca e tragou forte demais; a fumaça subiu por seu nariz, queimando todas as membranas macias. Seus olhos se encheram de água terrivelmente, e seus pulmões queimaram como se ele tivesse enfiado a cara em um fogo alto. Jama sufocou a tosse e devolveu o cigarro, envergonhado.

Jibreel continuou a rir dele, então o menino voltou para a tenda e repassou tudo o que o *askari* tinha dito.

Como uma cidade fronteiriça, aninhada entre as fronteiras da Abissínia, do Sudão Britânico e da Eritreia, havia uma selvageria em Omhajer. Todo dia alguns *askaris* chegavam, enquanto o mesmo número desertava – era o oeste selvagem da Eritreia. Jibreel contou a Jama o sofrimento que vira. Mulheres e crianças refugiadas pegando grãos não digeridos do esterco das vacas, homens macilentos com corpos como esqueletos móveis, morrendo sentados na estrada com os olhos escancarados. Ocasionalmente, soavam tiros no ponto de verificação e na prisão antes que fossem abafados pelos gritos dos mercadores e o zurrar dos burros.

Um dia, uma semana depois que Jama havia chegado, Jibreel apareceu empoeirado e arfando, mas o arauto de boas notícias.

— Acabei de receber uma mensagem de Guure, passada por um mercador somali que voltou. Ele se tornou motorista de caminhão para Ilkacas, um Haber Yunis no Sudão. O mercador disse a Guure que você estava aqui em Omhajer. — Jibreel pegou as mãos trêmulas de Jama nas suas. — Seu pai está vindo para pegá-lo.

Jama flutuou até o sétimo céu, seu coração borboleteando na caixa torácica conforme bebia as notícias extasiantes. Ele pegou Jibreel pela cintura e o apertou forte, sem conseguir comunicar sua alegria de outra maneira.

— Solte, Jama, não consigo respirar. — Jibreel riu.

Jama afrouxou o aperto, mas continuou abraçando, imaginando que o corpo esguio de Jibreel era o do pai.

Por fim, Jibreel arrancou Jama de si, e juntos eles foram procurar *askaris* para contar a boa notícia. Eles distribuíram cigarros em celebração e apertaram sua pequena mão; Jama não conseguia sentar-se quieto, não conseguia comer, ria histericamente das piadas dos *askaris* e os apertava em abraços sufocantes. Jama pensou nos presentes que o pai poderia trazer, nas histórias que iria contar, nas canções que ensinaria a ele, e ficou acordado a noite toda.

Caminhões iam e vinham regularmente do Sudão, com suprimentos de cigarros e outras necessidades, mas ainda assim seu pai não aparecia. Cada dia era uma provação de espera, cada minuto e cada hora não eram totalmente vividos porque seu coração estava suspenso entre a esperança e o desespero. Ele ficava perto da estrada principal, cambaleando nas pontas dos pés, examinando as cabines dos caminhões que chegavam.

Jama esquadrinhava o lugar onde seu pai tinha ficado por tanto tempo. Era um reino cáqui, sem uma única mulher a ser vista em lugar algum. Os italianos andavam como se fossem os donos do lugar, as peles bronzeadas quase da mesma cor daqueles que professavam estar civilizando, chicotes feitos de couro de hipopótamo presos nos cintos. Soldados somalis, alguns jovens, alguns chegando à meia-idade, alguns educados, outros grosseiros, o cumprimentavam conforme ele passava. Perto dali, veteranos negros da derrota italiana em Adwa mendigavam sentados, um braço e uma perna amputados pelos abissínios para punir sua deslealdade. Jama andava por toda a pequena cidade movimentada, evitando as vielas e travessas mais isoladas, antes de voltar para a tenda com um punhado de passas e amendoins afanados de um vendedor sudanês. Ele levantava-se ao amanhecer e seguia *askaris* por aí até anoitecer. Os homens de seu clã o tornaram um irmãozinho comunal, acariciando sua cabeça e lhe oferecendo tragadas de seus cigarros. Todos eles conheciam seu pai e podiam contar histórias dele. Jama era passado de um *askari* para outro como um maço de cartas, apenas voltando para sua esteira à noite, quando chegava a bebida e os soldados preferiam conversas mais adultas.

Jibreel entrou na tenda, o rosto escuro acinzentado e cansado. Ele olhou para Jama por um momento.

— Há alguém aqui para ver você, Jama — disse.

Jama trotou ao lado de Jibreel, chutando pedregulhos para longe do caminho e acenando para os amigos, o rosto ardente de júbilo incandescente. Jibreel estava rígido e silencioso ao seu lado. Jama se arrumou, cuspiu sobre os cotovelos e joelhos esbranquiçados e afofou os cabelos com os dedos. Os olhos de Jibreel estavam arregalados e brilhantes; Jama viu o reflexo de um grupo de corvos partindo em revoada neles. Um homem derrubou um cesto de lentilhas enquanto Jama passava e se agachou para pegá-las; um grupo de *askaris* somalis fumava perto dali.

— Espere aqui, ele está vindo — murmurou Jibreel antes de se juntar aos outros *askaris*.

Os minutos passaram longos como dias, e o calor do sol parecia um grande peso sobre sua cabeça. Jama rezava para o pai se apressar, as palavras em árabe confundindo sua cabeça enquanto mosquitos zumbiam ao lado de suas orelhas. Um homem surgiu no horizonte, uma pequena mala de papelão pendendo dos dedos. Jama deu pequenos passos para a frente. Conforme a figura se aproximava, seu coração afundou quando viu um homem de meia-idade, barbado e grisalho, olhando para ele. Sua pele era de um tom claro de marrom, ele usava um fez vermelho no lado da cabeça, e o estômago pendia a poucos centímetros do rosto de Jama; aquele não era o homem que tinha imaginado.

— As-salamu alaykum, Jama, perdoe-me, mas venho com notícias tristes. A vida de Guure acabou. Ele estava na estrada vindo de Gedaref quando passou por um bloqueio militar na pista, eles abriram fogo e mataram todos. Nós o enterramos ontem em Gedaref. Vivemos com os dias contados, e, pela ordem de Allah-Kareem, o tempo de Guure na Terra passou. Não era o destino dele vê-lo, aqui estão os seus pertences. Que Alá tenha misericórdia de você.

As palavras do homem nadavam em torno de Jama sem significado. Soavam como a quebra das ondas ou o gorgolejar de sangue, sua substância quebrada e diluída. Jama se agachou no chão e cobriu as orelhas, precisava vomitar, não conseguia respirar, a dor tinha roubado o ar de seus pulmões, drenado o sangue de suas veias, e ele arranhou o solo para se enterrar.

Jibreel puxou o braço de Jama, mas ele se recusou a se levantar, a abrir os olhos, e o askari se afastou para esperar perto do muro. Por fim, Jama inspirou fundo e pegou a mala leve do pai. O toque na alça, o formato moldado à mão dele, a cor manchada com o suor dele deixaram sua mão em chamas. Ele encarou o estranho nos olhos, e o homem assentiu e foi embora, de volta ao horizonte.

Jama se agachou, curvado sobre a mala, o corpo tomando o formato das rochas colocadas sobre as covas dos nômades. Ele desatou o barbante que fechava a mala e a abriu delicadamente. Esperava encontrar a cabeça do pai dentro, só para finalmente saber qual era sua aparência. Queria encostar na barba por fazer do pai, traçar o único rosto que tinha semelhança com o seu. Em vez disso, achou *ma'awis* cor de malva surrados, algumas notas e moedas, um *tusbah* de âmbar, um graveto de escovar os dentes usado, um instrumento musical de cordas e um carrinho de brinquedo enferrujado.

Jama pressionou o rosto contra o cascalho do páramo da Eritreia, sua viagem chegando a um final amargo. A Lua se escondeu, envergonhada, e vestiu Omhajer no preto de luto. Um a um, os planetas em torno dos quais orbitava a vida de Jama tinham girado para longe e o deixado em um universo onde ele era apenas escombros flutuando em uma obscuridade sem estrelas.

OMHAJER, ERITREIA, DEZEMBRO DE 1936

Uma música lamentosa saía de um gramofone de corda enquanto uma soprano ascendente era acompanhada por uma orquestra completa lutando contra o estrépito da casa de chá. O prato balançava a cada revolução, o braço virado por uma peça de mobília humana. A borla do fez de Jama caía sobre seus olhos conforme seu corpo se cambaleava atrás do braço. Um grupo de soldados italianos cantava junto com o gramofone, segurando as cervejas Melotti no ar e balançando em cadeiras quebradas. Já eufóricos de poder, cantavam no rosto de Jama, e saliva voou de uma boca afrouxada pela bebida nos olhos dele. *Askaris* passavam e riam dos oficiais ébrios celebrando o aniversário de seu salvador. Jama não riu nem prestou atenção aos italianos, estava contando – chegara a seiscentas e dezoito voltas e começaria a contar novamente quando chegasse a mil. Seu braço doía, mas ele continuou. Contar ocupava as partes de sua mente que estavam ficando indomáveis e selvagens, as partes que queriam arrancar o braço do gramofone e cortar pescoços com a agulha afiada. Ele trocou de braço sem parar de contar e limpou o cuspe em seu rosto com o ombro. O fez tinha sido colocado em sua cabeça por um dos bêbados e inspirara risos maníacos, já que a cabeça do menino desapareceu nele. Até aqueles italianos provavelmente tinham conhecido seu pai;

conhecido e reivindicado o pai mais do que Jama jamais poderia. Um galo subiu na varanda, bicando fragmentos de milho assado no chão. O longo pescoço vermelho subia e descia como um pistão conforme ele fazia seu progresso imponente entre os pés dos homens. As garras amarelas da ave batiam no concreto nos momentos de chiado entre as músicas. Por fim, a voz de um tenor bombástico encheu o ar e cobriu os cacarejos da ave orgulhosa, que foi levada de volta à cozinha pelo cozinheiro, presa com firmeza pelo velho pescoço enrugado, os pés esqueléticos buscando impotentes o chão. Jama observou a saída do galo e seu ouvido seguiu os passos do cozinheiro, esperando o raspar da faca em penas, músculos e tendões. O som veio, e Jama engoliu em seco; a morte parecia tão inescapável agora, e ele perguntava-se como nunca tinha prestado atenção nela antes. Sentiu o coração disparar, tropeçar e parar, mas continuou trabalhando no gramofone, a música resultante reassegurando-o de que não estava morto, de que era realmente carne e sangue vivos. Os italianos deslizaram das cadeiras e um deles deixou uma lira na mesa, tirando seu fez troféu da cabeça de Jama. Os olhos de conta e as asas abertas da águia fascista ameaçavam Jama da moeda, e o menino a olhou de volta, o braço dolorido ainda girando a manivela do gramofone sem necessidade.

Todos os dias, um galo anunciava o dia com a urgência de um anjo tocando a trombeta do apocalipse. Jibreel se curvava sobre uma vassoura curta, varrendo poeira e sujeira para fora da abertura da tenda, sua figura lançando Jama de volta à escuridão cada vez que passava pela porta. Poeira entrava pelas narinas, pelos olhos e pela boca de Jama, áspera e salgada. O menino jogava o braço sobre o rosto, mas Jibreel continuava varrendo em torno dele, ciscos de poeira dançando em volta de sua cabeça na fraca luz matinal da cor de chá. Enlutado, Jama sentia-se apartado da vida, como se houvesse algodão em seus ouvidos, sua boca, sua mente, em torno do coração.

Seus arredores pareciam mudos e distantes, até seus sonhos vinham em uma monocromia desbotada. Atrás dele, Jama podia ouvir o massacre diário de baratas e besouros rola-bostas. As infelizes criaturas não entendiam a demarcação entre as suas terras e a de Jibreel, então eram condenadas a serem golpeadas pela vassoura do *askari* toda manhã. As carapaças eram gemas macias iridescentes na tenda empoeirada e tiniam como joias quando, com uma virada do punho, Jibreel os jogava para a terra dura lá fora. Jama esperava que a sombra de Jibreel desaparecesse antes de pegar sua escova de dentes de *aday*; estava em seu décimo terceiro ano, mas seus membros já estavam sendo esticados em um cavalete invisível, aumentando drástica e dolorosamente a cada noite. O amuleto da mãe pendia em seu pescoço, um peso opaco como aqueles nos pescoços dos bebês meio-italianos jogados nos poços por garotas eritreias. Jama massageou os membros, ficou de pé e saiu para a casa de chá, a cabeça e os olhos baixos para evitar os cumprimentos palavrosos dos vizinhos.

Com uma bandeja de copos sujos nas mãos, Jama surfava na onda dos fregueses da hora do almoço. Os italianos comiam primeiro e, só depois que o último europeu terminasse sua parte, os africanos podiam ser servidos. Muita saliva e sujeira ia parar naquelas primeiras porções de espaguete à bolonhesa. Jama correu de volta para a cozinha, a bandeja equilibrada cuidadosamente nas mãos, e tropeçou em um bode sem cabeça que jazia estendido no chão.

Os copos voaram pelo ar e se quebraram na parede.

— Bravo, Jama! Aí vai seu pagamento do dia. — O cozinheiro eritreu riu.

— Por que deixou esse maldito bode na frente da porta? — Explodiu Jama enquanto limpava a sujeira dos joelhos arranhados.

— Preciso de alguma diversão, não preciso? Enfiado nessa cozinha quente e fedida o dia inteiro — respondeu o cozinheiro, rindo ainda mais do rosto furioso de Jama.

— Vou me vingar de você, *dameer*, espere e veja — ameaçou Jama, levando os pratos quentes para fora.

Dor e irritação embaralharam a memória normalmente perfeita de Jama, e ele entregou os pratos aos soldados que gritaram mais alto por eles. Um jovem italiano em uma mesa de oficiais os pegou dos dedos chamuscados de Jama, as mãos marrons-escuras passando levemente sobre as dele e os olhos escuros se fixando em seu rosto. Jama olhou de volta para ele; o soldado tinha uma cara de bode magro, com o nariz longo e curvado e as sobrancelhas bagunçadas. O lábio inferior era mais cheio que o superior, e ele o mordiscou pensativamente.

— Você é aquele menino do ônibus, não é? Que quase foi expulso? — perguntou o soldado em árabe.

Jama ficou em silêncio.

— Não se lembra de mim, lembra? — ele continuou. Jama não respondeu.

— Pare de falar com os africanos — interrompeu um companheiro do italiano. Ele deu um tapa forte no traseiro ossudo de Jama e gritou: — Vai, vai.

Jama deu uma olhada para o primeiro italiano antes de correr de volta para a cozinha. Ele o tinha reconhecido, era o desajeitado que persuadira o motorista de ônibus ladrão em Agordat a deixá-lo subir.

— Qual o problema, Jama? Você parece que foi mordido por um demônio — disse o cozinheiro.

— Um dos italianos fica me encarando e falando comigo.

O cozinheiro riu.

— *Shayddaans*! Aqui, me dê aquele copo do lado.

Jama passou para ele. O cozinheiro virou de costas e lentamente pingou urina no copo, misturando-a com chá e açúcar e dando a beberagem de volta para Jama.

— Diga a ele que é de graça, nossa bebida especial para fregueses especiais.

Jama riu com uma alegria sádica. Ele pegou o copo e colocou gentilmente, deferencialmente, na frente do italiano desengonçado.

— Para você, *signore*.

O italiano levantou uma sobrancelha.

— Bem, acho que ele me reconheceu afinal.

Ele jogou a imundície cor de âmbar goela abaixo em poucos goles longos, e Jama sentiu uma pontada de culpa inesperada com a visão.

Os últimos italianos estavam saindo da casa de chá e *askaris* famintos esperavam na sombra de uma acácia moribunda. Jama manteve-se longe do italiano desengonçado depois de dar a ele a bebida suja; nem contara aos outros meninos o que fizera. Sentiu uma mão no ombro e pulou quando viu o homem assomando-se sobre ele.

— Obrigado pela bebida, foi bondade sua — começou o italiano.

Os lábios dele estavam molhados, e Jama virou o rosto com medo do hálito de mijo dele.

— Veja, venho observando você. Precisamos de um ajudante no escritório, alguém honesto e trabalhador como você, tenho certeza de que ganharia mais conosco do que aqui.

Jama balançou a cabeça e continuou olhando para o lado; ele tinha visto e ouvido dos *askaris* o valor de manter sua distância dos italianos.

— Faça como quiser, mas a oferta está de pé se desejar — disse o italiano, dando de ombros.

Então seus dedos longos de pelos negros mexeram em seu bolso e emergiram segurando óculos delicados de moldura de arame. Jama observou pelo canto do olho enquanto os dedos longos e grandes desajeitadamente colocaram os belos óculos no nariz comprido dele. Jama os cobiçou. Era como se uma borboleta de vidro e metal tivesse decidido abrir as asas translúcidas através do rosto duro e ossudo, dando ao italiano uma aparência mais bondosa e pensativa. Com seu segundo par de olhos no lugar, o italiano saiu, respondendo às saudações dos *askaris* com a própria saudação frouxa.

Depois daquele dia, Jama observou o italiano; os olhos castanho-azulados no mar de pele marrom e as piscinas castanhas no rosto bronzeado mediterrâneo examinaram uns aos outros com interesse e curiosidade. As pernas fascistas se abriam com autoridade langorosa, os pés calçados com botas brincando um com o outro, amassando besouros com um aperto satisfatório. As pernas de Jama eram postes duros e cansados impelidos a continuarem se movendo, os pés tão secos, cinzas e rígidos que mal podiam sentir o chão debaixo deles. O italiano levantava uma garrafa de cerveja e a batia na do amigo; Jama recolhia copos das mesas quebradas. Cada vez mais fascistas e *askaris* eram enviados para lutar contra as guerrilhas, e a casa de chá tinha uma atmosfera melancólica e fatídica. Os patriotas etíopes com seus afros poderosos eram uma ameaça para os italianos; fortes eram tomados, pontos de controle eram atacados, praças eram invadidas. O exército de fantasmas em *shammas* brancas era impossível de enfrentar; com os rostos enlutados de santos coptas, os patriotas espetavam italianos em baionetas feitas em casa. Eles se materializavam e desapareciam como se tivessem asas sob o algodão caseiro. Duques, lordes, barões e camponeses se juntavam apesar do gás venenoso, das forcas, das metralhadoras e dos lança-chamas. Perto de Omhajer, o famoso patriota abissínio Abraha e seus homens em peles de leão perseguiam os italianos, e, como leões, pegavam o último homem ou veículo em um comboio. As árvores os escondiam, os leopardos os avisavam, o vento varria suas pegadas.

Alguns *askaris* voltaram para Omhajer para relatar sobre o front onde os italianos haviam se voltado contra os próprios *askaris* quando não conseguiram pegar os espectrais abissínios. Um homem vira os italianos forçando *askaris* a deitar na água enlameada de um riacho para que pudessem cruzá-lo sobre as costas deles. Sob os pés, corpos negros eram colocados uns sobre os outros, os homens mais embaixo se afogando, água suja gorgolejando para dentro de suas gargantas.

Era um clima perigoso e alguns rapazes mais preguiçosos tinham sido dispensados, mas Jama continuou no emprego. O italiano desengonçado e o amigo atarracado se levantaram e esticaram os braços, bocejando alto com o *ennui* da tarde ao pegarem seus rifles. O outro italiano tinha grandes áreas escuras de suor crescendo nos sovacos, na virilha e nas costas.

— *Waryaa*! Ei, você! — gritou o italiano alto para Jama em somali desajeitado. — Vamos caçar, venha e pegue o que acertarmos, vai ganhar umas moedas no final.

Jama foi até a varanda e empilhou todos os copos aos pés do cozinheiro.

— Vou sair agora, posso ganhar um dinheiro bom com esses italianos — disse ele, enquanto os copos viraram uns sobre os outros com um tinido suave.

O cozinheiro tragou o cigarro profundamente e fumaça saiu de suas narinas.

— Fique esperto, Jama. Fuja se eles começarem a se comportar de um jeito estranho ou pode voltar como uma das esposas deles.

O cozinheiro fez um bico e soprou uma longa coluna de fumaça.

— Sério, tenha cuidado, Jama. — O homem piscou antes de apagar o cigarro com o pé descalço calejado e voltar para a cozinha.

Eles andaram em fila pelas planícies eritreias, Jama se atrasando para manter a distância requisitada atrás deles. O italiano mais baixo respirava com dificuldade e estava ficando vermelho no calor, uma mecha de cabelo preto emplastada na testa. Suas pernas eram como linguiças peludas em meias de lã; o torso pesado e bulboso se equilibrava precariamente sobre elas.

— Esse menininho me lembra do meu galgo, ambos são compridos, esguios, negros. Deus, eu sinto falta daquele cachorro, ele sabia mais sobre mim do que qualquer pessoa. — Bufou o italiano mais baixo. — Pode estar morto quando eu voltar para casa. Pobre Alfredo, estava com problemas para mijar quando eu fui embora. Nunca vou encontrar um cão como ele de novo.

O alto não respondeu, mas tirou os óculos para limpar o vapor nas lentes.

— Você gosta de cachorro, Lorenzo? Meninos da cidade nunca realmente entendem os animais como nós; é preciso entender o que os olhos dele estão lhe dizendo, é preciso saber o que um animal necessita melhor do que ele. Olhe para esse escurinho conosco, se dissermos a ele para andar para lá, ele irá, pois sabe que sabemos mais que ele. — Ele parou para dar um gole de seu cantil.

Lorenzo parou adiante dele e tomou um gole também. Jama desviou o olhar para esconder a sede, mas o italiano alto foi até ele e colocou o cantil em suas mãos.

— Ah, Lorenzo! Por que fez isso? — exclamou o italiano baixo. — Ele provavelmente está cheio de doenças. Por que se colocar em risco? Eles estão acostumados com esse calor, não os afeta como a nós.

Jama bebeu um pouco, segurando o cantil longe dos lábios. O rosto do italiano baixo estava contraído de nojo, a boca aberta revelando amarelo e rosa.

Jama limpou o topo do cantil com seu sarongue e o devolveu ao italiano alto com um pequeno gesto de agradecimento. Seu conhecimento de italiano era rudimentar, mas ele entendeu que os dois soldados travavam a própria batalha particular. Os braços deles se moviam violentamente, e os homens atiravam palavras um ao outro como se fossem granadas.

Seguiram marchando. A grama estava alta e roçava nas pernas deles enquanto passavam, grilos conversavam em meio a ela e pássaros tomavam banho de sol imóveis nos galhos. Jama notou um grupo de abutres voando lá em cima, seguindo uma trilha imperceptível de morte. Os italianos estavam atrás de caça grande, zebras, leopardos, talvez um dos poucos elefantes que ainda restavam na Eritreia, qualquer coisa da qual se gabar em casa. Andaram e andaram sem ver nada maior que um rato.

O italiano baixo, encharcado de suor e frustração, jogou as mãos para o alto.

— Basta! Basta de andar! Vamos parar aqui. Vamos apenas atirar no que encontrarmos.

Lorenzo olhou ao redor; não havia nada, apenas grama amarela e céu azul.

— Andamos até aqui, Silvio. Por que parar agora? Perto de um riacho teria caça melhor — argumentou Lorenzo, ainda andando, com Jama a uma distância respeitosa atrás dele.

— Não, não, de jeito nenhum, vou parar aqui, minhas pernas não vão se mover nem mais um centímetro, diga a Alfredo para assustar os pássaros ou algo assim.

Lorenzo suspirou e passou as instruções a Jama.

Jama andou cautelosamente até uma árvore alta e fina e balançou gentilmente o tronco. Nada se mexeu.

— O que ele está fazendo? Diga a ele para fazer algum barulho, assustar as malditas coisas — berrou Silvio, com irritação crescente.

— Faça barulho, corra por ali — disse o italiano alto em somali.

Jama sentiu-se estúpido, mas correu, chutou a grama e as árvores, bateu nos arbustos baixos com uma vara. Alguns pássaros sonolentos se levantaram dos ninhos e voaram diretamente para uma salva de tiros de rifle, os peitos orgulhosos explodindo em uma nuvem de penas.

— Mais, mais! — gritou o italiano alto. Jama correu para outra árvore e berrou e chacoalhou; mais pássaros voaram. Alguns caíram diretamente no chão em choque, as asas estendidas. — Agora aquela árvore grande ali, jogue pedras nela — disse o italiano alto.

Jama correu para ela e fez o que ele pedira, então um leopardo começou a descer pelo tronco, as costas musculares douradas e pretas.

— Pegue ele, Alfredo, pegue! — gritou o italiano baixo, fora de si de empolgação.

Jama olhou o leopardo passar correndo por ele e sumir dentro do emaranhado escuro de espinheiros e aloés. Jogou as últimas pedras que tinha nas mãos nas costas do leopardo.

— Porra, corra atrás dele, Alfredo, diga a ele, Lorenzo, não deixe escapar! — tagarelou o italiano baixo.

— Foi embora, Silvio, deixe para lá — disse Lorenzo, baixando o rifle.

— Merda! — Explodiu Silvio, jogando as mãos para o ar. — Um leopardo! E aquele crioulinho estúpido deixa escapar; eu disse que se havia uma coisa que queria levar de volta da África era um leopardo que eu mesmo matei, e veja! Esse imbecil simplesmente o deixa fugir. Estou cansado de negros, estou mesmo, estou por aqui com eles. — Silvio levantou os dedos gorduchos até o pescoço.

— Acalme-se, Silvio, não foi culpa dele, não fomos rápidos o suficiente. — Lorenzo tirou um lenço e limpou o rosto e as mãos.

Tiros ainda soavam no ar com uma efervescência elétrica.

— Vamos pegar o que já conseguimos e voltar — disse Lorenzo, em voz baixa.

Mas Silvio ainda tinha adrenalina correndo nas veias.

— Diga a ele para pegar qualquer pássaro que ainda esteja vivo.

Lorenzo deu um longo suspiro e disse a Jama para pegá-los. Jama saiu cutucando a grama. Alguns poucos pássaros ainda se moviam, e ele os pegou com culpa pelas asas e os empilhou na frente dos italianos.

— Pegue um pelos pés e estenda o braço para o lado — disse Lorenzo enquanto acendia um cigarro. Jama fez o que pediram; o pássaro tinha quase a metade de seu tamanho e era pesado enquanto batia as asas e lutava pela vida, afundando as garras em sua palma.

O italiano baixo estava a poucos passos e levantou o rifle. Um de seus olhos azuis se fechou em um punho branco e rosa; ele moveu os ombros e firmou a mira. Jama olhou para o cano do rifle apontado bem para seu rosto, alargando-se como as narinas raivosas de um touro que atacava, e mordeu a língua ao perceber o que o italiano estava a ponto de fazer. A arma disparou, e Jama viu a bala que era destinada a ele sair da narina esquerda da arma em uma explosão vermelha e laranja e passar sobre sua cabeça. O italiano alto tinha empurrado o nariz do rifle para o ar bem quando o baixo disparara.

Agora o baixo empurrava o alto no peito.

— Qual seu problema? Não vim até aqui para deixar filhos da puta negros perderem minha caça!

O alto lhe deu alguns tapas fortes no rosto.

— Acalme-se! Está se comportando como a porra de um animal! Se não tiver cuidado, vou enviá-lo para casa com uma bala nesse seu traseiro gordo de camponês.

Jama observou em choque, segurando a bexiga, quando o italiano baixo cuspiu na cara do outro e rosnou em italiano para ele.

— Vamos, filho da puta, judeu, judeu, vocês merdas de judeus pensam que são tão melhores que o resto, vou lhe ensinar uma lição!

Lorenzo o pegou pelos testículos e os torceu até que os joelhos de Silvio cederam e ele gritou, lágrimas descendo por seu rosto vermelho e porcino. Lorenzo abriu a mão e rosnou:

— Fique longe de mim, Silvio, ou vou transformar você em judeu com a porra dos meus dentes.

Os óculos do italiano alto estavam torcidos em seu rosto e seus dentes estavam à mostra como os de um cão raivoso.

— Ei, menino! Vamos! Vamos embora! — ele gritou para Jama, a voz fraca e rouca.

Jama o seguiu, os joelhos fracos, a explosão da arma ainda ricocheteando em seu crânio. Ele andou em torno do italiano baixo enquanto ele jazia de lado na grama seca, apertando a virilha.

O escritório ficava em uma tenda cáqui. Havia uma mesa no meio do chão sujo com arquivos marrons e papéis organizados em pilhas; uma máquina de escrever aguardava silenciosamente à esquerda. *Maggiore* Lorenzo Leon pegou tabaco seco entre os dedos e o enfiou na boca do cachimbo. Uma xícara de café soltava fumaça ao lado dele. Jama esperou na frente da mesa.

— Bem-vindo, Jama, o que posso fazer por você? — perguntou Lorenzo, o cachimbo balançando na boca enquanto falava.

— Queria saber se ainda precisa de um auxiliar — respondeu Jama em seu melhor italiano.

— Sim, é claro, um segundo. — Lorenzo pegou fósforos no bolso da camisa e acendeu o cachimbo. — Ah, assim é melhor. Comece hoje, estou muito ocupado e preciso de alguém para me ajudar.

— *Si, signore* — disse Jama.

Ele ficou de pé esperando por uma instrução. Lorenzo seguiu fumando o cachimbo.

— Então? — O *maggiore* Leon riu.

— O que quer que eu faça, senhor? E, senhor... quanto vai me pagar?

— Boa pergunta. Vamos começar com cinco liras por semana, você é pequenininho, não espero tirar muito trabalho de você.

O coração de Jama afundou. Cinco liras! Não valia a pena deixar o café por cinco liras, e ao menos ele era alimentado lá, mas *maggiore* Leon parecia ser um homem importante e, em um lugar como Omhajer, proximidade com a importância fazia muita diferença.

— Comece varrendo o chão, então vou encontrar algo mais para você — continuou o *maggiore*.

Então você não está tão ocupado, pensou Jama, suas suspeitas aumentando.

Lorenzo observou a varrição desajeitada de Jama, com a vassoura escapando da mão, e riu para si mesmo; se ao menos seus amigos pudessem vê-lo suando em um uniforme fascista, observando um menino nativo fazendo a limpeza para ele. Achava tudo interessante agora, fascismo, comunismo, anarquismo, só conseguia confiar no que era claramente idiota. Os pronunciamentos de rádio bombásticos de pantomima do *Duce* quase o faziam se molhar de rir. Como os camisas-negras marchando na frente de sua sacada em Roma, uivando em delírio por uma Abissínia Italiana, donas de casa senis oferecendo suas alianças de casamento para pagar a civilização de um país que não sabiam apontar em um mapa. Tinha entrado no Exército tarde o suficiente para perder todas as brigas, mas cedo o bastante para se beneficiar das generosas gratificações de oficiais. Para seu deleite, também encontrara algumas criadas abissínias das quais desfrutar antes que os outros as infectassem com doenças desagradáveis, mas Omhajer ainda era um posto difícil, depois da tranquilidade da Líbia. Era uma cidade pobre e empoeirada cheia dos resíduos do Exército Italiano, e um batalhão cheio de ex-prisioneiros, alcoólatras e lunáticos, alguns dos quais não tinham nem terminado o ensino fundamental. Eles odiavam os livros e os óculos de Lorenzo e os rumores de que era judeu, e o intimidavam do jeito que apenas soldados conseguiam fazer com seus oficiais. Lorenzo queria estudar antropologia quando voltasse à Itália, então tirava fotografias dos moradores do vilarejo e tomava notas sobre seus estilos de vida e suas sociedades; tinha aprendido um pouco de somali com os *askaris* da Somália e até sido convidado para um jantar na casa de um mercador sudanês bem de vida. Os outros oficiais ficavam chocados e enojados com sua intimidade com os nativos, e um ameaçou reportar seus crimes contra higiene racial ao comandante.

Lorenzo ficara impressionado com o autocontrole de Jama no dia em que fora expulso do ônibus. Às vezes, flagrava o menino murmurando para si mesmo na casa de chá e vadiando pela cidade tarde da noite e começara a sentir empatia por ele. Quando as cartas da mãe começaram a chegar, descrevendo em sua letra insegura e emaranhada seu medo de que a Itália fosse seguir o mesmo caminho da Alemanha em seu tratamento dos judeus, Lorenzo desconsiderou suas preocupações, lembrando-a de que ela também fora para a sinagoga no dia em que a Itália invadira a Abissínia para cantar o hino fascista "Giovinezza" com outras senhoras da vizinhança. "Não na Itália, mama", fora seu veredito final sobre o assunto. Agora que tinha passado tempo com italianos do campo, grosseiros, e ouvido suas piadas e reclamações antissemitas, ficara mais circunspecto e aconselhara a mãe a tirar as economias do banco e se preparar para partir. Soldados ociosos em seus quartéis diziam coisas incríveis, e até Lorenzo deixou de lado o cinismo e se chocou quando um soldado disse que a experiência mais estimulante que tivera no Exército foi atirar em uma multidão de civis em Gondar. Ele vira crianças, aleijados e velhas na multidão, mas disparou a metralhadora até que todos estivessem no chão.

— Senhor, terminei. Quanto vou ganhar como soldado? Posso ser um soldado para o senhor, em vez disso? — perguntou Jama, apoiado na vassoura.

O *maggiore* Lorenzo olhou para ele.

— Por que quer ser soldado? Você é tão jovem, nem acabou de crescer.

— Bom, me dê um monte de macarrão e vou crescer rápido — argumentou Jama.

O *maggiore* Lorenzo riu.

— Com dentes grandes como os seus, tenho certeza de que pode comer muito macarrão, mas não, Jama, você precisa ter quinze anos para se alistar, e aí vão tratar você como lixo de qualquer jeito, não se dê ao trabalho. Aqui, vá me comprar uns cigarros, fique com o troco.

Jama foi até o vendedor de tabaco sudanês e comprou os cigarros mais baratos à venda. Quando voltou ao escritório, o *maggiore* Lorenzo tinha saído. Jama deixou os cigarros na mesa e sentou-se em uma cadeira contra a parede para esperar. O Sol estava a pino, e moscas zumbiam preguiçosamente no calor; Jama coçou as picadas e andou pelo cômodo até que, enlouquecido pelos mosquitos, saiu do escritório para procurar o *maggiore*.

O *maggiore* Leon e os outros oficiais estavam sentados em torno da casa de chá, Melottis nas mãos.

— Ah, Jama, achei que fosse me encontrar, trouxe os cigarros?

Jama balançou a cabeça e coçou violentamente as picadas.

— Vá e pegue os cigarros para mim, depois vá para casa, não vou voltar esta tarde. Os mosquitos são cruéis lá, vão comer você vivo. Quando chegar ao escritório, abra a gaveta da mesa, há bálsamo para picadas que você pode pegar.

— *Si, signore* — disse Jama.

De volta ao escritório, Jama abriu a gaveta. Estava cheia de papéis amassados, formulários, cartas e uma pequena pilha de fotografias em branco e preto. Ele verificou a porta e tirou as fotos. Em sua maioria, eram imagens da cabeça e do perfil de camponeses bilen locais. Havia uma foto de um takaruri segurando a pele de um bebê crocodilo e um negociante sudanês sorrindo, a mão estendida sobre as mercadorias. A última fotografia era de uma adolescente bilen, com o torso nu, os braços em torno da cintura, a expressão escondida por correntes de ouro ornamentadas que desciam da testa e do nariz para as orelhas. Os olhos de Jama perscrutaram a imagem incrível. Ele só tinha visto a mãe nua, mas aquela garota parecia uma criatura mítica, sobrenatural; ele não sabia dizer onde e quando a foto fora tirada.

— *Sta'frullah*, Deus nos perdoe — falou entre dentes cerrados, sentindo as mãos arderem ao segurá-la, então guardou as fotos de volta na gaveta.

Pegou o tubo retorcido de bálsamo e colocou os cigarros na faixa da cintura de seu sarongue. Aqueles italianos se tornavam cada vez mais perversos para ele, sentia que iriam corromper sua alma; não era de admirar que o pai, que Deus tivesse misericórdia de sua alma, tivesse fugido deles. Ele bateu o maço de cigarros na mesa e saiu enquanto o *maggiore* Leon gritava "Vejo você amanhã" às suas costas.

Jama dormia em qualquer tenda que tivesse espaço sobrando — não que conseguisse dormir muito. Milhões de mosquitos se congregavam no acampamento, movendo-se em batalhões de corpo a corpo, colonizando as correntes sanguíneas dos homens enquanto eles dormiam inocentemente, mas Jama parecia ser o único a se incomodar com os insetos. Ele se virava constantemente, esfregava as pernas uma na outra, coçava as picadas e dava tapas na pele, irritando os homens cujos sonhos ele perfurava. Usou o remédio do italiano, mas ele parecia apenas atrair mais bichos.

— Alá, você parece algo tirado da terra, o que aconteceu com você? — perguntou Jibreel.

— O que acha que aconteceu?

Jibreel sentia-se culpado por causa de Jama, a alma do menino parecia ter ficado opaca.

— Vou pegar aloé para você, por que não descansa um pouco? — Ofereceu.

O aloé acalmou sua pele, mas Jama sentia que algo maligno havia entrado nele, como se um *jinn* estivesse batendo em sua cabeça com um porrete, alternativamente assando-o em um espeto e enfiando-o na água gelada. Ele tremia e suava, suava e tremia, até parecer que um balde de água tinha sido derramado sobre sua esteira. Jibreel cuidava dele e Jama ouvia sua voz abafada em meio ao latejar de seu crânio, mas não conseguiu nem virar os olhos na direção dele.

Jibreel cruzou os braços e então os descruzou, respirou fundo e se curvou sobre Jama.

— Você está com a febre do mosquito. Não sei o que posso fazer por você, mas vou à clínica italiana para ver se eles nos dão alguma coisa.

Jama, a cabeça girando e zumbindo, não conseguia se lembrar de ter entrado na tenda ou imaginar sair algum dia.

O médico se recusou a dar qualquer coisa a Jama; o quinino para os *askaris* havia acabado, e os remédios mais caros eram reservados para os soldados italianos. A malária esmurrava o corpo de Jama e o fazia sentir que tinha sido atacado por um louco. Sem analgésicos ou quinino, teve de esperar e ver se aquele louco invisível conseguiria causar danos suficientes para matá-lo. Bem acima dele, sua mãe realinhava as estrelas e trocava incenso e contas com os anjos para que eles poupassem o filho, e, intimidados, eles atenderam relutantemente.

Jama abriu os olhos e os fechou de imediato quando um vento abrasador soprou pelas planícies e jogou areia e sujeira para dentro da tenda; tremeu no calor e esfregou o estômago faminto. Sua pele zunia de picadas, vermelhas e inflamadas como formigas. Com membros de chumbo pesados demais para se mover, Jama levantou a cabeça e viu uma panela no fogo.

— Jibreel, me dê um pouco de comida.

— Muito bem, Jama, você é um menino inteligente, pensei que tinha ido — disse Jibreel.

— Me dê comida — grunhiu Jama. Sem se lembrar de nada, ele não estava com disposição para melodramas.

Enquanto Jama dormia e seus anticorpos expulsavam o vírus da malária da cidade, *maggiore* Leon era expulso da Abissínia pelos anticorpos do nacionalismo, os anticorpos italianos dos patriotas abissínios. Antes de cair em delírio, Jama concordara em viajar com o *maggiore* para a Abissínia, para um lugar chamado K'eftya, uma jornada de cinco dias partindo de Omhajer, atravessando terra deserta; as pessoas tinham sido retiradas para providenciar *Lebensraum* para os colonos italianos. O *maggiore* Leon levou consigo quatro oficiais italianos, treze *askaris* somalis e vinte eritreus em um comboio de caminhões em velocidade. Os italianos dormiam em um caminhão, os africanos, nos outros dois. Hienas riam a noite toda, leopardos rugiam, *arbegnoch* atentos não atacavam e esperavam que os fascistas baixassem a guarda. O *maggiore* Leon tivera um mau pressentimento a respeito daquela viagem, o vazio da paisagem o deprimia, e ele se perguntava se Jama desaparecera por ter ouvido que algo ruim ia acontecer. Lorenzo dormia mal, então foi o primeiro a ouvir os passos suaves na escuridão; pegou a arma e ficou de pé, ao que Abraha, o Feroz, cortou sua garganta de orelha a orelha. Abraha e sua gangue, escondidos pelas nuvens conspiradoras, abriram caminho pelos pescoços dos fascistas e então começaram com os africanos. Não demonstravam piedade com traidores, matando até o jovem menino eritreu que substituiu Jama. Alguns homens correram gritando pelas vidas para o mato escuro; só dois voltaram a Omhajer para relatar o ataque. Quando um segundo comboio foi pegar os corpos italianos, os encontraram negros de moscas, e a preciosa pele branca tinha sido arrancada de seus rostos.

Jibreel contou a Jama sobre as facadas e os cortes, e ele não sabia o que sentir. Homens do clã dele tinham sido assassinados em um dos caminhões, e eles discutiram como os italianos os tinham enterrado em covas coletivas sem nenhuma reza. Jama escapara de duas mortes em uma questão de dias, mas ainda se sentia perseguido pela morte e ficava na tenda mais do que precisava, com medo dos perigos que espreitavam lá fora. A imagem do rosto esfolado do *maggiore* assombrava seus sonhos, assim como a adaga de Abraha. Só quando ouviu outros *askaris* reclamando para Jibreel sobre o menino enfiado na tenda, comendo a comida deles, ele se levantou e cambaleou até o escritório.

— É você, é? Bem, seu amigo hebreu foi encontrar Jeová, então, se quiser continuar trabalhando aqui, melhor fazer exatamente o que eu digo e nunca nem me olhar de cara feia, entendeu, Alfredo?

O coração de Jama afundou ao ouvir seu novo superior. Mal podia entender o italiano rápido, mas o olhar frio do homem que tinha atirado contra ele era claro como vidro. Jama sentiu um imenso desejo de fugir, mas não tinha coragem ou energia.

— As coisas estão esquentando por aqui, e eu preciso de uma equipe disciplinada e eficiente. O *Duce* tem planos para um grande império, e a responsabilidade de criá-lo depende de homens como eu. Neste escritório, tratarei insubordinação como um tipo de traição contra o império — o italiano berrou no ar.

O escritório agora pululava com soldados e *askaris* eritreus indo e vindo, e Jama não conseguia imaginar um lugar para si naquela colmeia diligente. O italiano o pegou grosseiramente pelo ombro e o colocou ao lado da mesa.

— Pegue isso e mantenha as moscas longe de mim — ele exigiu, enfiando um mata-moscas na mão de Jama.

Jama quase riu ao segurar o mata-moscas longo e amarelado frouxamente no ar. Podia sentir o cheiro do suor do homem emanando dele; um cheiro animal sujo o cobria cada vez que ele movia o mata-moscas. Ao lado do braço grosso do italiano, esperava um chicote *karbaash* enrolado, de couro de hipopótamo. Jama sabia que, apesar da dor em seus músculos enfraquecidos pela malária, precisava continuar ou arriscava ter a pele arrancada. Civis e *askaris* desafortunados carregavam a geografia lívida das chicotadas nas costas. Os italianos usavam couro de hipopótamo porque o lado duro dele cortava a pele humana como lâmina. Cem chicotadas eram suficientes para matar um homem forte e saudável, e eles eram generosos com os golpes. Jama sentia que um golpe do chicote provavelmente o mandaria para o *jannah*, em seu estado delicado. Tão perto como estava, podia contar os fios finos de cabelo engordurados sobre a careca do italiano. Escrutinizou a linha grossa de sujeira debaixo das unhas do homem, cor de sangue velho.

Jama ficou na rua movimentada depois do trabalho. Sentia-se estranho e sujo, e esperava encontrar companhia familiar para se desligar. A poeira levantada por pedestres e carroças levadas por burros brilhava no sol poente. Uma multidão subia a via suja; em seu meio, um takaruri caçador de crocodilos local carregando um grande tambor. Ele era um *as-saayih*, um pregoeiro, e marchava de modo sombrio e cerimonioso.

Ele se dirigiu aos passantes em uma voz triste:

— Lutadores da terra, dos mares e do ar, camisas-negras da revolução e legiões, homens e mulheres da Itália, do império, ouçam: por decreto do imperador Vittorio Emanuele, todas as posses dos nativos da África Oriental Italiana são consideradas apenas fiduciárias, e sua posse verdadeira será adjudicada por legisladores coloniais. Toda a caça, a pesca e o uso de armadilhas estão proibidos sem a permissão das autoridades coloniais. Ó povo, escute-me, estão nos dizendo que não temos posse de nada e não podemos matar nada para nossas bocas sem pedir a eles primeiro.

A multidão riu, incerta.

— Ah, não, não é brincadeira, povo! Estão dizendo que são donos de tudo o que vive. Esses gafanhotos vão tirar a comida da boca de nossos filhos. — Rugiu o pregoeiro.

Jama andou junto com o homem enquanto ele fazia o anúncio a cada esquina, a voz ficando mais rouca e mais trágica a cada declaração. Ele puxou a manga do homem enquanto andava.

— O que você vai fazer? Ainda pode caçar crocodilos? — ele perguntou.

— Não, filho, não por aqui. Quando um chacal caga, as formigas lhe dão espaço. Vou encontrar outro trabalho por um tempo.

Jama ficou surpreso com o caçador. Ele lutava com crocodilos devoradores de homens, mas tinha sido derrotado pela arrogância e violência dos fascistas.

— Está atrasado, Alfredo! — Rosnou o italiano quando Jama entrou correndo uma manhã, evitando olhar para o rosto vermelho irado.

Ele tinha desenvolvido um medo terrível de um dia invocar a raiva desenfreada de alguém; sabia do que algumas pessoas eram capazes, e odiava estar perto de uma fúria imprudente. Não tentou explicar que a doença ainda não tinha deixado seu corpo.

— *Scusami, signore* — murmurou Jama ao pegar o mata-moscas.

Ele prendeu o fôlego quando o italiano pegou o *karbaash* e o golpeou na palma da mão. Lágrimas brotaram em seus olhos e sua mão se enrolou como uma folha no fogo. O italiano o olhou fixamente e Jama olhou de volta, esperando por uma centelha de remorso.

Devagar, o italiano sentou-se de novo.

— Atreva-se a chegar atrasado mais uma vez e verá o que vai acontecer com você — ele ameaçou, o rosto calmo e despreocupado.

Jama olhou para a palma. A pele estava revolvida como um campo recém-arado; ele podia ver a carne da mão e a visão o fez vomitar.

— Moleque imundo! Vá pegar areia para limpar isso — gritou seu mestre.

Jama cambaleou para fora. Um membro do clã somali o parou na rua, lavou o corte e enrolou um pano nele. Jama soluçava de dor e o homem tentava acalmá-lo.

— *Ilaahey ha ku barakeeyio*, que Deus te abençoe, que Ele o impeça de ir ao chão, que Ele mantenha sua cabeça em pé — cantou o membro do clã. — Volte para dentro, Jama, e mostre a ele que é um homem; teremos nossa vez, aquele estúpido não percebe como nós somalis somos vingativos. — Ele sorriu e apertou Jama frouxamente contra o corpo. — Vá agora, a vida é longa.

Jama voltou ao escritório com uma porção de areia e a jogou descuidadamente sobre o vômito que talhava. Ele se recusou a fazer contato visual, mas pegou o mata-moscas com a mão boa. Sentia-se orgulhoso e corajoso por suportar a dor na mão, e manteve o queixo levantado como um soldado.

É difícil se vingar de alguém que se teme, quando tudo a respeito dele – altura, posses, confiança – reforça a noção da própria inferioridade. Até a imaginação de uma criança se encolhe na presença do terror. Jama voltava todo dia para ser intimidado e humilhado apesar da doença zunindo em seus ossos, como uma mariposa atraída pela luz dura da onipotência italiana. Todos os dias *askaris* eram trazidos, e Jama observava sobre os ombros de Silvio enquanto o italiano os sentenciava ao enforcamento, a chicotadas ou a alguma tortura original que tinha inventado. Os somalis, eritreus e árabes eram como criancinhas idiotas diante dele. Jama estudou o modo como o italiano operava; aprendeu que nem a feiura física ou a fraqueza moral importavam no mundo dos homens. Um homem era respeitado se os outros homens o temessem, e o italiano de algum modo tinha resolvido o mistério de fabricar medo nas pessoas. Ele era imprevisível e desinteressado na camaradagem de seus pares, lembrando Jama de um javali selvagem, sempre prestes a atacar. Havia meninos assim em Áden, e eles eram os mais perigosos, afogando crianças menores enquanto fingiam brincar ou derrubando pedras sobre cabeças adormecidas. Algumas vezes, o italiano tentava demonstrar seu requinte e colocava uma música delicada no gramofone enquanto escrevia cartas para casa. Com a música aguda subindo e descendo, ele fechava os olhos e um sorriso besuntado surgia em seu rosto, como gordura animal em uma grelha. Ele jamais dizia por favor ou obrigado, como o italiano morto, mas moderava a maldade costumeira na voz enquanto a música tocava. Logo depois, voltava à brutalidade de sempre com um tapa ou uma caneta jogada. Jama inventava, silenciosamente em sua cabeça, novos insultos que o faziam sorrir de modo condescendente para o italiano: "Filho de mil burros", "Filho da irmã e do avô", "Infiel de bunda suja", "Porco comedor de porcos", "Molestador de cabras e galinhas". Mas Jama também começou a emular Silvio inconscientemente. Ficava ereto e empinava o nariz, evitava contato visual, alisava o cabelo com água, e xingamentos começaram a pontuar sua fala.

Certo dia, Silvio estava empolgado e enérgico; fez Jama polir seus sapatos até que o menino pudesse ver os pelos do nariz claramente no couro. Os comandantes haviam visitado Omhajer e expressado sua satisfação com o trabalho de Silvio. O escritório estava cheio de italianos jogando cartas e bebendo. Um deles tinha encontrado a câmera do *maggiore* em algum lugar e tentava operá-la, fuçando em seus mecanismos delicados. O flash brilhou como um relâmpago nos olhos do homem e ele a jogou de volta na mesa. O chefe de Jama a pegou e começou a organizar os bêbados em filas para tirar fotografias, exigiu que alguém tirasse retratos dele sozinho e posou com o queixo para a frente como Mussolini. Ordenou que *askaris* entrassem e, com grande alegria, ordenou a eles que o segurassem no ar; quatro eritreus emaciados e um somali o manobraram sobre os ombros e fizeram caretas sob o peso.

— Tire uma foto, rápido, tire! — gritou o italiano, frívolo como uma estudante; os *askaris* olharam para baixo enquanto sua vergonha era memorizada.

O traseiro do italiano fedia a um excesso de comida rica e suas coxas monstruosas pareciam pítons em torno dos pescoços deles. Os outros italianos aplaudiram e assoviaram para ele e, assim que desceu, todos quiseram tirar fotografias semelhantes para enviar para os irmãos, os pais, as esposas.

Jama cambaleou para o trabalho no dia seguinte com a cabeça latejando e as pernas parecendo mortas debaixo dele. Olhou para o céu nublado; precisava estimar o horário pelo Sol e os acontecimentos ao seu redor e não entendia a insistência dos italianos em chegar em um minuto em particular. Achava estupidez do homem branco fracionar o tempo em pequenos fragmentos sem significado em vez de seguir o movimento fluido do Sol, como as pessoas racionais faziam. Ele se apressou o máximo que podia e viu o italiano esperando na entrada da tenda, as mãos nos quadris, o chicote enrolado na mão. Jama se virou para fugir, mas suas pernas eram lentas demais; Silvio o agarrou pela parte de trás do pescoço e o arrastou.

Jama gritou "Me ajude! Me ajude!" para os *askaris* somalis, mas eles observaram em um silêncio amedrontado. Ele foi levado para um cercado, em que galinhas tinham sido mantidas. Estava vazio agora, a não ser por penugens flutuando e manchas de merda. O italiano parou e chutou Jama ferozmente para dentro do galinheiro.

— Fique aí, você! Quantas chances preciso lhe dar? Vocês todos deveriam ser aniquilados, seus imprestáveis. Não se atreva a se levantar ou vou caçá-lo e chicotear essa sua pele preta até sair tudo.

Jama apertou o flanco, temendo que as costelas tivessem quebrado. Ele gritou na língua da mãe:

— Para o inferno com você! Fodedor de porcos miserável! — Mas o italiano foi embora, não se dignando a virar a cabeça.

Jama estudou a ferida dentada na palma da mão, sentiu as costelas machucadas e exigiu que Deus matasse seu agressor. As nuvens se dissolveram conforme o Sol subia cada vez mais. Ele esperou para ser solto, mas ninguém foi vê-lo. Olhou desejosamente para o portão baixo, mas tinha medo demais para se soltar. Dores corriam por seu corpo quando ele tentava se deitar. Um *askari* eritreu perguntou se ele queria um gole de água, afastando-se às pressas antes que alguém pudesse castigá-lo. A dor no flanco, o sol escaldante sobre a cabeça e a fome que revirava suas tripas lhe arrancavam lágrimas hesitantes, lamentosas. Desejava muito a mãe para aliviar suas feridas e segurá-lo contra o peito; ela teria lutado com qualquer um por ele, até o italiano, mas, sem ela, Jama não era ninguém. Sentiu-se velho e desesperançado. Se sua vida acabasse ali naquela gaiola de animais, não haveria rezas, lágrimas, nada para marcá-la como sendo mais digna que a de uma galinha. Suas estrelas haviam falhado com ele, e, se a mãe ainda estivesse observando do céu, não poderia sentir nada além de vergonha. Jama observou uma figura se aproximar do galinheiro; era o caçador de crocodilos, com uma pequena tartaruga contorcendo-se nas mãos.

— O que está fazendo aqui, menino? — perguntou o caçador de crocodilos, incrédulo.

— Aquele suíno me colocou aqui — respondeu Jama, apontando para a tenda com o queixo. — Para onde está levando essa tartaruga? — perguntou de volta.

— Achei que deveria cobrar esses malucos por suas palavras. Achei essa tartaruguinha no meu terreno comendo minha plantação, então, considerando que não somos donos de mais nada, pensei que deveria deixar que eles lidassem com ela. — E, com aquilo, o homem do crocodilo cuspiu um bocado de tabaco e foi até a tenda.

O caçador de crocodilos voltou com dois *askaris*, e todos riam profusamente. O italiano tinha acusado a tartaruga de roubo e dado a ela uma pena de prisão de sete dias. Jama seria seu companheiro de cela e guarda. Colocaram a tartaruga no galinheiro com mais gentileza do que Jama fora jogado para dentro, e o caçador de crocodilos deu ao menino um punhado de amendoins torrados que tirou de seus bolsos profundos.

— Ele disse quanto tempo tenho que ficar aqui? — Jama gritou para eles.

O caçador de crocodilos virou de volta para o menino.

— Não sei, filho, mas ele é um homem muito estranho, a alma dele fede. Não se preocupe, vamos cuidar de você. Vou trazer comida mais tarde.

O caçador de crocodilos manteve a palavra e trouxe comida e água para Jama, e até grama para a tartaruga, fazendo companhia ao menino enquanto o Sol se punha e as hienas riam em seu caminho para a cidade. Jama estava assustado e tentou impedir o caçador de crocodilos de partir contando história atrás de história, mas, por fim, o homem se esticou com um bocejo alto e foi para casa. Jama foi deixado sozinho com os animais selvagens, fantasmas e mosquitos, perguntando-se quais seriam as repercussões caso voltasse para casa naquela noite. *Askaris* eram conhecidos por reportarem uns aos outros para conseguir recompensas com os italianos. Jama ficou acordado a noite toda, tremendo de frio e pulando a cada farfalhar ou estalido na escuridão que o cercava; imaginava um leão saltando sobre a cerca e levando-o embora pela garganta. Tinha acabado de adormecer quando os primeiros *askaris* chegaram ao nascer do dia. No dia seguinte, ele ainda não tinha sido perdoado e passou o tempo virando a tartaruga e estudando sua cabeça, membros, casca. Era uma coisa bela, uma das mais perfeitas criações de Deus, movia-se pensativa, pegando ervas soltas sem qualquer preocupação. Sua casca dura era motivo de inveja para Jama, com sua carne frágil e danificada.

Apenas no terceiro dia, com a pele inteirinha picada, Jama foi chamado pelo italiano para fora do galinheiro. Ele parou humilhado e furioso na frente de seu algoz; o italiano riu ao ver Jama coberto de poeira, então limpou a garganta para ter a satisfação de um sermão.

— Alfredo, você foi um pesadelo para mim. Às vezes achava que você não era tão mau e tinha um pouco de cérebro, mas toda vez você me desapontava. Foi um desastre total, total, como ajudante de escritório. Não sei do que aquele judeuzinho comunista estava falando quando o elogiava, talvez ele tivesse necessidades que você satisfazia, mas venho de uma descendência melhor e vi sua inutilidade. Saia e não volte.

Jama saiu com um grande alívio, mas o italiano gritou atrás dele:

— Ei! Ei! Volte aqui, jamais vire as costas para o seu superior, menino! Volte e faça continência para mim agora!

Jama o ignorou e correu de volta para a tenda. Pegou sua *aday* e sua pequena poupança, colocou-as na mala do pai e foi embora de Omhajer.

KEREN, ERITREIA, 1941

Jama encontrou um grupo de comerciantes usando túnicas brancas e turbantes ao lado da estrada que saía de Omhajer. Um jovem sudanês entre eles viu o estado em que ele se encontrava e lhe ofereceu comida. Juntos, tomaram um caminhão em direção à Abissínia. Logo, o comerciante concordara em empregar Jama como vendedor de chá em suas barracas em K'eftya e Adi Remoz, cidades nas vastas terras altas da região de Gondar. Viajaram por cinco dias na traseira do caminhão, maravilhados com o paraíso que atravessavam; a paisagem era de um verde-esmeralda suculento, com mangueiras silvestres cheias de pássaros brincando e cantando e manadas de girafas e zebras reunidas em torno de poças azuis. Jama teria ficado feliz em pular do caminhão e permanecer naquele pequeno céu, mas *shiftas* e patriotas espreitavam entre as árvores e a grama comprida. Era perturbador ver um lugar tão vicejante, tão cheio de promessa, sem uma *tukul* ou qualquer tipo de moradia humana. Não viram uma alma até chegarem aos arredores de K'eftya, onde Jama e o mercador sudanês desceram. Jama passou dias letárgicos em K'eftya vendendo chá para as poucas pessoas que podiam comprar; a solidão e o tédio enchiam seus dias. Não queria nem se lembrar da mãe ou do pai, pois uma nova amargura estava infectando o modo como pensava neles; foram os erros deles que o deixaram naquele estado de miséria. Quando chovia, esperava debaixo de uma árvore; quando o sol voltava, caminhava; raramente falava com alguém, apenas ouvia conversas alheias e olhava para as mulheres debaixo de sombrinhas coloridas. Os meses passaram rápido até que, longe, para milhões de pessoas, por rádio e em aparições especiais, Benito Mussolini – as mãos segurando o cinto e o queixo esticado para o ar – declarou guerra tribal contra o Reino Unido e a França com proclamações de "*Vincere! Vincere! Vincere!*".

Jama e os outros meninos vendedores de chá se reuniram no mercado para ouvir a versão traduzida e condensada.

— Devo plantar mais tomates? Os *ferengis* vão comprar daqui ou de Adi Remoz? — uma mulher perguntou.

— Vamos conseguir uma estação de trem agora? — perguntou outra.

Todos os jovens ficaram calados; alguns se perguntavam se aquela guerra seria tão destruidora quanto a invasão do seu país, outros, se seria mais lucrativo tornar-se *askari* agora ou depois. Mussolini, o oportunista, o professor primário fracassado, aquele sifilítico vendedor de ideias caídas da traseira de um caminhão, aquele anão rosnador, calculara quantas centenas ou até milhares iria precisar matar antes que Hitler se dignasse a cortar para ele uma fatia do bolo da vitória. "Alguns milhares", ele disse aos auxiliares, "é isso". Fascistas passeavam pela África Oriental Italiana aliciando soldados para a atração vindoura, e jovens somalis, abissínios e eritreus eram enganados, persuadidos ou forçados a se alistar.

Dois oficiais de alistamento finalmente chegaram a K'eftya e armaram uma mesa do lado de fora da nova delegacia de polícia. Uma longa fila de homens e meninos esperava para se alistar; Jama passou por meninos de doze anos de rosto alegre fugindo de casa, fazendeiros famintos de olhos remelosos, *shiftas* que haviam traído os companheiros ladrões, homens fortes da vila que não podiam pagar dotes. Ele esperou no sol do meio-dia até chegar sua vez. Os italianos atrás da mesa de madeira riram da mala usada de papelão em sua mão; pareciam se divertir com a maioria dos africanos. Perguntaram seu nome, sua idade e disseram a ele para girar. Jama era exatamente o tipo de menino analfabeto que procuravam, e ele colocou o polegar onde disseram para colocar, pela primeira vez sem saber ou se importar com o lugar para onde seria enviado. Eles lhe deram um rifle, uma camisa, um par de shorts, um cobertor, uma sacola com todos os tipos de miudezas, facas, cuias de lata, curativos de batalha, um cantil de água – mais posses do que ele jamais tivera –, e, em troca, tudo o que queriam era que ele se juntasse a algo chamado Quarta Companhia. Até lhe deram uma ração de farinha e um soldo de adulto de cinquenta liras por mês. Com isso, ele deveria comprar sandálias, que os italianos achavam que era um extra opcional para os *askaris*. Em sua tenra idade, não podia imaginar homens adultos enviando-o para sua morte; nem podia imaginar o tipo de matança mecanizada, anônima, que os italianos trariam para a África.

Jama jamais vira guerra; as únicas batalhas que conseguia imaginar eram as rixas esporádicas nas quais os somalis nômades entravam, executadas de acordo com regras corteses e rígidas que proibiam o assassinato de mulheres, crianças, velhos, pregadores e poetas. Ele podia sentir o dinheiro sendo injetado no conflito, e isso o empolgava, como se um festival estivesse sendo preparado. Em todo lugar para onde olhava, caminhões transbordando de gente passavam correndo. Mais e mais italianos apareciam e então desapareciam de volta à Eritreia. Tanques e todo tipo de veículo estranho andavam pelas estradas construídas freneticamente diante deles por trabalhadores africanos cansados. Instalado em sua companhia com um comandante quieto e bem-comportado chamado

Matteo Ginelli, Jama aguardava ordens. A máquina italiana de guerra decidira que Jama "Goode" Guure Mohamed Naaleyeh Gatteh Eddoy Sahel Beneen Samatar Rooble Mattan seria mais útil como Sinalizador. Ele cruzou o pequeno Éden entre K'eftya e Omhajer de novo, dessa vez em um comboio militar, e começou seu treinamento. Apaixonou-se por sua primeira tarefa: precisava escrever mensagens no chão para os aviões no céu. Com grandes tiras de algodão branco, Jama formava palavras, memorizando as garatujas e linhas do alfabeto italiano por meio de apelidos. A era casa, B era traseiro, C era lua crescente, D era arco, e seu favorito era M, que parecia dois meninos de mãos dadas. O comandante Ginelli chamava Jama de "Al Furbo", o inteligente, pelo domínio rápido do italiano, e os outros *askaris* adotaram o apelido. Enquanto os outros meninos pediam repetidamente para ver o cartão a fim de replicar aqueles símbolos estranhos escritos nele, com um olhar Jama podia copiar mensagens perfeitas. Embora aviões nunca voassem acima para ler aquelas mensagens, trabalhar no sol, correndo, brigando com os tecidos enormes na brisa, com outros meninos gritando por sua ajuda, fazia Jama sentir-se capaz pela primeira vez na vida. Ele praticava a escrita das letras na areia, dominando "Jama", "*ciao*" e os nomes da mãe e do pai.

Quando o comandante Ginelli trouxe dois meninos novos para os Sinalizadores, Jama estava absorto demais em suas mensagens para levantar os olhos, mas um tapa ardido em seu ombro chamou sua atenção. Ele levou um segundo para reconhecer o rosto, mas ali estava Shidane, agora mais alto que ele e com a cabeça raspada, mastigando um palito de fósforo. Shidane o abraçou e, sobre o ombro dele, Jama viu o pequeno Abdi olhando com um grande sorriso.

— *Então, walaalo*, o destino nos juntou novamente — disse Shidane, a voz incongruentemente grossa.

— Parece que sim — disse Jama, de modo incerto.

— Achamos que estivesse morto! As pessoas disseram que você foi levado para Hargeisa, cagando as tripas, mas parece que você é feito de algo mais forte. Não acreditaria na vida que tivemos, encontrei uma moeda de ouro no Suq al-Yahud e há *suldaans* que não desfrutaram do luxo que ela me trouxe — zurrou Shidane.

— Então o que está fazendo aqui?

— Era uma moeda, não uma mina de ouro.

Eles foram trabalhar. Abdi lhe disse que tinham se alistado poucas semanas antes, quando os italianos invadiram a Somalilândia Britânica.

— Deveria ter visto os britânicos empacotando as coisas e correndo para a costa, meu Deus! Era como se as calças deles estivessem pegando fogo. — Shidane riu, imitando a corrida dos britânicos para fora da Somalilândia.

Jama riu feliz e se lembrou de como Shidane podia ser divertido; ele não tinha respeito por nada ou por ninguém. Abdi ainda era quieto e calmo, com um rosto sereno capturado em algum lugar entre a infância e a maturidade. Shidane o persuadira a se alistar, assim poderiam ganhar dinheiro suficiente para viajar ao Egito e se alistar na Marinha Britânica. Shidane não queria saber de outro assunto a não ser entrar para a Marinha.

— Cara, você não acredita o quanto estão pagando para somalis carregarem os navios britânicos com carvão, vamos rolar no dinheiro, os *suldaans* vão querer emprestar de nós, *ferengis* terão inveja de nossos carros, das nossas casas e nossas mulheres. Estou lhe dizendo, Jama Guure, com o salário de um mês, você vai poder comprar mais camelo do que qualquer *garaad* desdentado.

Jama ficou perplexo com a torrente de palavras que saía da boca de Shidane; ele nem parava para respirar.

— O que acha desses italianos? — Shidane, por fim, perguntou a Jama.

— Não muita coisa. Odeiam somalis, eritreus ou qualquer pessoa negra.

Jama pensou em contar a eles sobre o italiano que o mantivera preso em um galinheiro, mas percebeu que Shidane apenas riria dele.

— Então são como os britânicos? — perguntou Abdi.

— Sim, mas usam mais óleo de cabelo. Um *askari* me disse que, depois que dois eritreus tentaram matar um italiano importante em Adis Abeba, os italianos mataram trinta mil *habashis* em poucos dias, e não foram só soldados. Lojistas, barbeiros, todos eles saíram com porretes e facas e mataram por vingança.

Os meninos ficaram em silêncio ao tentar imaginar trinta mil pessoas mortas.

— Seria o equivalente a um deserto inteiro de pessoas — disse Abdi.

— Não, seria como a mesquita de Al 'Aidarous cheia dez vezes — corrigiu Shidane. — Talvez a gente consiga atirar em alguns desses italianos, atrás da cabeça, quando não estiverem olhando, e equilibrar a pontuação. — Shidane fez um rifle com as mãos.

Jama segurou o dedo sobre os lábios.

— Não diga coisas assim, nunca se sabe quem está escutando — ele advertiu.

Com Shidane fora do alcance da voz, Abdi sussurrou:

— Você encontrou seu pai?

— Quase. Ele está enterrado para lá da fronteira, no Sudão.

Abdi apertou o ombro de Jama.

— Vou rezar por ele, e um dia você fará o *hajj* por ele, certo?

Jama assentiu.

— Bom, *inshallah* ficaremos ricos aqui e viajaremos para o Egito ou, ao menos, roubaremos aquele avião que você sempre quis — disse Abdi com um sorriso.

Abdi e Shidane trouxeram alegria de volta para a vida de Jama. Eles trabalhavam juntos, comiam juntos, dormiam juntos. Como uma equipe, escreviam mensagens para aviões que nunca chegavam perto o suficiente para lê-las. Jama os ensinou a reconhecer as letras e eles escreviam palavrões quando ficavam sem mensagens oficiais. O comandante deles era sossegado e preferia visitar outros italianos a supervisionar os jovens *askaris* brincalhões. A cada dia, mais somalis apareciam em nuvens de poeira pela estrada, alguns se juntando aos Sinalizadores, outros viajando para outros batalhões.

Conforme suas mensagens se tornaram mais ordenadas e profissionais, o tédio se instalou; estavam presos nos arredores de Omhajer engolindo poeira, então o comandante decidiu enviá-los em uma marcha. Em fila dupla, mochilas nas costas, rifles presos no ombro, marcharam para K'eftya e Adi Remoz, e então de volta. Shidane carregou a mochila de Abdi, e *askaris* do clã de Jama cuidaram dele, carregando seu rifle quando ele o arrastava pelo chão nas longas marchas sedentas. Os *askaris* somalis e eritreus cantavam músicas nas próprias línguas, provocando uns aos outros de brincadeira, e o comandante Ginelli ensinou outras para eles. A favorita de Jama era sobre uma menina *habashi* levada para a Itália depois de ser libertada da escravidão por um fascista.

— *Faccetta Nera, bell'abissina, aspetta e spera che già l'oera si avvicina*! Rostinho negro, bela abissínia, ela aguarda e espera que a hora esteja chegando! — Jama cantava alto.

Parecia que muitos italianos langorosos só tinham feito a viagem árdua até a África Oriental porque receberam a promessa de que encontrariam belas abissínias; era turismo sexual fascista, tudo sol, sexo e matança. Garotas eritreias seguiam muitos batalhões italianos; algumas das seguidoras de acampamentos mal haviam alcançado a puberdade, mas já tinham sido amantes de muitos soldados. Os bebês que carregavam nas costas não eram reconhecidos pelos italianos e seriam para sempre chamados de bastardos, ou, como os oficiais diziam, filhos de X. Jama sentia pena dos pacotinhos pequenos nas costas das moças. Apesar de tudo, ele tinha os nomes do pai e do avô, e isso o tornava alguém. Quando recitava seu *abtiris*, sentia-se importante, como se devesse existir para continuar aquela linha melódica.

Assim que os Sinalizadores completaram a marcha desnecessária, os comandantes italianos decidiram invadir o Sudão. Jama era parte do segundo Império Romano que conquistaria aquela vasta terra antiga. Saíram cedo de Omhajer uma manhã, as rações de farinha embrulhadas com cuidado, água nos cantis, balas nos rifles. Shidane tinha afanado algumas latas de produtos desconhecidos e prometeu fazer uma refeição deliciosa para os três.

— Acha que vai ter luta séria aqui? — perguntou Jama, uma bola de medo se formando nas tripas. Ele cruzava uma montanha invisível em sua mente, da terra que conhecia para o território desconhecido que reivindicara seu pai.

— Duvido. Os britânicos não conseguem lutar com ninguém armado com mais que uma banana afiada — respondeu Shidane.

Ele era destemido. Seu nome significava "ardente", e ele ardia de inteligência e coragem, capaz de queimar com um olhar, de aquecer sem um toque. Passaram por planícies em que a grama era maior que o homem mais alto, e a cantoria e as danças se aquietaram conforme se aproximavam da fronteira com o Sudão. Dois homens Eidegalle arrastavam uma Howitzer, e Jama, Shidane e Abdi ficaram com eles, fumando e conversando.

— Teve alguma namorada, *ascaro* Jama? — Shidane riu.

— Sim, *ascaro* Shidane, as mulheres me amam.

— Sim, sim, nos seus sonhos elas amam. Eu tive oito namoradas.

— Quê! Acha que há oito dias na semana? — zombou Jama.

— Não, eu sei exatamente quantos dias há em uma semana, mas você precisa de uma garota extra para aquelas horas especiais em que deixou uma cansada demais.

— Filho da puta sacana. — Jama sorriu. — E você, *ascaro* Abdi, arrumou alguma namorada?

— Não — interrompeu Shidane. — Ele já teve problemas demais com mulher. Ele nos fez sair de Áden quando foi flagrado com uma menina árabe. Eu a vi com um bebê um pouco antes de sairmos, e adivinhe, mesmo de longe, eu podia ver a luz refletindo na testa grande da criança.

— *Ya salam!* — Jama riu. — O que realmente fez vocês saírem de Áden?

Shidane e Abdi riram.

— Fomos pegos roubando sapatos fora da mesquita, tínhamos sapatos novos toda sexta-feira! Às vezes, até os vendíamos de volta para os idiotas, dizendo que os tínhamos encontrado em uma viela. Estava indo bem até que roubamos os sapatos de um detetive, então fomos colocados no primeiro navio de volta para a terra natal.

Os italianos andavam a cavalo bem à frente deles, tentando esconder seu medo dos subordinados, mas muitos ficavam se agachando entre os arbustos para liberar os intestinos soltos. Quando finalmente chegaram à fronteira, pânico e júbilo tomaram conta dos cem homens e eles atacaram em todas as direções, buscando algo para conquistar. Havia apenas desolação; lares abandonados, panelas queimadas e a parafernália dos refugiados, sapatos e lençóis esquecidos. Os invasores passavam por trilhas de terra, as armas e a artilharia inúteis contra os sussurros opressivos das cigarras. Bem quando Jama estava a ponto de adormecer, ouviu tiros e subiu em uma tamareira para ter uma vista melhor. Com o coração disparado, viu dois policiais sudaneses em túnicas brancas fugindo dos italianos a cavalo. Seus garanhões negros escaparam das balas e Jama podia ver nuvens de areia onde elas caíam. *Askaris* atiraram para o ar empolgados, e a sensação era a de que uma verdadeira batalha acontecia, em vez da derrota de dois policiais adormecidos por uma centena de soldados. Oficiais italianos perseguiam uns aos outros até as selas que os policiais sudaneses tinham abandonado na pressa e as seguraram alto como se tivessem encontrado a Arca da Aliança. Todos davam vivas e assoviavam.

— Somos parte de um exército vitorioso — disseram os italianos —, todos os homens devem ter orgulho do que conseguiram aqui hoje.

Shidane, Jama e Abdi riram delirantemente ao ver os italianos brigando uns com os outros pelas velhas selas tomadas, empurrando-se pela glória de levar para casa um suvenir do dia em que derrotaram o poderoso Império Britânico. Por fim, chegaram a algum acordo e as selas foram dadas aos *askaris* para serem carregadas de volta para Omhajer. Quatro *askaris* as levaram orgulhosamente nos ombros, e até Jama e Abdi se aproximaram para tocar o velho couro em celebração.

— Somos os testículos dos *ferengis* — cantavam os *askaris*, mas Shidane fez cara feia para eles.

— Jogamos nossas bolas fora — ele resmungou.

Apesar da incursão vitoriosa ao Sudão, a guerra não ia bem para os italianos. Hurricanes britânicos fizeram incursões a Asmara e Gura, despedaçando a tiros cinquenta aeronaves italianas antes que elas pudessem sair do chão e ler as mensagens de Jama. Embora o exército italiano na África Oriental fosse maior que o britânico numa proporção de quatro para um e Jama ainda não tivesse visto o inimigo, os italianos lutavam uma batalha fadada ao fracasso. Agordat caiu, ainda que os italianos tenham infligido grandes perdas ao pequeno contingente de soldados indianos e escoceses. Só foi preciso um *sepoy* de turbante se aproximar e gritar *"Raja Ram Chander Ki Jai"*, e os italianos largaram as armas e correram para as colinas. Barentu foi deixada para os britânicos sem ao menos uma luta de socos, enquanto os generais em Roma e Asmara tentavam desesperadamente encontrar uma cidade para sua última resistência.

Escolheram Keren, uma cidade muçulmana de prédios caiados, mercadores de camelos e prateiros, que ficava aninhada, como um forte medieval, no coração de uma severa cadeia de montanhas, com apenas um desfiladeiro como acesso. Os italianos bombardearam esse desfiladeiro com mais energia e vitalidade do que haviam despendido em qualquer outra atividade na guerra. Levantaram sua ponte levadiça imaginária e esperaram pelos escoceses, indianos, franceses, senegaleses, árabes e judeus que formavam o esforço dos Aliados contra eles. Jama e os Sinalizadores foram chamados para Keren junto com outros noventa mil *askaris*. Jama foi um dos últimos a chegar, depois de dias de marcha com bolhas nos pés e caronas nauseantes em caminhões.

No dia quinze de março de 1941, começou a batalha. Dez mil balas por hora eram disparadas pelas armas britânicas e italianas, e, mesmo a mais de um quilômetro e meio de distância do front, os ossos de Jama eram chacoalhados pelas explosões. Jama, Shidane e Abdi tremiam enquanto observavam o vale onde indianos e italianos se matavam por solo africano. *"Ya salam!"*, exclamava Shidane cada vez que uma bomba britânica atingia os *askaris*. Tudo ficou mais sério. Finalmente foram ensinados a atirar, usando latas de metal como alvos, e Shidane, o destemido, como começou a chamar a si mesmo, se tornou o melhor atirador entre eles. Os *askaris* eram constantemente escrutinizados e observados. Diziam que os britânicos estavam usando somalis do norte como espiões, então os italianos os mantinham longe da batalha enquanto ainda podiam. Trens traziam regularmente suprimentos para os italianos, e Shidane usava sua amizade com os cozinheiros somalis para obter iguarias como chocolate, frango enlatado e seu novo vício, leite condensado. Sua mochila sempre chocalhava com latas de leite grosso e doce, e ele cobrava dos *askaris* pelo prazer de uma gota no chá. Enquanto a Quarta Companhia guardava um depósito de munições perto da cidade, caravanas de refugiados passavam, alguns em camelos, alguns em mulas e os mais pobres a pé, levando o peso dos filhos e fugindo enquanto seu país era destruído. O pagamento do alistamento queimava um buraco no bolso de Shidane, então ele o gastou comprando leite de camelo refrescante dos refugiados mais ricos. Enquanto a batalha seguia em fúria nas colinas, Jama fazia binóculos com as mãos e assistia a explosões que faziam as montanhas parecerem vulcões em erupção, lava de sangue derramando-se pelas encostas. Ele tinha a impressão de que as montanhas iriam desmoronar sob os bombardeios. Ocasionalmente, a Quarta Companhia tinha de abandonar as munições quando a RAF voava de forma ameaçadora sobre eles, mas os aviões britânicos buscavam alvos mais substanciais e conseguiram um acerto ensurdecedor, perfeito, em um trem trazendo munição para a linha do front italiana. O trem voou dos trilhos conforme morteiros, granadas e pentes de munição explodiam. O motorista da locomotiva a vapor tentou fugir dos vagões em chamas, mas, por fim, foi engolfado no inferno incandescente. Os meninos eram atraídos pelas arrojadas forças britânicas e esperavam impacientemente pela próxima humilhação a ser infligida aos italianos. No dia em que pareceu que sua sinalização seria enfim necessária, olharam ansiosamente para o céu a fim de ver oito aviões italianos em formação sobre eles, mas as aeronaves foram logo atacadas por três Hurricanes britânicos. No combate aéreo que se seguiu, três aviões italianos caíram em um vale e outros cinco foram embora.

Foi tão empolgante que o comandante tirou o chicote para aquietar os meninos. Jama foi o primeiro a ficar com medo dos bombardeiros e começou a usar gravetos na cabeça, para que os aviões não o vissem de cima. Shidane e Abdi gostaram da ideia, competitivamente adicionando folhagem às próprias cabeças, até parecerem arbustos ambulantes, os rostos perdidos atrás de véus de folhas.

Todas as noites, os britânicos suspendiam os bombardeios por dez minutos para tocar ópera italiana em seus alto-falantes estridentes, seguida pelo sumário de todas as derrotas que os italianos tinham sofrido naquele dia. Depois do segmento italiano, eritreus e somalis trabalhando para os britânicos traduziam as notícias e exortavam os *askaris* a desertar, oferecendo medalhas e recompensas se o fizessem. Os *askaris* não precisavam de muito encorajamento; toda noite, sob a cobertura da escuridão, centenas deles saíam furtivamente, para jamais serem vistos outra vez. Todos os amhara desapareceram quando os britânicos relataram que Haile Selassie tinha voltado do exílio e que patriotas abissínios pressionavam Adis Abeba. Somalis ogadeni voltaram para suas famílias e camelos quando folhetos foram lançados sobre eles afirmando que uma rebelião se formava em Hararghe. Saturno e Marte haviam entrado em conjunção, e os somalis nômades viram que uma grande derrota esperava os italianos e foram embora antes que as estrelas os punissem também. Isso deixou uma barafunda de eritreus e jovens somalis urbanos que usaram os folhetos para limpar a bunda. Dos noventa mil *askaris* que estiveram presentes no início da batalha por Keren, sessenta mil permaneceram. Os italianos tentaram manter esses restantes obedientes atirando em desertores ou atando mãos e pés nas costas e lançando homens insubordinados em valas onde chacais esperavam por eles. Os italianos também repetiram uma de suas formas especiais de execução: amarravam *askaris* amotinados, normalmente somalis, a traseiras de caminhões e aceleravam pela estrada áspera até que não restava nada no fim da corda a não ser um par de mãos algemadas. Um *askari* tinha um cartão-postal que comprara de um camelô em Mogadício e o mostrou para Jama e os meninos. Eles apertaram os olhos para a figura do caminhão, sem conseguir ver nada de interesse.

— Alá! — gritou Abdi, apontando para as mãos algemadas que pendiam atrás do caminhão.

As mãos estavam juntas de modo pio, como se em reza, mas os pulsos eram feios cotos rasgados, escrevendo suas maldições em uma letra sangrenta na estrada de terra.

— Onde está o resto dele? — perguntou Jama.

— Provavelmente ainda pela estrada — disse o *askari*, pegando o postal de volta.

Todo *askari* voltava da linha do front com uma história de horror – a matança diária, a falta de sono, cadáveres explodindo no calor, homens enlouquecendo com trauma de guerra, as maneiras malignas como os italianos humilhavam seus camaradas negros.

— O *bulabasha* me disse para enterrar os corpos brancos, mas deixar os negros para apodrecer; eu não conseguia acreditar, todos tínhamos acabado de sacrificar a porra das nossas vidas por eles — esbravejou um *askari* eritreu. — Quando disse que ia enterrar todos juntos, ele levantou a pistola para mim.

Jama, Abdi e Shidane ouviam essas histórias à noite em torno da fogueira do acampamento.

— Vamos ficar só até ganhar o suficiente para ir ao Egito — concordaram.

Não tinham ainda visto a violência e a selvageria da guerra de perto e acreditavam que poderiam escapar de tudo. À noite, os *askaris* juntavam as rações de farinha e cozinhavam juntos. Shidane, em geral, comandava as panelas e os potes para fazer pão e cozidos surpreendentemente deliciosos com óleo de cozinha e temperos roubados.

— Minha mãe é a melhor cozinheira em Áden, ela não faz as vasilhas desleixadas de gordura que vocês costumam comer — ele se gabava.

Eles se agachavam em torno da fogueira e queimavam os dedos tentando pegar o cozido antes dos outros, mesmo se incursões de bombardeio voassem no céu; os homens preferiam ficar em campo aberto do que perder a comida de Shidane. Alguns, tensos, ficavam meio de pé, meio agachados, beliscando o pão de fermentação natural entre dedos trêmulos. Um homem deu um salto quando um depósito de munição explodiu e colocou o pé dentro da panela fervente. Os *askaris* pularam furiosos.

— *Waryaa fulay*! Ei, covarde! Olhe onde pisa, tire o pé imundo da nossa comida! — gritaram os meninos para ele, sem nenhuma preocupação com o pé vermelho e escaldado que o sujeito tirou dolorosamente do caldeirão.

Jama e os meninos voltaram a comer raivosos enquanto o homem ia embora. Dormiam amontoados juntos atrás de uma rocha; Shidane, como sempre, com um olho aberto, como um jacaré, mantendo guarda sobre suas incumbências. Quando estava barulhento demais para dormir, Shidane contava histórias de fantasmas que deixavam Jama de cabelo em pé. Iluminado por bombas, ele descrevia todos os tipos de mal que já vira.

— *Wallaahi*, que Deus me mate neste momento se uma palavra for mentira. Uma noite, enquanto vocês dois roncavam, eu vi algo curvado descendo a montanha, com a pele bem branca e garras compridas que arranhavam as pedras. Fechei os olhos, achando que estava alucinando, mas então os abri de novo e a coisa tinha se levantado como um homem. Os olhos vermelhos olhavam diretamente para mim, então eu me abaixei atrás de uma rocha, rezando pela minha vida. Os ingleses tinham parado de bombardear, e tudo estava totalmente escuro; acendi um fósforo achando que a besta vinha para cima de mim, mas ela já tinha achado uma vítima. Levava um *askari* pela garganta e carregava o homem frouxo de volta para o topo da montanha. Ele desapareceu, mas a noite toda pude escutar ossos quebrando e carne sendo rasgada. Há canibais aqui, tenho certeza disso.

Jama acreditaria em qualquer coisa que Shidane relatasse. Ele odiava os barulhos estranhos que se propagavam pelo ar nas noites quietas – rosnados, uivos, gritos, preces. As súplicas dos *askaris* feridos – "Irmãos, me ajudem" – se tornavam "Que todos vocês sejam danados ao inferno" antes que houvesse apenas silêncio.

Conforme o fedor dos cadáveres aumentava, Jama foi separado de Shidane e Abdi, enviado junto a uma pequena unidade para defender um depósito de munição perto da linha do front, enquanto os outros dois receberam ordens de ir a Keren para pegar binóculos substitutos para os comandantes italianos.

Shidane abraçou Jama.

— Não se preocupe, *walaalo*, vou ter uma refeição de dar água na boca esperando por você, mas, se ficar muito ruim lá, deserte e deixe uma mensagem com um dos homens de seu clã que vamos encontrar você, Al Furbo — disse Shidane.

Jama não ousou falar, sua voz o denunciaria. Shidane erguia-se orgulhoso em seu uniforme enquanto acenava adeus. À distância, a sujeira na roupa era invisível, e Shidane parecia mais elegante que os outros *askaris*, com seu belo rosto marrom, olhos brilhantes e membros longos.

Algumas coisas, Jama descobriria com o tempo, outras, não, mas *askaris* descreveram ver Abdi e Shidane em Keren, seus documentos amassados na mão de Shidane. A cidade enxameava de desertores e homens separados de seus batalhões, e a polícia militar os reunia em acampamentos antes de enviá-los de volta à batalha. Abdi segurava apertado na mão de Shidane enquanto manobravam em torno dos bêbados violentos. Chegaram à grande tenda que abrigava o depósito de suprimentos e precisaram segurar um arquejo ao entrar. Era como a caverna de Ali Babá, cintilando com centenas de tesouros, latas de comida, café, sacas de açúcar, sacos de chá, armas, sapatos, binóculos e outros apetrechos.

Eles eram os únicos *askaris* no depósito e imediatamente atraíram a atenção dos homens brancos.

— *Ascaro*, o que estão fazendo aqui? — gritou um homem de meia-idade.

Shidane estendeu a fina ordem de requisição e esperou que o homem fosse buscar.

— Venha aqui, menino, não é seu lugar esperar que eu vá até você — gritou o homem.

Shidane passou a nota para ele e o gerente colocou óculos para examinar o papel. Enquanto ele lia, Shidane e Abdi olhavam em torno para ver se conseguiam enfiar alguma coisa nos bolsos. No topo de um saco, havia barras de chocolate em embrulhos marrons, e Shidane passou os dedos em torno de uma e a enfiou nos shorts.

— Devolva isso — exigiu o gerente de suprimentos.

Shidane devolveu a barra de chocolate e sorriu.

— Isso é um crime sério, *ascaro*, considere-se sortudo por eu não ir diretamente até seu oficial comandante para denunciá-lo.

Shidane ouviu com um sorriso no rosto; só entendeu as palavras "*ascaro*", "oficial" e "denunciá-lo", mas conseguiu captar a substância da fala do gerente.

— Saia e espere lá fora enquanto preparo o pedido — disse o gerente de suprimentos, apontando para a saída. Os meninos saíram ainda olhando ao redor.

— Não se preocupe, vou conseguir algo, quero pegar uma surpresa para Jama para quando ele voltar, *inshallah*.

— Não faça isso, Shidane, é uma má ideia. — Pleiteou Abdi, tentando dar à sua voz uma autoridade avuncular, mas sussurrando com medo.

O depósito de suprimentos ficava em uma área exclusiva para italianos, embora alguns soldados alemães trabalhassem no local, voando por ali como bandeiras nazistas, o cabelo branco descolorido e a pele vermelha. Abdi e Shidane eram os únicos não brancos dentro do perímetro de arame e podiam sentir as peles apertadas em torno de si.

Enquanto isso, Jama chegou ao depósito de munição alto nas montanhas, a caverna com pilhas enormes de armas e morteiros e uma porta pesada de metal construída na entrada. Em torno dele, as armas satânicas rugiam e ressoavam. Um *askari* eritreu se juntou ao grupo, e ele e Jama ficaram de guarda na porta enquanto os italianos observavam a cena abaixo de si. Os britânicos estavam chegando cada vez mais perto, e a maior parte dos italianos esperava que sua derrota fosse rápida e indolor. Jama só podia ver figuras de palitinho correndo através da fumaça; quando chegou mais perto da trilha, viu *askaris* fugindo do bombardeio, segurando debilmente as cabeças como se aquilo fosse impedi-los de serem explodidos. Os somalis costumavam dizer que segurar a cabeça trazia calamidade, mas, no caso dos *askaris*, a calamidade já estava sobre eles. Jama teve uma premonição terrível sobre aquele dia; traria morte, com certeza, ele sabia pelo céu vermelho-sangue, todo revirado como as entranhas de um animal morto, e pelos homens queimando que rolavam desesperadamente no chão, incapazes de apagar as chamas. Ele recebeu ordens de um italiano para voltar para a caverna e arrastou os pés, querendo ficar o mais longe possível das munições escuras e oleosas, a pele pinicando com o medo de ser explodido. Soldados indianos e escoceses endurecidos estavam perto de alcançar o pico que Jama e mil outros *askaris* guardavam; e esses meninos trêmulos, analfabetos, com os estômagos endurecidos de medo e as calças molhadas de terror, esperavam para serem subjugados.

Um menininho calmo esperava pela chance de encher os bolsos no depósito de suprimentos de Keren.

— Venha aqui e pegue, então — berrou o gerente para Shidane.

Eles voltaram para a caverna de tesouros, o gerente deu a Abdi uma caixa pesada de binóculos e Shidane se esticou para ajudar o tio a carregá-la. O gerente riu deles.

— Seus somalis magrelos, vocês não são úteis para ninguém.

Shidane e Abdi foram em direção à saída e o gerente voltou, assoviando, para seus papéis.

— Psiu, fique de olho — Shidane sussurrou para Abdi antes de abaixar a caixa ao lado de sacos abertos de espaguete e arroz.

Shidane fingiu arrumar a sandália enquanto enfiava mãos cheias de arroz nos bolsos e na caixa; Abdi o chutou com força nas costelas, mas Shidane já tinha visto as sombras e sentido o cheiro da fumaça sulfúrica. Três Satãs tinham entrado na sua vida: os soldados Antonio Alessi, Cristiano Fiorelli e Stefano Tucci emergiram das sombras como se tivessem acabado de sair do inferno. Eram jovens robustos que tinham passado o tempo na África empilhando caixas e limpando derramamentos no depósito, pálidos como minhocas, mas as mãos e os corações tinham sede de sangue.

— O que temos aqui? — exclamou Cristiano.

Shidane ficou de pé e correu para pegar sua caixa, mas Cristiano a chutou para longe com força, e os binóculos e o arroz caíram sem barulho. O gerente veio correndo e gritando obscenidades. Antonio e o gerente tiveram uma rápida discussão, e o segundo foi embora dando de ombros. Antonio ordenou que Abdi limpasse a bagunça, então os soldados cercaram Shidane e o levaram embora. Shidane se virou para olhar e Abdi antes de desaparecer no sol forte.

Os gerentes do depósito levaram Shidane para uma cabana de latão em um canto do complexo. O metal corrugado havia afundado e rachado no calor, e a porta resistiu, mas, por fim, os admitiu com um guincho. O barraco fedia a urina e a única luz vinha das rachaduras no metal, mas Stefano não perdeu tempo em tirar arame do bolso e atar as mãos de Shidane nas costas. Foi só então que a bravata de Shidane falhou e ele deixou o sorriso sair de seu rosto. Suas mãos estavam presas firmemente quando Cristiano chutou seus pés para que caísse, e os outros riram. Ele podia sentir o cheiro de álcool em seus hálitos.

— Não deveria ter roubado de nós, crioulinho — falou Cristiano de modo enrolado. — Somos assassinos treinados.

Shidane olhou para eles, o rosto tenso, a repulsa dardejando dos olhos. Antonio o chutou no olho, e o globo ocular foi arrancado da órbita; Shidane se ergueu cambaleante, o sangue caindo pelo rosto.

Stefano tinha saído da cabana e voltou com um bastão curto de metal e uma lata pequena.

— *Musulmano*, achei que sua religião proibia roubo, não cortam fora seus braços por isso? — ele perguntou, torcendo as mãos de Shidane como se para arrancá-las. — Imagino que, se está tão faminto, devemos alimentá-lo. Tenho algo de que vai gostar tanto que vai lamber esses lábios por dias.

Ele passou o bastão para Cristiano. Shidane, cego de um olho, balançava-se para a frente e para trás e contorcia-se como uma cobra cortada em dois. Stefano tirou pedaços de porco gosmentos e cartilaginosos e os enfiou pela garganta de Shidane como uma mãe demente. Shidane engasgou com a carne suja e os dedos grossos e oleosos em sua boca. Cristiano bateu o bastão em sua cabeça e ele emborcou de lado. Antonio pegou o bastão e acertou as rótulas de Shidane até ouvir o estouro alto que esperava. Com isso, Shidane sujou as calças e começou a implorar.

— *Por favore, buoni italiani, smettere!* — ele implorou, e por isso Antonio golpeou sua boca até que todos os belos dentes de Shidane fossem obliterados.

— Está assustado agora, não queria jamais ter roubado de nós? — sussurrou Antonio enquanto abria à força a boca de Shidane com o bastão em um sorriso medonho. A dor o fez desmaiar.

— Vamos tirar as roupas dele.

— É, olha só para ele, retorcendo-se como uma cadela no cio — concordou Cristiano.

Enquanto despiam Shidane, Abdi era retirado do complexo pelo gerente.

— *Ascaro*, onde está o outro *ascaro, signore?* — perguntou Abdi, desesperado.

— Saia — gritou o gerente —, vou me certificar de que você também receba a sua punição.

Ele chutou Abdi no traseiro. O menino rodeou o perímetro da cerca de arame tentando ver Shidane e viu o gerente entrar em uma barraca enferrujada, então voltar para o depósito.

Quando o gerente espiou no escuro e viu o corpo nu do jovem *askari* deslizando em suas fezes, carne exposta onde o olho e a boca deveriam estar, assentiu para os colegas, mas não sabia por quê. Muitos passariam pela barraca ao ouvirem o que acontecia lá dentro. Alguns ficaram para assistir, mas a maioria observava a visão e então saía correndo, como menininhos que olharam debaixo da saia da professora, mas não queriam ser flagrados espiando. Abdi ouviu os gemidos esganiçados e gorgolejantes junto com o resto do complexo, mas pensou que havia um animal na barraca, não seu amado sobrinho. Shidane flutuava entre a consciência e um mundo de sonho de água que planava ao seu redor, puxando-o para um estupor narcótico antes de evaporar e ele cair de volta em sua carne, os olhos como dois carvões brilhando em uma fogueira que morria. Podia sentir os ossos do queixo estilhaçando a cada golpe, e então suas entranhas foram estupradas com o bastão; com isso, sua alma morreu e esperou que o corpo a seguisse. Eles eram incansáveis; labutaram sobre ele como mecânicos desmontando um carro para sucata, vândalos destruindo uma obra-prima, dissecando Shidane. Precisavam ver como aquele corpo negro estranho, belo, operava, então o destruíram, levou horas, mas eram dedicados, e aquela talvez fosse a última chance que teriam de matar. Cristiano enviou Shidane de volta para o Deus pagão dele com um golpe na parte de trás da cabeça que enfiou pedaços de mosaico do crânio do menino em seu cérebro, rasgando seus dezesseis anos de sonhos, memórias e pensamentos em tiras sangrentas. Quando Shidane parou de se retorcer e os italianos perceberam que a diversão tinha acabado, olharam para o cadáver enfadonho e pesado que jazia a seus pés e deixaram a barraca estimulados, mas insatisfeitos. Lavaram as mãos na torneira perto das latrinas e concordaram em se encontrar depois no bordel do Exército. Cristiano viu o pequeno *askari* esperando ao lado da cerca e cuspiu na direção dele com nojo. Coube a dois italianos anônimos arrastar o corpo e jogá-lo para fora do perímetro da cerca. Abdi, esperando ali, viu o corpo amassado e nu de rosto para baixo na terra, mas não se aproximou. Tinha rezado a noite inteira, então não acreditava que pudesse ser Shidane. Só depois que um grupo de *askaris* eritreus o chutou e ele os ouviu dizendo "somali, somali" é que se aproximou. Era uma versão de Shidane, uma aproximação desajeitada, um fac-símile amassado que ele viu, uma mancha humana, não o menino que amara e com quem crescera. Aquilo era algo que uma hiena mastigara e cuspira. Abdi tentou entender o que via, mas não conseguia.

Enquanto Shidane era roubado desse mundo, Jama também lutava com Izra'il, o anjo da morte. Sua hora chegou em uma caverna escura na montanha; foguetes britânicos foram lançados pelo céu negro para buscá-lo, iluminando as nuvens com seus arcos da morte brancos e letais. Os foguetes caçavam uns aos outros, chocando-se com velocidade indecente para fertilizar o óvulo da exterminação dentro de Jama, até que finalmente um espermatozoide encontrou seu esconderijo. Estourou na porta da caverna bem quando Jama tentava fechá-la contra ele. Jama se levantou, cego pela luz e pelo calor, coberto do que parecia sangue, os braços e torso lambuzados, acreditando que estava morto, e seu primeiro pensamento foi de decepção. A alma fora retirada do corpo apenas para ser jogada em um vazio escuro e ecoante. Ele tropeçou e sentiu uma mão debaixo do pé, que chutou em pânico.

— *Audu billahi min ash-shaidani rajeem*, procuro refúgio com Alá dos *shayddaan*! — ele gaguejou.

O calor e o enxofre na caverna eram infernais, e Jama se amaldiçoou por não ter rezado ou jejuado durante sua curta vida.

Uma brisa fresca soprou pela abertura na porta e ele esticou a boca até ela, sugando o ar doce em sua garganta queimada. Quando suas pernas e seus braços pararam de tremer, ele se empurrou fracamente através da porta estilhaçada. Lá fora, tudo permanecia o mesmo, e foguetes ainda cascateavam, fulminando raivosamente e acertando homens e mulas. Jama olhou para trás e viu, na luz fosfórica, a cabeça raspada do *bulabasha* explodir, jazendo afinal em repouso ao lado da perna escurecida e rasgada de um *askari* eritreu. Estavam todos mortos, mas pareciam brincar, as pernas esticadas em poses dinâmicas, as camisas abertas por rasgões, os membros emaranhados sem preocupação de posição ou raça. *Cães preguiçosos*, pensou Jama, *por que não se levantam e andam como eu*, mas então percebeu que eles não eram muçulmanos, Deus os teria deixado onde caíram porque eles o tinham negado, enquanto ele poderia perambular até o Dia do Julgamento consignado a ele por sua posição correta. Então perambulou, sem rumo, com o poder de um zumbi, de volta pelo caminho estreito para Keren. Conforme o Sol acuado espiava sobre o horizonte e lentamente saía de seu bunker, Jama percebeu que era suor molhando suas roupas, não sangue, e continuou andando.

Chegou a Keren e atraiu troças e risos: parecia um personagem de desenho animado, o rosto escurecido por cinzas, a camisa aberta e o cabelo ondulado, grosso de poeira, de pé. Ele manteve a cabeça baixa; queria atravessar diretamente a cidade, mas foi parado.

— *Ascaro*, de onde vem com essa aparência? — perguntou o sargento bloqueando seu caminho.

As roupas de Jama fediam e pareciam ainda soltar fumaça. Ele olhou para os olhos azuis do sargento.

— Da guarda do depósito número quinze, o resto está morto.

O sargento olhou para cima em direção à montanha e fez um som de desaprovação.

— Então volte, não pode deixar sua posição a não ser que tenha recebido ordens, quando vocês *askaris* vão aprender alguma porra de disciplina, é por culpa sua que estamos perdendo essa guerra. — Ele respirou fundo. — Pegue outro uniforme e um pouco de comida do depósito de suprimentos e faça com que os homens do depósito arrumem uns *askaris* para ir com você.

Ele arrancou uma folha de pedido e a colocou na mão de Jama. Os olhos do menino perfuraram as costas do sargento.

Askaris passavam por Jama com olhares evasivos em sua direção, como se ele fosse entrar em combustão espontânea, mas ele lutara contra a morte e, por dentro, estava triunfante. Sua vida tomou forma em torno dele de novo, o coração batendo, o calor voltando à pele, e, em volta, italianos gritando comandos e insultos. Ele tentou imaginar a expressão de Shidane e Abdi quando contasse a eles que tinha sobrevivido milagrosamente, enquanto todos os outros tinham virado carne moída.

Alisou o cabelo e se aproximou de um somali de aparência brava.

— Tio, onde fica o depósito?

— *Waryaa*, olhe para seu estado, *tollai*, o que eles fizeram conosco? Foda-se o depósito, saia daqui, estou lhe avisando para ficar longe daquele inferno! Eles mataram um de nós lá na noite passada, a sangue frio, um menino jovem como você, fuja agora se sabe o que é bom para si mesmo — esbravejou o homem.

O homem parecia louco, usava uma camisa do Exército com *ma'awis* enrolado na cintura e ficava apertando a virilha. Jama perambulou por toda a cidade até achar o depósito, que estava calmo, ordenado e saciado depois do derramamento de sangue da noite. Os soldados serviram Jama de modo quieto e educado, até jogando um par de chocolates fora da validade no saco dele como agrado. Jama encheu o cantil repetidamente na torneira e então saiu para a luz do dia, pronto para encontrar Shidane e Abdi e mostrar a eles a carnificina da caverna.

Abdi estava por perto, agachado ao lado da cerca do perímetro. Jama correu para ele, tentando formar a história na mente. Sabia que a mãe tinha colocado um escudo do ar mais frio entre ele e o foguete, mas os meninos jamais acreditariam nele. Olhou em volta, precisava que Shidane escutasse também o primeiro relato, quando ainda era picante e dramático.

— *Ascaro* Abdi, nunca vai adivinhar o que me aconteceu, olhe para mim, Abdi, olhe para mim. — Jama puxou o queixo de Abdi para cima para que ele o olhasse.

Abdi murmurava e balançava nos calcanhares, coberto de sujeira, a mandíbula tremendo, e virou o rosto. Jama viu uma mancha de sangue vermelho-ferrugem na camisa de Abdi e caiu ao lado dele. Tentou colocar um braço em torno de Abdi e puxá-lo para mais perto, mas ele ficou de pé e começou a gritar, pegou pedras e as atirou com toda a força no complexo. Uma pedra bateu em um teto de latão antes que Jama o arrastasse para longe.

— Onde está Shidane? O que aconteceu, Abdi?

— Venha comigo, Jama, quero que veja, venha comigo — Abdi gritou e ficou abruptamente de pé, Jama atrás dele.

Abdi o levou para uma clareira ao lado da estrada, antes de parar abruptamente e se virar para Jama. Era a primeira vez que Jama conseguia olhar nos olhos do garoto. Sob as sobrancelhas sulcadas, eles estavam sem foco, grandes e perdidos, nada por trás, uma ruína nua. A mente dele fora assustada para fora de seu templo e circulara acima antes de fugir voando. Jama deu um passo para trás, mas Abdi pegou a mão dele com um aperto forte e desajeitado e o puxou para a frente.

O rosto de Abdi se abriu em um sorriso.

— Veja, não havia nada aqui quando o enterrei, e agora tem esse arbusto. — Abdi apontou para uma grande moita que se espalhava, as folhas ávidas violentamente verdes e vivas.

— Quem você enterrou aqui? — perguntou Jama.

— Shidane, claro. Eles o mataram e eu o enterrei. Onde você estava, Jama? Poderia ter salvado ele.

Jama começou a tremer, e Abdi o olhou antes de fazer uma cara enojada e se virar de novo para o arbusto.

— Quando eu saí, nada, e agora isso — ele disse ao roçar as folhas com a ponta dos dedos.

O arbusto assustou Jama, parecia crescer na frente de seus olhos e brilhava independentemente da luz, que esmaecia.

— Quem o matou, Abdi? O que aconteceu? — perguntou Jama, entre lágrimas.

— Quem você acha, idiota? As pessoas com quem vi você no depósito, eles o destruíram, eles o comeram e jogaram fora o que não queriam.

— Vamos, Abdi, venha comigo, vamos para o Egito, tenho comida suficiente comigo, levante, vamos, basta. — Persuadiu Jama.

Ele sentiu-se frio e morto novamente.

— Prefiro morrer do que comer a comida deles. Vou ficar aqui com meu sobrinho, você pode ir para onde quiser.

Os soluços de Jama ficaram cada vez mais altos, mas Abdi apenas rosnou para ele.

— Deixe-me em paz, leve seu barulho estúpido para outro lugar.

— Não vou deixar você — gritou Jama —, o que aconteceu? Vocês só saíram para uma tarefa, Abdi, o que aconteceu?

Em um tom monótono, Abdi contou a ele sobre o arroz, os três italianos, o barraco, os barulhos, e, no fim, Jama entendeu e podia olhar nos olhos do garoto sem se encolher. Conforme a noite caiu, uma grande lua cheia sentou-se imperialmente no céu, olhando para eles, e, enquanto Jama pegava lenha, Abdi pegou pedras e as jogou em seu rosto branco e bexiguento. Seus pés levantavam areia fina como um dançarino enquanto ele pulava em direção à Lua. Jama virou as costas para ele e acendeu o fogo com uma caixa de fósforos que Shidane lhe dera, depois segurou a caixa com força na mão e rezou pela alma do amigo. Ambos dormiram sem comer, como se por empatia com Shidane, que jamais comeria ou se gabaria de sua culinária de novo e que agora era, em si, uma refeição, um banquete para vermes. Jama envolveu Abdi em sua nova camisa e deitou-se quase em cima do fogo, temendo que o frio em seu interior fosse congelar seu coração. Ele não conseguia dormir. Pensamentos mórbidos corriam por sua mente; a vida era tênue, não havia valor nela, cada dia trazia a ameaça da aniquilação ou a perda daqueles que você amava. Por fim, caiu em um estado parecido com o sono entre a pilha fumegante da fogueira queimada, os dentes batendo, os pés gelados amarrados nas gavinhas que não paravam de crescer da cova de Shidane.

Ao amanhecer, Jama acordou frio como a morte, os pés no aperto firme do arbusto; ele arrancou as gavinhas grossas, reptilianas, e seus pés sangraram vermelho. *Shidane era vingativo até na reencarnação*, pensou Jama. Enquanto ele andava em torno esperando que Abdi acordasse, seus pés recuperaram a sensibilidade; eram como os cascos de um cavalo de corrida, como os pés de Guure, não ficavam felizes se não sentissem quilômetros de terra passando debaixo deles todos os dias. Ambaro sempre dizia: "A única coisa que vem a você se ficar sentado é a morte". Essa era a única filosofia de sua família. Jama sentiu uma necessidade urgente de esvaziar o intestino e se afastou para se aliviar. De onde estava agachado, Abdi ficava totalmente coberto pelo arbusto, como uma mosca em uma Vênus-papa-moscas, totalmente consumido. Jama acabou depressa e correu para acordá-lo.

— Eu disse que ia ficar aqui! — Trovejou Abdi.

Seus olhos ainda estavam vazios, mas agora ele batia e dava beliscões em si mesmo, murmurando preces entre os dentes e parecendo envergonhado pela presença de Jama.

— Não pode ficar aqui, vão nos jogar para baixo da montanha como desertores. Não pode fazer nada por Shidane agora, vamos — implorou Jama.

— Vai você, eu o alcanço depois — murmurou Abdi agitadamente, Jama o impedia de fazer algo e ele estava ficando impaciente.

Jama olhou em torno, para as montanhas cinzentas ecoando o alarido distante de armas e as estradas empoeiradas serpenteando para longe, deu metade de sua ração de comida para Abdi, segurou o corpo magro dele em um abraço desajeitado e então se afastou.

Jama tirou sua camisa do Exército mutilada e se afastou de Keren; pulava para dentro dos arbustos quando ouvia comboios aproximando-se e corria atrás de mercadores, que fugiam com seus camelos quando viam o menino louco seminu a persegui-los. Parava quando a noite caía, perdido e faminto, fazia panquecas gosmentas sem gosto, jogava-as garganta abaixo e comia frutos silvestres que havia colhido no caminho. Sem conseguir deitar-se quieto, começou a caminhar sob o luar também. Havia muito tinha deixado as estradas retas construídas por escravos e agora seguia apenas a atração magnética das estrelas. Enquanto o Sol subia, ele viu mais maldade: corpos esmagados por tanques britânicos correndo para a vitória, marcas brancas de poeira ainda visíveis nos homens negros. Jama começou a suar frio e fugiu para a direção oposta. Parou para descansar em uma ravina e adormeceu, embalado pela água gorgolejante e a carícia suave do sol. Por um longo tempo, ouviu um assovio, mas, na terra de ninguém entre o sono e a vigília, ele o ignorou, esperando que fosse apenas sua imaginação. Quando o assovio se transformou em cantos e riso, ele se levantou rápido. Observou em torno – ninguém, apenas arbustos e silêncio – e se deitou de novo apenas para que o assovio recomeçasse quando pousou a cabeça no chão.

Ele ficou de pé com um rugido.

— *Soobah*! Saia! — gritou. *Apenas uma criança brincaria daquela maneira*, pensou.

Ficou ali endurecido, peito para fora e pronto para lutar. Uma mão acenou de trás de uma árvore, mas Jama não se moveu.

Um homem usando as túnicas brancas de um somali saiu para a área aberta e sorriu, parecia familiar. Jama apertou os olhos, tentando situá-lo.

— O que você quer? — ele gritou.

— Não me reconhece? — Com um sorriso triste, a figura escura fez sinal para que Jama o seguisse.

O menino pegou uma pedra pontiaguda e seguiu a aparição; eles não falaram.

Jama levou um longo tempo até aceitar quem tinha aquela passada dançante, aqueles dedos longos que estalavam gentilmente a cada passo, aquele rosto que levava a planta do seu.

— Pai, é tarde demais — disse Jama.

Guure levou Jama para longe dos soldados, crocodilos, leopardos, para um santuário; era tudo que faria pelo filho. Jama chorou quando a aparição sumiu perto de uma vila queimada, procurou entre as *tukuls* chamuscadas, pisou em cinzas frias, derramou panelas e sapatos perdidos. Entrou no esqueleto de uma cabana apenas para pular para trás ao ver uma criança pequena agachada num canto. Jama se virou para fugir daquela vila de fantasmas, mas o menininho correu atrás dele, puxando seus shorts. Ele parou e olhou para o menino; suas costelas saltavam, a pele pendia em seu rosto de velho, e seus olhos eram como duas grandes luas, mas ele estava definitivamente vivo. Jama abriu a mochila, pegou farinha e seu cantil de água, fez uma fogueira e começou a preparar pão. Enquanto trabalhava, a criança ficou ao seu lado. O garoto tinha acabado com a água no cantil e agora observava silenciosamente o pão tomar forma. Jama não sentia nenhum calor emanar dele. Assim que o pão assou, o menino o pegou do fogo.

Jama era muito mais alto que ele, não poderia ter mais que sete anos. Ele balançou a cabeça e perguntou:

— Por que está aqui?

O menino ainda comia laboriosamente.

— Estou esperando minha família voltar. — Ele soluçou.

Jama não via civis fazia dias.

— Eles não vão voltar — ele disse diretamente, estendendo a mão para o menino. — Qual seu nome? — perguntou, quando o menino colocou a pequena mão fria na sua.

— Awate — ele respondeu.

— Venha comigo, Awate, vou levar você para um lugar seguro — disse Jama, incapaz de deixar aquele pequeno espírito humano na vila morta aonde seu pai o levara.

Awate sabia de uma cidade próxima e passou direções enquanto Jama o levava nas costas, segurando-o forte demais no pescoço. Awate estivera brincando na floresta quando bombas caíram na vila e tinha corrido de volta para sua *tukul* para descobrir que a mãe e os irmãos tinham sumido; passara dias sozinho e agora se pendurava como uma sanguessuga na pele de Jama.

Jama e Awate fugiram para as terras baixas em torno do rio Gash. Quando chegaram às tamareiras de Tessenei e pararam de caminhar, os britânicos tinham tomado controle da África Oriental Italiana. O chacal italiano tinha perdido a pele e os dentes, mas deixou muitos africanos mortos atrás de si. Jama foi ao rio, banhou os pés, fechou os olhos e descansou na margem quieta, então amarrou pesos nas imagens de cadáveres, homens em chamas e olhos perdidos, alojadas em sua mente e as jogou no fundo do rio.

GERSET, ERITREIA, JULHO DE 1941

Jama esperou um longo tempo por Abdi, com a esperança de que ele viraria a esquina um dia, um pouco empoeirado, um pouco sedento, mas de resto bem. Às vezes, feridos eram trazidos para Tessenei em macas depois de pisar em minas ou disparar uma bomba camuflada. Jama corria para fora da loja para ver o rosto da vítima, mas eram sempre eritreus. Ele queria procurar Abdi, mas o campo agora era um campo de batalha de milícias e *shiftas*. A cova de Shidane era um ponto de encontro para bandidos que se reuniam na sombra dele para dividir o butim. Jama se perguntava se o fantasma de Shidane os chamava até si, seu espírito sentado ao lado deles, deliciado, enquanto contavam e conspiravam. Depois que *shiftas* atacaram a loja de Hakim, enfiando pistolas na cara de Jama e pegando sacos de cereais e dinheiro, ele protestou com Shidane e eles nunca voltaram. Eritreus comuns também estavam no clima de guerra agora que o poder italiano se revelara nada mais que um truque de mágica; todo homem e menino tinha uma pistola, um rifle ou uma granada. Quando prisioneiros de guerra italianos passavam por Tessenei, escondiam os rostos dos homens que tinham torturado e das mulheres que tinham estuprado. Mesmo depois da carnificina em Keren, a ascendência europeia era zelosamente guardada pelos britânicos, que protegiam os italianos de qualquer vingança. Quando bandidos atacavam *villas* ou lojas italianas, soldados britânicos conduziam buscas casa a casa até que armas e suspeitos fossem entregues.

Jama vivia uma existência simples na loja de Hakim, silenciosamente observando o mundo passar enquanto rotinas diárias, milagres e tragédias giravam a maquinaria de sua vida. Não sentia alegria ou tristeza, apenas um anseio profundo por todas as coisas que perdera. A guerra acabara, mas levara tudo consigo e reduzira seu mundo a uma ilha de paz cercada por um mar de sangue. Antigos *askaris* iam à loja e ficavam de conversa com ele, alguns bebiam demais e fingiam ter esquecido tudo sobre a guerra, mas havia o inventário sem fim de almas perdidas: "Tal e tal morreu de feridas de estilhaços", "Mohamed Alto foi enforcado", "Hassan foi emboscado por *shiftas*", "Samatar desapareceu". Jama não podia parar de ouvir, ainda que estivesse enjoado de morte; queria vida na sua forma mais pura, como os pássaros tinham, não aquela coisa atrofiada que os *askaris* aguentavam. Pediu aos homens para procurarem Abdi e lhe dizer que Jama Guure esperava por ele em Tessenei, mas o menino tinha desaparecido, voado para longe em asas invisíveis.

Jama ouviu o galo da vizinhança soar seu alarme, seu cacarejar abafado pelos outros sons da manhã – baldes de água derramados, fogos crepitando, homens e mulheres cumprimentando-se, mulas zurrando, bebês chorando. Hawa veio mancando para a loja, uma velha envolta em algodão vermelho. Ela arfou e ofegou ao entrar. Nas costas, tinha um saco de grãos-de-bico e seus braços musculosos jogaram a carga pesada aos pés de Jama.

— Bons grãos, os melhores que plantei faz um tempo, vou querer um presente especial de você, meu pequeno somali — ela disse, estendendo a mão.

— Se eu fosse o chefe, você poderia pegar qualquer coisa na loja, tia.

Hawa esperou que Jama pesasse o saco e lhe desse o pagamento em açúcar. Ele era sempre generoso, dando uma colher extra aos clientes regulares. Hawa beliscou a bochecha dele e colocou o pacote de açúcar debaixo do braço. Ela levaria mais uma hora para andar de volta a Gerset e à sua casa no assentamento kunama. O céu estava nublado, ameaçando uma tempestade.

— Fique aqui, Hawa, espere até vir e passar — disse Jama, acendendo um cigarro, fósforo e tabaco pungentes em seu nariz.

Hawa arrastou-se de volta para ele, fechando os olhos para inalar a fumaça.

— Dê-me um, seu somali levado, ou vou contar ao chefe.

Jama quebrou o cigarro em dois e deu a ela a ponta acesa.

— É o último — ele disse, de modo escusatório.

Ele enfiou a outra metade atrás da orelha e verificou se havia frutas podres nas pilhas entregues por fazendeiros locais naquela manhã. A maioria das bananas e laranjas eram pequenos espécimes atrofiados, machucados e malformados. Ele removeu as que estavam maduras demais e as dividiu com Hawa. Enquanto comiam, a chuva começou, o primeiro aguaceiro verdadeiro da estação chuvosa, e o vento soprou, borrifando-os com água. Awate entrou correndo, em seu caminho da escola para casa. Ele estava encharcado, as roupas finas coladas no corpo.

— Jama, fui o primeiro da classe hoje; o professor disse que, se continuar assim, ele vai me mandar para a escola grande do irmão dele em Kassala.

Hawa ululou e fumaça escapou de sua boca em espirais.

— *Manshallah*, Awate, você vai para Kassala, mas se seque, não quer ficar doente — ralhou Jama.

Awate morava perto da loja com uma família tigre adotiva, mas visitava Jama todos os dias para pegar doces e contar suas conquistas.

Seu rosto havia enchido, e ele não se parecia em nada com a aparição que Jama tinha encontrado.

Hakim, o lojista, no começo ficava de olho em Jama.

— Tive meninos que trabalharam para mim e me roubaram muito; a minha regra é que qualquer ladrão experimenta meu chicote.

Mas ele nunca precisou usar o chicote em Jama e logo começou a deixá-lo encarregado quando ia comprar suprimentos em Kassala. Embora tivesse a maior loja em quilômetros, com vilas próximas produzindo todo tipo de plantação, Hakim não era um capitalista nato, dando constantemente aos filhos mimados os ganhos do dia e guardando a melhor carne para a família. Jama às vezes pensava que Hakim só tinha uma loja para que pudesse ter um suprimento infindável de iguarias para enfiar na boca pequena e úmida. Tessenei era um centro de comércio internacional: butins das casas dos colonos italianos eram trocados por mercadorias do Egito e *askaris* vendiam suas armas italianas para os *shiftas* abissínios. Fazendeiros kunama e caçadores takaruri taciturnos trocavam seus produtos por tecido, café e açúcar, os sudaneses presidindo aquele frenesi mercantil como juízes em uma luta. Abriram caravançarás e bazares e vendiam seus *kebabs* crepitantes a cada esquina. Jama era conhecido por eles e por todo mundo como o pequeno somali que sabia falar várias línguas. Aprendeu kunama na loja e traduzia para as mulheres do campo em discussões sobre a qualidade de seus vegetais ou suas dívidas. Todo tipo de gente ia à loja. Um dia, entrou um homem trazendo uma lança e um escudo, vestindo a pele de leão de um guerreiro amhara, e apenas gritou "*Waryaa inanyow*" para Jama. Ele não era um amhara, mas sim um somali de sangue, um Haber Yunis da região de Hargeisa que terminara na Abissínia e lutara contra os italianos. O homem tirou a pele de leão suada e conversou com Jama sobre o deserto, camelos e seu plano de se juntar à Marinha Britânica no Egito. Antes do pôr do sol, pegou sua juba, sua lança e seu escudo e desapareceu na direção do Sudão.

Jama passou dois anos trabalhando para Hakim sem receber; trocava o trabalho por algo para comer e um lugar para dormir. Naquele chão que cheirava a café, ele transformou-se em um homem; com braços e pernas que não se encaixavam mais com conforto no canto, sentia-se como um elefante preso no cercado de uma cabra. Queria tentar a sorte em outro lugar. Hakim tentou persuadi-lo a ficar, mas ele estava decidido. Hakim enfiou a mão no bolso e deu a Jama exatamente duas libras por seus setecentos e trinta dias de labuta. Awate chorou quando Jama lhe disse que ia partir e abraçou as longas pernas dele para atrasá-lo, mas o rapaz o afastou à força.

— Vou voltar, Awate, você pode ser meu cule quando eu abrir uma loja — ele prometeu.

Jama explorou as vilas locais procurando uma isolada e pobre o suficiente para não ter uma barraca sudanesa. Foi uma viagem desoladora. As estradas ainda estavam bloqueadas por tanques queimados, campos minados escondiam-se sob o mato e ossos saíam de covas rasas. Por fim, Jama encontrou Focka, escondida em um vale verdejante; era uma vilazinha que mal abrigava vinte famílias, que andavam até Tessenei pelas coisas mais ordinárias. Quando o pequeno somali fez uma visita e falou de seus planos, quase o pregaram em uma estaca para impedi-lo de escapar. Entre os matriarcais kunamas, mulheres como Ambaro, Jinnow e Awrala estavam em todo lugar, dando conselhos não solicitados sobre como construir sua barraca e provocando-o por causa dos músculos fortes e do visual exótico. Os moradores da vila estavam empolgados por ter um estrangeiro entre eles, e a barraca coberta de folhas de palmeiras se tornou local de discussões, taverna e, à noite, salão de dança. Cansados e suados, jovens vinham dos campos e soltavam os músculos em danças malucas que chamaram de cão mijando, galinha com fome, carneiro no cio, enquanto ficavam frouxos de hidromel e contraíam grandes dívidas na barraca de Jama. Os mais velhos ocasionalmente interpretavam sagas épicas da história kunama. Para satisfazer o desejo de seus fregueses e evitar impostos altos, Jama alugava um camelo e tomava a arriscada rota noturna através do deserto até Kassala. Apreciava essas expedições; suas roupas pálidas brilhavam ao luar e grãos de areia cintilavam como diamantes em seu caminho. As estrelas incandescentes eram tão brilhantes que quase o queimavam, e as dunas sob o luar ondulavam e nadavam enquanto ele era balançado nas costas do camelo até adormecer. Jama acordava com um susto quando ouvia o riso das hienas que o seguiam, o estalido de suas mandíbulas ao morder as pernas longas e finas do camelo. Contrabandistas eram uma iguaria para as hienas locais e, naquele trecho isolado, se um deles fosse jogado de seu camelo assustado, não haveria chance de resgate: elas atacariam e não deixariam nada para trás.

Com cigarros sudaneses contrabandeados escondidos debaixo das roupas, Jama voltava triunfantemente para a vila. Ele nunca foi pego pela polícia sudanesa e dobrou seu lucro com os cigarros. Expandiu a barraca até que sapatos de segunda mão pendiam pelos cadarços sobre sua cabeça, lamparinas de parafina brilhavam como policiais agachados ao seu lado e perfumes caseiros emanavam de garrafas de vidro recolhidas de toda parte, poções de amor oleosas em sujos recipientes verdes e azuis com bolhas. Tudo o que Jama vendia trazia o glamour do mundo externo para Focka. Sob as florestas eternas de baobás gigantes e tamarindos perfumados, uma vila era sacudida de um devaneio, a mágica do óleo e do carvão tornava a vida mais fácil, mais rápida e mais suja, e a barraca de Jama oferecia o tanto do mundo exterior que ele podia carregar. Quando a colheita era trazida, as pessoas arquejavam diante da fecundidade obscena da terra. Cenouras longas e descomedidas pulavam para fora da terra, tomates vermelhos sumarentos acenavam emburrados de suas parreiras. Citrinos esmeralda e pimentas rubi brilhavam de cestos de palha desmazelados, e as ovelhas – as ovelhas gritavam e se gabavam o caminho inteiro até o mercado. Mulheres carregavam cestos cheios de ovos do tamanho de punhos sobre a cabeça até Tessenei. Focka, apenas Focka fora abençoada, o resto das vilas na área kunama revelava sacos amuados de vegetais torcidos e frutas azedas no mercado. As pessoas estavam bravas pois os fazendeiros de Focka guardavam o somali sortudo para si. Mulheres se encontravam em todas as vilas e conferências secretas aconteciam de madrugada.

— Envenene-o com cuspe de cobra e então traga-o aqui para a cura — aconselhou uma velha.

Em outra vila, uma mulher se ofereceu como isca, mas, em Gerset, Hawa disse a elas para oferecer terra a Jama em troca de sua feitiçaria.

Jama aceitou a oferta de Hawa de dois acres, mas prometeu às pessoas de Focka que manteria sua barraca lá. Emprestou uma mula de um vizinho e, com seu cobertor, ferramentas e utensílios de cozinha no lombo da mula, seguiu para Gerset. As mulheres tinham limpado o chão para ele, um solo rico, úmido ao toque, penteado como o cabelo preto de sua mãe. Era uma bela visão, a primeira verdadeira riqueza de sua vida, e ele caminhou pelo perímetro, medindo a distância de um canto a outro. Era um presente grande e generoso das mulheres, e ele beijou as mãos de Hawa em gratidão. As mulheres construíram uma cabana para ele, cantando *"Akoran oshomaney"* conforme trabalhavam, "não deixe seu amigo na mão". Elas finalmente o deixaram sozinho para trabalhar em sua feitiçaria, mas ele não sabia o que fazer. Escondido por exuberantes bananeiras, se curvou e pegou punhados de solo que esfregou nos braços e nas pernas; a terra era fresca e acalmou sua pele quente. Jama a levou ao nariz – cheirava a árvores e ao hálito delas; ele a provou – ferro e sangue. Em seu júbilo, andou por Gerset; as mulheres sorriam e acenavam enquanto ele vagava, e Jama sentia-se maravilhoso entre aquelas amazonas confiantes, sua bela vila intocada pela guerra, escondida dos mapas *ferengi*. Elas paravam para dar-lhe as boas-vindas. Não havia títulos em Gerset, não havia mestres ou senhores, nem mesmo senhoras; respeito era dado livre, igual e generosamente, todos eram descendentes da rainha Kuname. Os homens estavam fora com as vacas e havia silêncio, exceto por gritos de cães, tosses de cabras e risos de ovelhas. Cansado e sedento, chegou à loja da vila. Puxou a cortina para o lado, os passos suaves, acolchoados por sujeira não varrida. Uma menina sentava-se atrás de um balcão torto de madeira, roncando, com moscas gordas em torno da cabeça. Ele se aproximou e ela pulou, rapidamente limpando a baba do queixo. Era linda, dois olhos negros como abrunhos e lábios vermelhos maduros sobre um longo pescoço de gazela-girafa, a pele de um marrom puro ressaltada por metros de contas de cornalina e âmbar. Ela fora polida com manteiga e creme. Vendo seu olhar de antílope assustado, Jama foi até a moça e pediu um copo de leite, e, com passos rápidos, dançantes, ela foi até a velha vaca no quintal e ordenhou um copo cheio.

— Boa tarde — disse Jama, a batida de seu coração disparada.

A garota assentiu para ele; emanava luz como um santo copta na parede de uma igreja, mas sua expressão era mais desconfiada do que beatífica.

— De onde você veio? — ela finalmente perguntou, a voz mais profunda do que ele tinha esperado. Jama podia sentir o aroma de mel em seu hálito.

— Diga qualquer nome, eu já estive lá. — Ele sorriu, ela sorriu de volta, e foi isso.

204

* * *

Bethlehem Cabeçagrande era uma mula, pai tigra e mãe kunama, muçulmana e cristã, nascida em um estábulo, pastora pela manhã, fazendeira à tarde e atendente de loja à noite. Com a cabeça cheia de sonhos e fantasias, colhia lavanda e jasmim e voltava para casa com flores nas tranças, mas com um bode faltando, então apanhava e era enviada de volta às colinas que escureciam até encontrá-lo. Sua moita gigante e escura de cabelos lhe rendeu o nome Cabeçagrande, e ela o usava como uma coroa de espinhos, puxando-o durante o dia, tirando fios dos olhos, da boca, da comida. Quando as irmãs pulavam sobre ela, usavam o cabelo como arma, forçando sua cabeça para trás com ele, arrastando-a pela terra. A mãe às vezes reservava uma tarde para trançá-lo laboriosamente, colocando-o em filas manejáveis, como suas plantações, antes que, como uma floresta tropical, ele explodisse as fronteiras feitas pelo homem e reivindicasse seu território. Ela era uma verdadeira garota de vila no sentido de que não havia nada que desejasse mais do que morar em uma cidade. Já com dezesseis anos, tinha que esperar que suas cinco irmãs mais velhas se casassem antes que pudesse escapar. O rosto de Jama lhe aparecia agora antes que adormecesse; seus olhos profundos e hipnotizantes a entristeciam, e havia algo em sua conduta perdida e solitária que a fazia querer sufocá-lo no peito.

De seu poleiro nas colinas, entre as cabras balindo, Bethlehem podia ver Jama com seu turbante plantando sementes. Ele era desajeitado com as ferramentas e, para a diversão dela, puxava brotos da terra para ver o quanto tinham crescido. Tentava dar-lhes vida com o olhar, pensou.

Quando trazia os bodes para baixo, Bethlehem passava ao lado do campo dele.

— Não está fazendo isso muito bem, sabe, não devia plantá-los tão fundo, precisam ver o sol através da terra.

— Por que não vem e me ajuda, então? — disse Jama, parando para olhar enquanto ela passava.

— Iiih! Bem que você queria! — Ela guinchou, antes de ir embora.

Jama estudava os ciclos do dia dela, amava observá-la em seu avanço bocejante pela luz salpicada do amanhecer. Ela era um ponto vermelho subindo o horizonte cinza-esverdeado, seguida por um séquito fiel de cabras fedidas. Ao meio-dia, conforme o Sol subia, ela descia e começava a trabalhar nos campos da mãe; ele podia sentir o cheiro das flores no cabelo dela bem depois que tinha passado, a vareta segurando aquela bandeira negra de cabelos para trás. Jama esperava até que ela estivesse na loja, à noite, antes de comprar seus ovos e leite, e os dois conversavam ao lado de uma lamparina de parafina enquanto a família dela jantava.

— O que você fazia antes de vir para cá? — ela perguntou uma vez.

— Eu era um *askari*.

— Que estúpido você devia ser — ela provocou, segurando uma folha de grama entre os dedos e imitando o cigarro dele.

A luz uterina da lamparina deixava os dois mais corajosos, capazes de falar de coisas que a luz forte do dia ou a escuridão profunda teriam proibido. Jama contou a Bethlehem sobre seus pais e ela ouviu com a atenção de uma esfinge. Em retorno, para cimentar a intimidade deles, Bethlehem descreveu a Jama como o pai dela a chutava por sonhar acordada e perder cabras, como ela jamais havia comprado nada na vida, apenas recebido doações da irmã.

— Nem uma coisa, Jama, acredita, nunca uma coisa só para mim.

Jama balançou a cabeça em empatia e tocou a mão dela; ela permitiu por um segundo antes de puxá-la de volta.

* * *

Desde que Jama chegara a Gerset, Bethlehem nunca saía com pés empoeirados e rachados, massageando-os com óleo toda manhã. Surrupiou o colar de moedas, os brincos e as tornozeleiras de prata da irmã Maria Theresa, escondendo-os até chegar perto da fazenda de Jama, quando os colocava. Cintilavam até que ele estivesse fora de vista, depois podiam desaparecer de volta em seus bolsos. Um dia, o cabelo estava em fileiras agrárias, outro dia, em marias-chiquinhas, e em outro, ainda, ela trançava a frente e deixava a parte de trás solta. Jama gostava dos penteados, que davam ao rosto dela diferentes formatos e ânimos. Conforme eles ficavam mais próximos, Jama se levantava antes do Sol para esperar por ela nas colinas, onde podiam passar umas horas juntos antes que a vila ganhasse vida e começasse sua vigília. Ele esperava feliz no frio segurando brotos e flores frescas para ela, um arrepio percorrendo seu corpo quando ela saía de sua mente apaixonada e se tornava carne novamente. Era desajeitado e bobo em torno dela, mas ela não reclamava – observava-o intensamente e tirava palhas do cabelo.

— Eu nunca me senti assim antes, eu me sinto possuído — ele disse a ela, e ela brilhou de prazer.

Em um amanhecer, enquanto conversavam sentados, um murmúrio profundo veio dos céus, e uma torrente de chuva e granizo caiu sobre eles, blesh, blesh, blesh, terra deslizava pela encosta.

— Maria me proteja — gritou Bethlehem, tentando desesperadamente juntar suas cabras aterrorizadas. A terra estourou suas tornozeleiras e enterrou seus joelhos fundo na lama.

Jama subiu em uma figueira e a puxou para fora, tão próximo que ele podia sentir o coração dela batendo contra ele, e Bethlehem enterrou a cabeça no seu pescoço enquanto ele a libertava.

— Vem, vamos entrar naquela caverna. — Ele comandou. Ela o ignorou e correu atrás das cabras, então Jama as perseguiu em direção à caverna e só então ela o seguiu.

A encosta gigantesca de granito se abria em uma caverna que tinha toda a elegância e a delicadeza de uma catedral: estalactites desciam como incensórios, e a luz que brincava nas poças salpicava a cúpula alta. Bethlehem disse uma prece e beijou seu rosário.

— Não se preocupe, vai acabar logo — reassegurou-a Jama.

— Você quer se casar comigo? — perguntou Bethlehem, fria e estremecendo.

— Sim — respondeu Jama, colocando um braço em torno do ombro dela.

Eles transformaram a pedra viva em uma namoradeira e imaginaram sua nova vida juntos enquanto a chuva levava embora o mundo antigo. Vigiando, porém, estava Fofoca, ela que borboleteia entre céu e terra, que nunca inclina a cabeça em sono gentil e, com asas ligeiras, levantou voo para perturbar o repouso pacífico dos moradores da vila.

Jama, Bethlehem e as cabras voltaram para Gerset, recebendo olhares e cochichos. Bethlehem manteve a cabeça erguida, acreditando que estava praticamente casada. Ela deixou Jama em seu campo e foi para casa. A mãe estava varrendo cocô de cabra para longe da porta.

— Por que demorou tanto, Cabeçagrande? Deveria ter voltado para casa antes que a chuva começasse.

— Mama, Jama e eu vamos nos casar — anunciou Bethlehem.

A mãe guinchou e jogou longe a vassoura.

— O que é isso? O que as pessoas vão dizer? O que você fez?

— Nada, mama, nós só concordamos — gaguejou Bethlehem.

— Você não vai decidir nada sem me consultar. Não quero aquele pequeno somali farejando em volta de você, as pessoas já estão falando, você não sabe nada sobre ele, então apenas fique longe.

Bethlehem não ficou longe. Ela ia para os campos de Jama e o ajudava, arrancando as ervas daninhas e verificando se havia ferrugem. A terra estava grávida com tanto produto que, quando chegou o tempo da colheita, Jama empregou mais duas trabalhadoras, oferecendo a elas uma parte da colheita em pagamento. A mãe de Bethlehem a levava para o campo e a buscava ao anoitecer, mas o dia todo os namorados podiam jogar conversa fora o quanto quisessem. Ele descrevia Áden, Hargeisa, Asmara. Não precisou descrever Keren, pois os mercados de prata ainda brilhavam na mente da moça de suas viagens para lá quando criança. Jama falava de lugares, mas não falava de pessoas; todos os lugares que descrevia eram cidades fantasmas que ele atravessava sozinho. Nunca mencionou Shidane ou Abdi, mas eles estavam lá em suas histórias, sombras imperceptíveis que andavam ao seu lado. Houve um momento no anoitecer quando uma brisa fresca soprou, as folhas balançaram e Bethlehem estirou as costas na frente de um céu dourado, fazendo Jama derreter; mas, em instantes, a mãe de Bethlehem chegaria e a levaria embora, deixando-o sozinho para voltar para sua cabana.

As mulheres de Gerset traziam presentes para a cabana de Jama; sua plantação de sorgo se erguia tão alta que foram trazidas vinte mulheres para ajudar a cortá-la. As colheitas das mulheres também foram maiores do que jamais tinham sido, e elas demonstraram uma gratidão exuberante: trouxeram-lhe um bode, cobertores, doces, figos, todos os luxos da vida. Até a mãe de Bethlehem veio trazendo ovos e sorriu com hesitação, elogiando-o o tempo todo. Jama furtivamente beijou o amuleto em torno do pescoço; a mágica que as mulheres viam nele não era nada mais do que o que a mãe espalhava sobre ele lá de cima.

A colheita foi tão abundante que Jama pode pagar Awate para cuidar da loja em Focka, poupando-o da viagem de burro diária que acabava com suas costas. As viagens de contrabando para o

Sudão continuaram, mas agora ele podia pagar por itens mais caros, gasolina, prata, ouro. Era o homem mais rico de Focka e o segundo mais rico e arrogante em Gerset, depois do pai de Bethlehem; recebeu mais terras e manteve suas trabalhadoras. Jama era quase complacente a respeito de seus talentos agora. Achava que só precisava jogar umas sementes na terra e seria ricamente recompensado. Bethlehem se transformou na senhora da casa, observando as outras mulheres, supervisionando seu trabalho, desaprovando e cacarejando até que elas reclamavam para Jama. Tudo seguia perfeitamente, o sorgo crescia alto e direito, e tremia e cantava na brisa. Jovens vinham admirar seus campos e seu depósito porque ele era o rapaz que suas mães diziam para imitar.

Em meio a toda a lisonja, Jama não podia ouvir os sussurros dos gafanhotos voando na direção de Gerset. Milhões sobre bilhões atravessaram quilômetros com uma fome cega e caíram sobre a vila sem aviso. Os feios guerreiros tinham vindo do vale do Nilo para assolar o resto da África. Fazendeiros os atacavam com tochas enquanto eles comiam as plantações e os tetos das *tukuls*, atravessando cestos para chegar aos grãos e cereais escondidos, tirando até a comida da boca das crianças. O que eles não comiam, maliciosamente, cobriam de fezes, envenenando tudo. Jama tentou jogar panos sobre a plantação, mas eles comeram os tecidos assim que ele os colocou, e suas trabalhadoras correram para salvar os próprios campos. Em minutos, tudo o que restava de sua fazenda eram tocos duros onde o sorgo um dia esteve e uma pilha de gafanhotos que morrera no frenesi. Jama correu pela vila arrasada, olhando pasmo enquanto ia de campo nu a campo vazio. As mulheres gritavam e rasgavam as roupas, mas era tarde demais para rezar, para fazer qualquer coisa. As crianças ficariam sem comer, dívidas não seriam pagas, animais precisariam ser mortos antes que morressem de fome. Em sua mente, Jama cancelou as dívidas que as mulheres desesperadas tinham com ele.

Ele foi encontrar Bethlehem nas colinas. Ela correu para ele, tinha chorado.

— Eu os vi daqui, fiquei tão assustada, achei que tinham comido todo mundo! Eles esconderam o Sol, Jama!

— Eles destruíram tudo pelo que trabalhamos — disse Jama, pegando a mão dela. Caminharam de volta a Gerset para ver o dano.

Era como um milagre ao contrário: em vez de Deus criar algo do nada, tinha transformado algo em nada, e a destruição repentina mantinha as mulheres lamentando-se em choque. Acreditavam em disciplina e paciência, mas subitamente aquilo não parecia mais ter importância. Fartura podia ser transformada em penúria num piscar de olhos.

Jama e as mulheres de Gerset colocaram os arados nos ombros, juntaram recursos e trabalharam do amanhecer ao anoitecer coletivamente. Bethlehem foi aliviada de suas obrigações de pastora, e ela e a mãe trabalharam lado a lado, no campo de Jama e também nos dos outros. Não havia alegria no trabalho, apenas sobrancelhas franzidas e mãos sujas. Jama perdera a maior parte de seu apelo junto às mulheres locais, mas um mínimo de luz ainda brilhava em torno dele; elas o mantinham por perto como um totem de uma antiga esperança. Bethlehem se tornou desesperada e medrosa, preocupada que o homem que amava fosse falhar de novo. O mês de longas chuvas atrasou, mas então veio um dilúvio adoentado, esquálido, que formou poças de água estagnada na qual mosquitos copulavam e se multiplicavam. A malária de Jama voltava todo ano desde que fora infectado em Omhajer, mas, naquele ano, ele estava fraco como um velho. A mãe de Bethlehem o aconselhou a colocar uma xícara de açúcar na água, deixando a mistura sob o luar e bebendo de manhã, mas aquilo só lhe deu náusea e dor nos dentes. Muitas pessoas estavam adoecendo; Bethlehem desmaiou na fazenda e foi carregada para casa e, quando voltou ao trabalho, disse a Jama que um curandeiro fora chamado. Ele perguntou onde doía, ela apontou para o estômago e ele o mordeu com tanta força que arrancou sangue, que então cuspiu e leu buscando pistas. Para a vergonha dela, ele diagnosticou doença do amor e disse que não tinha cura para isso. Felizmente, as pessoas estavam agitadas e distraídas demais para as fofocas do dia a dia. Chuvas fortes traziam gafanhotos; eles consultavam oráculos, sacrificavam animais de criação, rezavam para a deusa deles, mas não foram ouvidos. Como uma maldição, os gafanhotos novamente escureceram os céus. Em um dia, a colheita foi destruída e Gerset empobreceu; a vida e a alma da vila, o orgulhoso sorgo gigante, reduzido a tocos amarelos.

Jama sentiu-se envergonhado. As grandes esperanças depositadas nele agora pareciam um erro e ele tomou as pragas dos gafanhotos como uma punição pessoal. Lembrava-se da história que a mãe costumava lhe contar, sobre um rei que tinha ficado louco e fora expulso de seu palácio para vagar no deserto, contando a insetos e escorpiões a vida suntuosa que um dia tivera. Gerset era um lugar diferente agora, todos os homens haviam partido para encontrar trabalho em Kassala e as mulheres o chamavam de eunuco no harém. Ele não era nada além de um rapaz de dezoito anos adoentado, com um bigode macio, elas riam. Bethlehem era xingada pelos ares e graças que assumira como noiva de Jama, e a única solução que ela viu para aquele descrédito foi um casamento rápido.

Todos os dias, ela o acuava.

— Bem, Jama, vá encontrar trabalho, assim pode pagar meu dote.

Jama começou a temê-la, os olhos desesperados dela queimando ao encará-lo, a língua mais afiada a cada hesitação de sua parte.

— Deveria saber que você não entenderia nada sobre como as famílias de verdade funcionam — ela gritou. — Entende como me fez parecer? Indo atrás de você, trabalhando em sua fazenda maldita por nada, você me fez de idiota, estrangeiro estúpido!

Enquanto Bethlehem buscava ligar Jama a si, a necessidade de escapar crescia cada vez mais; apesar de seu amor, ele se ressentia do modo como ela o reivindicara, como se ele não tivesse um passado ou um futuro sem ela.

Na solidão calma de sua *tukul*, Jama abriu a mala de papelão do pai pela primeira vez desde que partira de Omhajer. O instrumento musical ele agora reconhecia como uma *rababa* sudanesa, o carro de brinquedo estava coberto de ferrugem laranja que fazia as pequenas rodas rangerem contra seus dedos, e os outros detalhes irrisórios da vida do pai queimaram seu coração. Sua perda voltou de forma aguda, e, naquela noite, ele ficou acordado no escuro, preso ao chão sujo pelo luto por tudo que perdera. Cercado pelos pertences do pai, Jama começou a se imaginar como o único legado dele; tudo que um dia fora seu pai agora estava contido nele. Dependia dele viver a vida que o pai deveria ter vivido, desfrutar do sol e dos rios, da fruta e do mel que a vida oferecia. Pegou a *rababa* e dedilhou as cinco cordas, imaginando as músicas que o pai tinha tocado para seus amigos do Exército nas longas marchas. Jama não conseguia soltar a *rababa*; ela sentou-se em sua coxa e o tocou, cantou para ele e trouxe memórias de volta. Memórias que tinham ficado dormentes desde a infância – o cabelo do pai, os cílios, o brilho dos dentes vistosos, tudo voltou em detalhes, ele podia sentir a barba por fazer do pai fazendo cócegas em sua barriga gorda de leite materno e a vertigem de ser levantado de cabeça para baixo.

A farra de Jama foi interrompida por Bethlehem abrindo caminho pela *tukul*.

— O que está fazendo? Está aqui há dois dias — ela disse. Ele perdera qualquer medida do tempo tocando a *rababa*. — Trouxe um pouco de comida para você. — Ela colocou um prato de mingau de sorgo nas mãos dele e começou seu sermão. — As mulheres querem a fazenda delas de volta, precisam da terra. Você vai precisar encontrar trabalho, Jama, os italianos voltaram a Tessenei, você conhece a língua deles, vá arrumar um emprego.

— Eles não voltaram, são os outros, os britânicos — disse Jama, paciente.

— Vá perguntar a qualquer um, os britânicos colocaram os italianos de volta no comando — insistiu Bethlehem com veemência. Jama ficou em silêncio, sem poder acreditar na notícia.

Depois de comer, ele pegou a *rababa* e tocou para Bethlehem.

— E se eu me tornasse um trovador?

Bethlehem riu.

— Não se atreva!

— Não acha que as pessoas e outras vilas pagariam para ouvir a minha música?

— Se quer viver uma vida de classe baixa como essa, não posso impedi-lo, Jama.

— Mas gostaria de me impedir, não gostaria?

— Você é um homem livre, sabe disso, apenas não consigo entender por que iria querer fazer coisas assim, mas eu me esqueço de que você foi criado na sarjeta.

— Cale a boca! — Ele explodiu. — Não sei o que há de errado com você, Bethlehem. Por melhor que eu seja com você, ainda acha que pode limpar os pés sujos em mim.

Bethlehem pegou o cesto e saiu correndo. Jama podia ouvir as lágrimas dela, mas estava bravo demais para segui-la.

Jama levava a *rababa* consigo para onde fosse; não tinha um centavo, mas não era infeliz. Em Tessenei, havia um grupo de jovens tigres que passava os dias perambulando, cantando, bebendo hidromel e olhando o mundo passar. Eles viram Jama com sua *rababa* e pediram que se juntasse a eles. Com um tambor e agora uma *rababa*, andavam pelas vilas em torno de Tessenei, cantando em casamentos e circuncisões. Jama deixou o cabelo crescer como o deles, até cair em seus ombros em grandes cachos negros. Eram meninos selvagens que se despiam e pulavam em cachoeiras e se empanturravam da fartura da natureza, frutas silvestres e pássaros que pegavam com arco e flecha. Awate admirava o novo Jama rebelde e esperava por ele depois da escola. Jama o pegava na loja de Hakim e o levava nos ombros para as vilas. Durante a luz do dia, todos se sentavam nos rochedos de granito ao lado do rio e tentavam levar no bico as moças lavadeiras para afastá-las dos noivos.

— Ah, você está batendo meu coração nessa pedra — gritou Sulaiman, enquanto apertava o coração na frente de uma garota que ria.

Conforme o dia terminava, eram perseguidos por irmãos e pais. Jama estava despreocupado pela primeira vez na vida. Tinha comida suficiente no estômago, cada dia trazia aventura e riso, e os jovens o aceitavam de um jeito que apenas os vadios fazem, sem julgamento ou demanda. Ele dominou a *rababa*, fazendo-a gemer, uivar e pulsar com tal paixão que as pontas de seus dedos incharam e endureceram. Awate dançava com seus ombros, enquanto os outros cantavam e faziam brincadeiras com a audiência.

Bethlehem observava a vida nova de Jama em silêncio do topo de sua colina e matutava como recuperá-lo dos trovadores, mas saiu batendo os pés quando ele tentou fazer uma serenata para ela na encosta.

— Iiih! Não falo com vagabundos! — ela gritou.

Enquanto Jama voltava das colinas para Gerset, as palavras de Bethlehem o seguiram. Ele se lembrava dos ricos e garbosos marinheiros em Áden e olhou para si mesmo, o pano branco imundo ao seu redor e as sandálias gastas, e, de repente, ficou envergonhado de sua pobreza. Jama se lembrava da certeza com que Shidane falava de se tornar rico. Diferentemente de Jama, sua fé em si mesmo jamais fraquejou, e mesmo como menino de rua ele se via como um príncipe cujo reino fora temporariamente perdido.

Dentro de sua *tukul*, escondido da noite orvalhada, Jama ouvia a chuva cair no teto de palha, batucando um ritmo que pulsava por toda a vila. Ele acendeu tudo que restava do olíbano de Bethlehem, a fumaça perfumada aquecendo a cabana, e esticou seus membros cansados. Estava em algum lugar entre o sono e a consciência quando, na penumbra, viu gavinhas que mudavam e dançavam. Um homem se formou dos arabescos da fumaça, desprendendo-se de uma urna como um *jinn* de uma lâmpada. Primeiro a mão apareceu, depois um torso magro e pernas enroladas em uma túnica cinzenta. Ele pisou delicadamente para fora do carvão quente e se aproximou de Jama.

Jama sentiu um fluxo de sangue frio nas veias quando o homem tocou seu rosto e deixou uma mancha negra em sua bochecha. O homem era belo; cada cílio, cada ruga era perfeitamente formada de fumaça azul, preta e cinza, e dentro de seus olhos escuros havia um furinho de luz, como a luz de um farol vista através de um nevoeiro à meia-noite.

— Jama.

Jama não respondeu, a língua morta na boca.

— Goode, fale comigo.

Jama olhou nos olhos do pai e sentiu a onda da luz de farol iluminá-lo.

— Goode, esta vida é uma lasca de luz entre duas grandes escuridões. — A voz de Guure era rouca e sussurros de fumaça se desprendiam dele. — Não pode permanecer aqui enquanto seu destino o aguarda no Egito.

— Egito?

— O mundo foi aberto para você como uma romã madura, e você precisa engolir suas sementes.

— E minha vida aqui? — perguntou Jama, frenético.

— Você vai se casar e ter filhos e netos, mas vai cavalgar as ondas de todos os mares e deixar pegadas em cada canto da terra.

A chuva caía em grandes torrentes e batia na porta; ar frio entrou na *tukul* e rasgou Guure.

— Pai, por que deixou *hooyo* e eu?

— Achei que minha vida seria longa. Esperei muito dela e queria voltar quando pudesse estendê-la aos seus pés, mas eu era apenas uma marionete com linhas finas me segurando.

Jama olhou nos olhos do pai.

— Mas, das estrelas, eu olho você, sua mãe olha você, estivemos ao seu lado a cada provação. Você lutou com o infortúnio, lutou contra o destino com seu pequeno corpo, e nossos corações estão inchados de orgulho.

Outra lufada de vento abriu a porta.

— Meu tempo acabou — arquejou Guure. Seu corpo espectral foi rasgado, e as lamparinas de seus olhos, extintas, deixando Jama na escuridão mais uma vez.

Pela manhã, a *tukul* estava tomada pelo perfume de olíbano e o carvão na urna branca ainda estava bem quente. Jama colocou suas poucas posses sobre o fogo até que tudo tivesse o cheiro de seu pai. Ele não falava inglês, não tinha ideia de como chegar ao Egito, mas isso não era o suficiente para detê-lo; finalmente sabia o que fazer com a pequena fortuna que sua mãe havia amarrado em torno de seu pescoço. Encontrou Bethlehem onde ela estava sentada, triste, em uma rocha, observando as cabras com indiferença. Ela deu um olhar feio para Jama quando ele se aproximou.

— O que você quer?

— Quero dizer algo a você.

— Bem, guarde para si, não estou mais interessada em você — ela mentiu.

Jama sentou-se ao seu lado, mas ela se afastou.

— Eu recebi uma mensagem de meu pai. Vou encontrar trabalho, como você quer que eu faça. — Os olhos de Bethlehem se iluminaram. — Mas isso significa que preciso ir para o Egito e passar um tempo longe.

Bethlehem o olhou como se ele tivesse ficado louco.

— O quê? Que tolice tomou conta de você?

Bethlehem não tinha ideia de onde ficava o Egito, mas sabia que era longe de casa.

— Vou me juntar aos navios britânicos, ficar rico e voltar para casa, para você — prometeu Jama.

— Casa, você não vai voltar para casa! Vai ser morto, as hienas vão comê-lo, seu louco! — Ela uivou.

— Acalme-se, Bethlehem, num minuto me diz para arrumar emprego e agora isso.

— Quero que encontre um emprego de verdade, perto daqui, não que desapareça em outro mundo porque andou falando com fantasmas! Você nem sabe para onde está indo! — ela gritou.

Jama não sabia se ela estava preocupada com ele ou simplesmente brava porque ia fazer algo que não tinha prescrito.

— Eu poderia voltar rico, mais rico do que qualquer um aqui, duas vezes mais rico que seu pai, não quer isso?

O rosto de Bethlehem estava molhado de lágrimas.

— Por que está ficando tão louca, Bethlehem? Em nome de Deus, só estou tentando fazer a coisa certa — disse Jama, exasperado.

— Não, não está! Você quer fugir! Bem como minha mãe disse que faria — ela gritou de volta. — Você me fez de tonta! — Ela soluçou.

— Se quer tomar todas as decisões por mim, qual é o motivo de eu estar vivo? Você bem poderia viver as nossas duas vidas por nós.

Vou indo agora, Bethlehem, você vai ver o que faço. Julgue-me por minhas ações, é tudo que peço, voltarei mais tarde para dizer adeus.

Jama foi beijar a bochecha dela. Bethlehem chacoalhou violentamente a cabeça e o empurrou para longe.

Os ombros de Jama caíram enquanto ele arrastava os pés empoeirados até a loja de Hakim. Awate esperava alegremente por outro dia com os meninos maus, mas ficaria desapontado. Jama o pegou no colo.

— Sabe, Awate, quando vim para a Eritreia, tinha o seu tamanho, era uma coisinha magrela, desesperada, nunca fui para a escola como você e aprendi tudo do jeito difícil. Enquanto eu estiver longe, quero que termine a escola, tire até o último pedaço de conhecimento do cérebro daquele professor e então vá para Kassala. Quando eu voltar, você vai escrever minhas cartas e ler livros para mim. Vou promovê-lo de cule número um a *ma'alim* número um.

Jama beijou Awate nas duas bochechas e o colocou no chão. O menino segurou as lágrimas e se virou, arrastando a bolsa da escola pela terra.

Jama assoviou para ele.

— Awate, pegue sua bolsa, um *ma'alim* não pode se comportar mal na frente de seu aluno.

Awate a prendeu no peito e deu um sorriso amuado para Jama.

Jama ouviu uma batida em sua *tukul* e encontrou Bethlehem, a mãe e muitas irmãs esperando por ele do lado de fora. Bethlehem tinha se arrumado para a ocasião, usando cores vibrantes, contas nos cabelos e joias de prata pendendo das orelhas e no pescoço. O rosto dela estava bravo e os olhos, vermelhos.

— Saudações — disse Jama, hesitante.

— Saudações — responderam as mulheres, amargamente.

— Pequeno somali, você deixou Bethlehem ainda mais louca do que já era. A menina não para de chorar, me disse que você prometeu se casar com ela, mas agora está voltando para seu país porque um fantasma lhe disse para fazer isso! Ela não quer comer, trabalhar, falar; o que posso fazer com uma filha assim? — gritou a mãe de Bethlehem, agitando o dedo no rosto dele.

— Não vou voltar para o meu país, vou para o Egito, assim posso voltar com dinheiro suficiente para o dote dela. Estou partindo amanhã de manhã — disse Jama, humilhado e sem conseguir olhar para Bethlehem.

— Esqueça o dote, uma filha sã seria suficiente. Case-se com ela agora, antes de partir, é a única coisa que vai fazer minha filha voltar ao normal.

Bethlehem esfregou os olhos e o nariz, então lançou um olhar suplicante para Jama.

— Vou me casar com você, Bethlehem, você é tudo que eu tenho neste mundo — disse Jama, com o coração disparado.

O casamento foi feito por um grupo de velhas que tinha algum conhecimento do Corão, mas tudo parecia apressado, desmantelado; um bode foi arrastado e morto para alimentar os fofoqueiros com boas intenções que vinham dos campos. Jama e Bethlehem não saíram do lado um do outro, espantados com o que tinham feito. O desdém, a raiva e a infelicidade tinham sumido do rosto de Bethlehem, e Jama podia ver a beleza dela em total luminosidade outra vez. Ela era a garota mais bonita que ele já vira, e furtivamente segurou a mão dela, incapaz de acreditar que agora seriam tratados como adultos e poderiam fazer o que gostavam juntos.

Jama riu.

— O que é tão engraçado? — Bethlehem sorriu.

— Não acredito que você fez isso. — Jama riu.

— Você não pode aprontar com uma garota kunama, pequeno somali, que isso lhe sirva de lição — disse Bethlehem, apertando a mão dele.

Depois que as mulheres comeram, começaram a bater palmas e a cantar, e Bethlehem ensinou a Jama as danças, jogando o cabelo cheio de contas de um lado para outro.

— *Wah! Wah!* Dance, pequeno somali! — exclamaram as mulheres, surpresas que um estrangeiro soubesse dançar tão bem.

Jama se perdeu no ritmo, o rosto avermelhado de Bethlehem bem ao lado do seu, a respiração dela sobre todo seu corpo, e dançou com sua garota até que as hienas começaram a uivar.

Uma procissão de irmãs, primas e tias levou Bethlehem para a *tukul* de Jama. Ela moraria ali até que ele voltasse, uma mulher dona de si. Bethlehem tinha trazido um embrulho de sua casa e, assim que suas parentes em prantos foram embora, ela o desempacotou e começou a redecorar o quarto empoeirado de Jama. Ela deixou a *tukul* bela com panos bordados coloridos cobrindo o chão, cestos de palha nas paredes e colares de âmbar e prata pendendo em um gancho perto de um espelho descascado. Jama observou a esposa e se perguntou se ela também seria tirada dele.

— No que está pensando, marido? — perguntou Bethlehem, segurando seu rosto.

— Me pergunto se algum dia você vai me deixar — respondeu Jama.

— Não, nunca, e nunca vou permitir que me deixe também. — Bethlehem colocou a mão no coração dele. — Isso é meu agora, seu coração é meu dote, entende?

Bethlehem apertou Jama contra si e ele descansou a cabeça contra o ombro dela. Não era abraçado fazia tanto tempo que sua carne tinha se acostumado apenas com a dor, mas agora ela acariciava suas cicatrizes, beijava seu rosto, trazia vida e calor de volta a seu corpo frio.

— Por que não corto esse seu cabelo comprido demais? Sou eu quem deve ter cabelo grande, não é? — perguntou Bethlehem.

Jama assentiu e pegou sua *rababa*, cantando canções de casamento enquanto ela fuçava em sua bolsa. Bethlehem tinha vindo preparada com um grande par de tesouras e cortou o cabelo dele até que Jama se parecesse com o jovem que roubou o coração dela na loja do pai.

— Pronto, agora está lindo de novo. — Bethlehem suspirou.

— Acha que sou lindo? — Jama riu.

— Você é o homem mais lindo de Gerset! E talvez mesmo de toda a Eritreia. Minhas irmãs têm tanta inveja por eu ter capturado você.

— *Ya salam*! Que bajulação!

— Por Maria, é a verdade, nunca vou deixar você escapar de mim.

— E eu nunca vou deixar você escapar de mim, vou enterrar meu coração sob seus pés. Venha, me deixe mostrar uma coisa a você.

Jama levou Bethlehem para fora da *tukul*. A paisagem estava iluminada por uma lua cheia, e Gerset estava serena e esperançosa, uma brisa noturna atravessando as árvores.

— Vê aquela estrela ali, a que cintila? Toda noite, antes de ir dormir, quero que venha olhar para ela e me mande um beijo, e, onde eu estiver, também vou procurá-la e lhe enviar um beijo. Não esqueça, Bethlehem, não pare até eu voltar.

— Não vou esquecer — disse Bethlehem, apertando a cintura dele.

SUDÃO, EGITO E PALESTINA, DEZEMBRO DE 1946

O trem cortava o nada, disparando pelo deserto virgem. Era de fabricação britânica e inferior à rede férrea de Asmara. Jama tinha pegado carona nas costas de um camelo na estação de trem de Kassala, o caminho todo quieto e moroso. Saindo da *tukul* ao amanhecer, com os cabelos de Bethlehem espalhados por sua velha esteira, ele se ajoelhara e acariciara a face adormecida da esposa, tentando queimar os traços dela na memória. Só podia confiar que as estrelas o trariam de volta para ela.

Jama nunca prestara atenção à rota que os somalis faziam para o Egito. Eram homens famintos e alquebrados os que passavam por Tessenei a caminho do Sudão, a maioria não sabia falar árabe e estava perpetuamente perdida, mas agora ele se esforçava para lembrar o que os mais maduros tinham dito.

— Iskandriya? Sandriya? Qual era o nome daquele lugar?

Ele falou com os vizinhos do trem, mas eram todos mercadores sudaneses voltando para casa em Cartum e não sabiam nada do Egito; cortavam-no assim que tentava engatar uma conversa e falavam entre si. Jama olhou pela rede de arame que cobria as janelas e mirou a paisagem árida e sem árvores além dos trilhos. Comprou sésamo torrado de vendedores ambulantes em uma pequena estação e, envergonhado dos arcos de suor crescendo debaixo dos braços, nas costas e na virilha, ficou perto da saída do trem. Quando as pernas se cansaram, voltou para o vagão; o couro grudou em sua pele e ele discretamente desabotoou a camisa enquanto se aninhava no assento.

A cada parada, enfiava a cabeça para fora da porta, olhava ao redor e perguntava aos passageiros que entravam: "Egito?". A maioria balançava a cabeça de modo carrancudo e passava por ele para encontrar um assento. Horas mais tarde, quando as pessoas tinham feito as preces da tarde, do anoitecer e da noite no vagão cheio, um homem que tinha viajado com Jama desde Kassala gritou:

— Precisa sair aqui para pegar o trem para o Egito.

Jama agradeceu ao homem e correu para fora, apertando a mala do pai debaixo do braço. Multidões andavam na direção da estação, onde policiais uniformizados as paravam e revistavam. Jama nunca tinha precisado de identificação antes, não tinha um documento dizendo quem era e o lugar a que pertencia, mas, a partir daquele ponto, isso se tornaria uma prioridade para ele. Naquela sociedade, a pessoa não era ninguém se não tivesse sido ungida com uma identidade por um burocrata. Com medo dos policiais, Jama desceu do trem quando ele entrou em Wadi Halfa, correu em torno da estação e seguiu a curva do grande lago para o Egito. Não havia policiais na fronteira e, quando ele chegou à estação de Aswan, comprou outra passagem para levá-lo ao norte. O trem de Aswan terminava a viagem no Cairo e, depois de uma jornada de três dias em bancos duros de madeira, ele ficou desanimado ao descobrir que precisaria de outro trem para chegar até o grande porto de Al-Iskanderiya.

A náusea subiu por sua garganta quando o trem passou sacolejando pelos curtumes dos arredores de Alexandria: o cheiro de carne morta empesteando o ar era exatamente o mesmo dos campos de batalha de Keren. Jama de repente teve certeza de que o trem seria bombardeado e explodido em uma conflagração terrível como os trens de suprimento italianos. Suor brotou em seu rosto e pescoço, e o coração disparou em batidas irregulares. Mesmo depois que o trem deslizou ao longo do grande mar azul e parou guinchado na estação, Jama manteve-se encolhido no assento como um homem febril, esperando que o pânico baixasse. Começou a se arrepender da distância que colocara entre ele e Bethlehem; tinha se jogado de cabeça em uma terra estrangeira e intimidadora.

Com dias de suor, areia e sujeira em si, primeiro foi ao banheiro e se limpou, lavando a camisa em uma pia de porcelana, a primeira que usou na vida. Com a camisa molhada grudada na pele, Jama saiu para a cidade, o corpo fraco empurrado pela massa esmagadora de pessoas do lado de fora da estação. Ele mirou como um bedu os belos prédios, com suas janelas refinadas de vidro e fachadas de azulejos coloridos, e flutuou com a brisa fresca do mar para entrar no porto. Grandes navios cargueiros se reuniam, soando repetidamente suas buzinas profundas, e, mais tarde, ele descobriria que estavam comemorando o Natal *ferengi*, mais cedo e mais curto que o de Bethlehem. Quando se sentou em um banco, tão cansado que não conseguia dormir, um menino somali passou gingando por ele e sentou-se ao seu lado. Jama mal conseguiu entender o que ele dizia, não ouvia somali há meses, mas o seguiu num delírio. Liban o levou ao apartamento no quinto andar que dividia com dezessete outros migrantes somalis. A única mobília nos dois quartos eram colchões manchados empilhados nos cantos. Liban ofereceu um colchão a Jama e mostrou a ele o banheiro úmido. Da janela, Jama podia ver uma faixa de Alexandria, e, conforme anoitecia, as luzes apareceram magicamente até onde era possível ver. Zumbindo na escuridão quente como um enxame de vaga-lumes, ele enfim encontrou a estrela de Bethlehem e mandou um beijo discreto para ela. Então caiu no colchão, colocou a mala debaixo da cabeça e a segurou enquanto dormia.

Pela manhã, Liban mostrou-lhe a vizinhança. O apartamento ficava na Rua das Sete Garotas, uma rua de desordeiros e cafetões, infame pelos homens, mulheres e crianças à venda atrás de suas portas. Eles passaram por marinheiros, policiais e mercadores *ferengis* locais que espreitavam as entradas com expressões ávidas. Alexandria era como a mãe meretriz ancestral de Áden e do Djibouti – tinha ficado rica e se enchido de pretensão, mas, nas esquinas úmidas de paralelepípedos, suas verdadeiras cores se revelavam. Jama observou os árabes fumando *shishas*, as mulheres francesas, os porteiros e garçons africanos, os mercadores gregos, os rabinos judeus, todos se movendo em suas órbitas, criando uma Babel do século XX. Um bonde passou por eles, e Liban puxou Jama para dentro. Do bonde, viram as alturas e profundezas de Alexandria. Navios se alinhavam nas docas, mais navios do que Jama se lembrava de ter visto em Áden. Foram para a loja de um marinheiro no porto leste, onde Liban fingiu ser marinheiro para comprar uma caixa de cigarros de cinco centavos e encorajou Jama a fazer o mesmo.

— Podemos vendê-los por seis centavos — sussurrou Liban —, suficiente para comprar pão e pagar pelo quarto.

Embora pequeno e de aparência imatura, Liban era um guia capcioso e informado. Estava em Alexandria havia um ano esperando para se juntar à Marinha Britânica e via as chances de Jama com cinismo.

— A Marinha Britânica está instalada em Port Said, por que não vem comigo e vemos se conseguimos trabalho lá? — perguntou Liban.

Jama estava decidido a ficar e tentar a sorte com a marinha mercante.

— Você não tem chance, irmão, é quase impossível conseguir um passaporte, e ninguém consegue um emprego na marinha sem um passaporte — disse Liban, balançando a cabeça.

Conforme passavam o dia juntos, Jama ficou sabendo que Liban era Yibir, mas, em Alexandria, somalis de todos os clãs caíam uns sobre os outros por notícias, companhia e ajuda. Liban deixara a Somalilândia por causa da fome e para escapar da perseguição que a família sofria. Naquele momento, seu passaporte britânico estava preso em Hargeisa, pois nenhum ancião reclamaria um Yibir como parte de seu clã e os Yibirs não podiam nomear o próprio *aqil*. No Egito, Ajis dividiam os copos com Liban, comiam com ele e faziam amizade com ele porque não havia ninguém para julgá-los, mas sua aceitação era um vapor que evaporaria debaixo de um sol somali. Um Yibir usava o nome do clã como uma estrela amarela: ele os marcava como baixos, sujos, desprezíveis. Um Yibir aprendia desde a infância que não tinha nada de que se orgulhar, nenhum *sudaan* de quem se gabar, nenhum rebanho de camelos, nenhum batalhão de guerreiros. Na terra da escassez e da superstição, mitos eram moeda forte e, em vez de reivindicar um *sharif*, um descendente do profeta, como primeiro pai, os Yibros tinham um pagão, um mago africano que acreditava que podia derrotar missionários muçulmanos. Por essa heresia, foram condenados a serem talhadores de madeira, recolhedores de água, a trabalhar com couro e metal, enquanto os Ajis vagavam com seus nobres camelos. Mesmo quando os Ajis limpavam as mãos depois de tocá-lo, Liban aprendera a baixar o olhar, a fingir que era natural para eles acreditar que ele poderia contaminá--lo, mas, quanto mais longe ele ia da Somalilândia, menos sua yibirnice importava. No Egito, todos os somalis usavam a mesma estrela amarela: a pele negra ensinava aos Ajis o que era ser desprezado.

Mais somalis cumprimentaram Liban e Jama; todos tinham pacotes de cigarros nas mãos e passavam o dia no sol, cansando o corpo, a fim de dormir profundamente à noite. Debaixo do apartamento deles, no térreo, havia um clube de cabaré, e a música pulsava pelas paredes até a moradia lotada. Os homens às vezes enfiavam a cabeça no cabaré, onde uma dançarina chamada Sabreen tinha feito amizade com eles – era uma linda punjabi que chamavam de "Hindiyyadi", a moça indiana, com grandes olhos castanhos e lábios sugestivos. O maior prazer de Jama em Alexandria era descer sorrateiramente à noite e observar pela janela da viela enquanto Sabreen dançava como uma serpente, saindo das profundezas de um grande cesto, pulando e chacoalhando na fumaça de *shisha*. Logo Liban começou a assisti-la também, e então os outros somalis, até que Sabreen tinha um séquito dedicado de gatos de rua somalis espiando pela janela.

Jama se juntou à rotina diária de Liban e dos outros, comprando cigarros baratos nas docas e vendendo-os por um lucro de um centavo. Ele saiu sozinho um dia para trocar sua herança por libras egípcias e jamais mencionou isso a Liban e aos outros. Precisou rasgar as orações que tinham protegido as notas de Áden por tanto tempo, recolhendo todos os pedacinhos sagrados de papel e enfiando-os no bolso da calça. Ele se gabava da vida em Gerset para todo tipo de gente, falando de sua loja, sua fazenda, seus vinte empregados, sua linda esposa. Os somalis o elogiavam, mas faziam gestos de quem bebia álcool pelas costas dele.

Nas fachadas dos cinemas havia pôsteres de filmes, imagens ampliadas de homens elegantes e suas damas abrasadoras rosnando para os mortais abaixo deles. Jama olhava para os atores, imaginando o que tinham feito para conseguir tamanha glória; os pôsteres dos filmes atraíam mais seu olhar que as estátuas e os prédios grandiosos. Ele cresceu um bigode fino como os homens dos filmes, de modo que se parecia com um ídolo de matinê interpretando o papel de um homem sem sorte. Um dia, pegou emprestadas uma jaqueta preta e uma camisa branca, penteou o cabelo cuidadosamente para o lado e tirou uma fotografia em um estúdio barato. Ele olhou por um longo tempo para o homem na fotografia. Tinha a mesma expressão que os homens dos filmes, mas seus olhos negros o traíam, levemente voltados para o céu, esperando que as estrelas tivessem piedade dele. Jama pegou a imagem estranha e a enfiou no rosto do atendente no consulado britânico.

— Dê-me um passaporte — ele exigiu em árabe.

Pediram a Jama que desse seu nome, endereço em Alexandria, data de nascimento, que ele inventou, seu clã e o nome do *aqil* de seu clã, e foi avisado desdenhosamente de que tudo seria checado pelas autoridades em Hargeisa. Ele hesitou antes de entregar a fotografia. Era o primeiro em sua família a fazer um gêmeo de papel. Queria que as pessoas nos séculos vindouros apontassem para a foto e dissessem: "Este é Jama Guure Mohamed e ele caminhou na Terra". Acreditava que jamais morreria se o seu rosto sobrevivesse a ele.

— Pode levar meses, Jama, se é que um dia vão entrar em contato com você — disse Liban quando deixaram o escritório. — Vamos tentar a sorte em Port Said enquanto isso.

Jama assentiu de modo evasivo e eles se sentaram ao lado da lagoa dos patos no parque municipal.

Como Áden, a cosmopolita Alexandria não era um lugar fácil para africanos pobres. As pessoas olhavam através deles como se fossem vapor ou miravam seus corpos de modo dissecante, comentando sobre os dentes, narizes, traseiros. Alexandria pertencia aos *pashas* que percorriam as ruas limpas para eles, passavam por portas que eram abertas para eles, entravam em hotéis e lojas onde pessoas tremiam e flutuavam em torno deles.

* * *

Depois de três meses de espera em Alexandria, Jama estava ficando sem dinheiro e sem paciência. Em uma manhã abafada, depois de uma noite aflita e insone, ele acordou Liban. Restavam dez xelins do dinheiro que Ambaro lhe dera. O suor de sua mãe conseguira aquele dinheiro, e ele queria que algo honrado viesse dele, não aquela vida sórdida e vadia.

— Vamos, então, vamos sair desse lugar fedido e tentar a sorte em Port Said — ele disse a Liban.

Jama não tinha vontade de se alistar em outro exército, mas precisava escapar da pobreza de Alexandria. Passava cada dia pensando na amargura que Bethlehem sentiria se ele voltasse a Gerset de mãos vazias. O apartamento era um lugar depressivo agora; muitos dos outros somalis tinham partido para Port Said ou Haifa, e os que ficaram estavam condenados a voltar para suas vilas. Liban e Jama saíram a pé para Port Said, ansiosos por economizar o resto de seu dinheiro. Seguiram a costa do Mediterrâneo por mais de cento e sessenta quilômetros, passando pelos arredores de muitas cidades pequenas, mas, quando chegaram a Damietta, dois *tarbooshes* egípcios se aproximaram deles, bloqueando o caminho. Os policiais à paisana exigiram documentos dos somalis. Liban ofertou suas falsificações, enquanto Jama deixou seus documentos de segunda mão no sapato. O egípcio pegou os certificados de Liban e os examinou por cima.

— Isso é merda — desdenhou um deles. — Vocês não são egípcios, posso ver pelos seus rostos que são malditos somalis.

— Chefe, estamos só indo a Port Said procurar trabalho, chefe, só isso. — Pleiteou Liban.

À menção de Port Said, os policiais se endireitaram e estufaram o peito de modo beligerante.

— Trabalhando para os britânicos, hein? Entendi, Gamel, acho que encontramos dois espiões britânicos em nosso país, pense nisso!

— Vamos levá-los à delegacia, Nasser, vão virar as bundas deles do avesso.

Na mesma hora, Jama e Liban foram algemados um no outro e levados para a cidade industrial. Os locais zombaram e cuspiram nos detidos, e, de vez em quando, um dos policiais os empurrava de trás, obrigando-os a andar pela estrada entre carretas puxadas por burros e carruagens levadas por cavalos. Uma multidão de meninos de rua acompanhava o seu progresso com empolgação após ver Jama prender a camisa nos arreios de uma carruagem e ser arrastado por ela; os policiais tinham berrado e soprado seus apitos em pânico, pensando que eles estavam fugindo.

A delegacia de polícia era um lugar sinistro, alternadamente cheio de gritos e gemidos e silêncios tensos, e eles foram mantidos em um cômodo perto da entrada principal, com um policial armado de guarda. As algemas foram retiradas e a mala de Jama foi levada para inspeção. Ele a soltou amuado e os dois sentaram-se para aguardar seu destino. Jama foi chamado primeiro para questionamento, empurrado sobre uma cadeira de madeira quebrada e encarado. O chefe de polícia era gordo e barbeado; o cabelo rareando se levantava em uma penugem preta e as olheiras debaixo dos olhos lhe davam uma aparência ameaçadora, mas, quando falou, a voz era firme e impassível.

— O que quer no Egito? Onde seu amigo conseguiu o documento falso?

Ao fim do interrogatório, o policial disse a Jama que ele seria deportado de volta ao Sudão e proibido de entrar no Egito novamente. Liban e Jama foram colocados no próximo trem, sem a *rababa* de Jama, que fora roubada de sua mala. O vagão todo estava cheio de somalis que também haviam entrado no Egito ilegalmente, errantes que só tinham conhecido fronteiras porosas insubstanciais e agora eram confrontados com países fechados atrás de barreiras. Alguns dos detidos já tinham sido transportados para lá e para cá naquele trem no passado, e se divertiram ao chegar à fronteira e ouvir que os sudaneses não aceitariam o "lixo" dos egípcios. Liban suspirou de alívio, mas Jama estava furioso: não tinha deixado Gerset apenas para ser tratado como lixo novamente.

De volta à delegacia de polícia de Damietta, Jama e Liban foram colocados em uma das grandes celas enquanto a polícia decidia o que fazer com eles. Foram trancados com suspeitos de homicídio e estupro, ladrões e loucos, bêbados e viciados em drogas. Os dois se amontoaram juntos em terror enquanto os piores homens rondavam, lançando olhares selvagens a qualquer um que os mirasse. Tinham que pagar pelo próprio pão a cada dia e recebiam água em pequenos copos que precisavam dividir com homens sangrando das narinas e dos ouvidos. À noite, mãos saíam explorando, e facas eram pressionadas nas costas para extorquir dinheiro ou carícias. Jama e Liban ficavam acordados em turnos para proteger um ao outro; Liban tinha um pequeno canivete, mas os outros homens tinham adagas e chaves de fenda ocultadas em diferentes lugares. Os prisioneiros falavam um dialeto grosseiro que Jama mal conseguia entender, mas isso foi uma bênção, pois era um grupo que gostava de falar e se cansou dos dois somalis que não entendiam ou respondiam a seus insultos. O equilíbrio da cela foi desfeito quando um homem como nenhum outro foi trazido. Era um gigante, um Golias africano, uma megaestrutura, a cabeça tocava o teto e cada uma de suas coxas era mais grossa que a cintura de Jama; ele bloqueou a luz ao entrar, e havia fúria gravada em seu rosto.

— Ladrões! Ladrões! — Ele rosnou para a polícia, que saiu com medo de que um daqueles punhos de granito caísse sobre eles.

Veias saltavam nas mãos, nos antebraços e no pescoço do prisioneiro, e sua raiva sugava o barulho e o movimento do ambiente.

— Devolvam minhas cem libras, cães árabes! — ele berrou.

Jama mirou o Golias, sentiu seu hálito quente soprar nele e recolheu as pernas do caminho dos pés esmagadores. Os egípcios emasculados haviam se reunido em um canto para proteção. O prisioneiro fervia de raiva em línguas estranhas, fechando e abrindo os punhos, lutando boxe com a própria sombra, um bocado de tabaco enfiado no lado da bochecha, um hematoma levemente visível no queixo preto-azulado.

— Baixe a cabeça — sussurrou Liban, com medo.

Jama tentou, mas seu olhar era constantemente atraído para o homem, e o novo prisioneiro o encarou.

— O que quer, menino? — ele exigiu.

— Nada — murmurou Jama, escondendo a cabeça entre os joelhos.

— Você sudanês? — ele perguntou. Jama balançou a cabeça e esperou que o homem revelasse de onde vinha. — Filhos da puta me levando para o Sudão, não quero Sudão, eu moro no Líbano.

— Eles nos levaram para o Sudão, mas fomos deportados de lá também, provavelmente vão nos mandar para a Palestina — disse Jama, com a confiança aumentando.

— Eu quero ir para a Palestina também, fala por mim? Falo mal árabe, eles não ouvem — disse o homem, em um árabe hesitante. — Bom menino, bom menino — ele exortou, enquanto Jama nervosamente ficava de pé.

Jama foi para as barras da cela e chamou um policial. Quando dois chegaram, cassetetes nas mãos, Jama explicou que o novo prisioneiro viera da Palestina, não do Sudão, e que, se o levassem para o Sudão, a polícia da fronteira não o deixaria entrar. Mas eles não estavam interessados e deram de ombros, concordando em deportá-lo para a Palestina também. Jama deu as boas notícias ao prisioneiro, que o pegou e jogou para o ar, beijando-o profusamente nas bochechas.

— Vou para casa, para minha mulher! Meu bebê! Meu táxi! — ele gritou.

De volta ao chão, Jama pegou a mão do homem e apresentou a si mesmo e a Liban.

— Meu nome é Joe Louis, conhece Joe Louis, boxeador famoso? Sou eu! — disse o homem, esmagando a mão deles.

— Joi Lo Is — repetiram Jama e Liban, tentando dominar o nome estranho.

— Vocês falam francês, *garçons*? — perguntou Joe Louis. — Falo francês perfeitamente. — Mas Jama e Liban balançaram a cabeça.

Daquela noite em diante, Joe Louis tratou Jama e Liban como seus filhos, pagando pela comida deles, dando-lhes cigarros e protegendo-os. Em árabe rudimentar, contou sobre sua vida no Líbano: tinha uma esposa francesa, uma filha pequena e levava uma boa vida como motorista e boxeador ocasional. Tinha ido à Palestina para uma luta contra soldados britânicos, mas se metera em encrenca.

— Palestinos pessoas más, em todo lugar me chamam de *abid*, sabe *abid*? Escravo! Eu, escravo! Então eu brigo, brigo muito, então eles chamam a polícia, tomam meu táxi e me trazem aqui, palestinos sujos, cuspo neles.

Toda noite Joe reclamava dos palestinos até que Liban e Jama ficaram convencidos de que eram o povo mais perigoso, intolerante e selvagem na Terra, temendo a deportação iminente. Quando chegou o dia, Joe Louis pegou os braços deles e foram todos colocados em um trem para a fronteira. A polícia armada jogava cartas e fumava no vagão, deixando os deportados, em sua maioria negros, dormirem pela longa viagem através do Deserto do Sinai. Tarde da noite, Joe Louis ficou agitado, inquietando-se e olhando furtivamente em torno de si. Jama, em meio à agonia da insônia, o observou.

— Qual o problema, Jow?

— Vou pular do trem — sussurrou Joe.

— Por quê? — Jama sussurrou de volta, perplexo.

— Vão nos mandar para a prisão na Palestina, quero esposa e bebê, não esperar.

Jama olhou pela janela para o deserto negro e prata e soube que o amigo cometia um engano.

— Você vai morrer, Jow, nunca mais vai ver sua esposa e seu bebê, *hallas*, eu também tenho uma esposa, e ela ficaria muito brava se eu fizesse isso — avisou Jama.

Joe olhou para o deserto e seu rosto estava retorcido em dúvida.

— Não faça isso, Jow.

Joe ergueu as mãos em frustração. Jama o observou pelo canto do olho, mas o homem não se mexeu, caindo em um sono profundo e enchendo o ar com seus roncos altos. Jama desejou que o próprio pai tivesse lutado para voltar para sua família do jeito que Joe lutava. Pela manhã, um policial sênior entrou no vagão, uma criança gorda e loira vestindo uma camisa branca e shorts azuis-marinhos segurando sua mão. O policial sênior parou na frente de Jama e chamou seu assistente, e um homem de uniforme amarrotado correu na direção deles.

— Esses meninos receberam café da manhã? — perguntou o chefe, olhando para os lábios secos e brancos de Jama e Liban.

— Não, senhor — respondeu o assistente.

— Vá pegar comida e água para eles. O que eles fizeram? — Quis saber o chefe.

— Entraram no Egito sem documentos, senhor, estamos levando-os para a prisão palestina.

O chefe olhou para Jama e Liban, sentados ali como corvos desgrenhados, com cabelo preto bagunçado, os membros finos visíveis nas roupas sujas, então de volta para o filho de bochechas largas.

— Deixe-os sair em Al'Arish, não vão sobreviver à prisão — disse antes de arrastar o filho para o próximo vagão.

O assistente manteve a palavra, trazendo pão e água, e, quando chegaram a Al'Arish, Jama o persuadiu, com um pouco de dinheiro de Joe, a soltar o boxeador também. Um velho policial foi enviado com eles. Al'Arish era uma linda cidade costeira com uma praia amarela acariciada por ondas brancas. As palmeiras na costa chacoalhavam as frondes em deleite. Foram enfiados em um jipe na delegacia de polícia e atravessaram a fronteira até a Palestina. Chegaram a Rafah em poucas horas, e o sargento se virou para encará-los, gritando com um dedo sujo apontado para a cara deles:

— Se vocês negros voltarem para o Egito, vou me encarregar pessoalmente de que passem um ano na cadeia, me entenderam? *Yallah*, saiam!

Joe abriu a porta do jipe e puxou Jama e Liban, gritando de volta para o assistente na própria língua. Joe tomou a liderança agora que estavam na Palestina, conduzindo-os na direção de uma cantina do Exército Britânico que conhecia dos dias de motorista de táxi. Jama tinha medo da recepção que teriam dos palestinos, mas apenas viram alguns velhos com burros cheios de carga. Do lado da estrada, Joe viu os muros de um pomar e espiou o outro lado, jogou Jama e Liban por cima e então pulou sobre a murada alta como se fosse um galinheiro. Dentro, o pomar era uma visão digna do paraíso, com globos brilhantes de néctar pendendo pesadamente de árvores verdes. Jama teve a impressão de que não sentia o gosto de uma laranja fazia séculos. Foram para um canto e atacaram as árvores, comendo laranja atrás de laranja; sentaram-se na sombra fresca e perfumada e encheram o bucho. O suco melado corria por seus braços e peitos e atraía abelhas, mas valia a pena. Antes que pudessem cochilar, ouviram o portão do pomar se abrir com um rangido e os murmúrios lamentosos de um velho enquanto pulavam de volta pelo muro. Ao chegarem à cantina, um chef palestino correu até eles e abraçou Joe com tudo, sem nada da intolerância que Jama esperava. Joe passou os braços pesados sobre os ombros do árabe e o afastou para conversarem baixo. Quando voltaram, o chef perguntou a Jama e a Liban se eles tinham realmente trabalhado como meninos de cozinha nos navios britânicos, e eles o convenceram com mentiras entusiasmadas. O chef ofereceu a eles trabalho na cozinha.

Joe segurou a cabeça de Jama.

— *Petit garçon*, agora você não tem problemas, bom pagamento, boa comida, Alá recompensa os bons — ele disse, beijando o menino no rosto antes de tirar dinheiro do bolso e enfiar nas mãos deles. — Peguem, peguem, *merci, merci*.

Jama e Liban resistiram fracamente antes de aceitar. Joe ficou para uma última refeição com eles antes de sair por aí com velhos conhecidos e desaparecer em um caminhão. Ele levantou os dedões para os meninos antes de desaparecer a distância e voltar para a esposa e a filha. Jama teve a impressão de que um manto tinha sido retirado de suas costas. Enquanto caía a escuridão, Jama e Liban ficaram com medo: eram os únicos africanos em uma congregação de árabes e tinham mentido para eles.

— O que vai acontecer amanhã quando perceberem que não sabemos o que estamos fazendo? — perguntou Liban, temeroso.

— Não sei, mas comemos a comida deles, vão ficar bravos.

O chef trouxe alegremente o jantar para eles e estendeu lonas no depósito para a noite.

— Vejo vocês bem cedo, meninos, preciso do melhor dos dois.

Jama e Liban sorriram e assentiram para o chef, fingindo que iam dormir, mas, em vez disso, ficaram sentados, esperando pelo amanhecer. Quando as primeiras faixas de luz ficaram visíveis pelas janelas com grades, pegaram seus parcos pertences e fugiram.

Estavam com medo dos soldados árabes, mas, mais importante, não tinham saído de casa para trabalhar em uma cantina em uma cidade fronteiriça na Palestina, e seus destinos exigiam mais uma jogada de dados. Evitaram a estrada, caminhando ao longo das dunas de areia, mantendo apenas o trecho dela à vista. Tinham cometido um erro ao não levarem comida e água, e, ao meio-dia, precisaram descansar debaixo de uma árvore.

— Você só vê homens mortos descansando debaixo de uma árvore. — Arfou Liban.

Jama começara a perceber a gravidade da situação quando um grupo de homens negros surgiu a distância.

— Polícia, polícia! — Silvou Liban. — Rápido, atrás da árvore.

Tanto Jama quanto Liban cutucaram o outro, achando que sua respiração pesada os delataria, mas era o bater de seus corações que parecia tão alto. Podiam ouvir passadas e vozes a poucos metros de distância; a língua soava estranha para Jama, gutural e acusatória, e ele precisou de alguns momentos para reconhecer que era somali. Tirou a cabeça de trás da árvore e viu Bootaan, Rooble, Samatar, Keynaan e Gaani do apartamento em Alexandria passando, discutindo entre si.

Jama correu atrás deles.

— *Waryaa! Waryaa!* Espere por nós! — gritou.

Os homens olharam para trás em choque antes de caírem na gargalhada.

— Olhe para eles, vocês parecem *jinns.* — Rooble riu, tirando folhas do cabelo de Jama. — O que aconteceu com vocês? — perguntou.

— Fomos presos em Port Said e nos trouxeram para cá — disse Jama, feliz.

Tinha estado profundamente preocupado porque ninguém sabia onde estavam e Bethlehem jamais saberia o que tinha acontecido com ele.

— Para onde vão agora? — perguntou Gaani, como se fossem crianças malucas.

Jama e Liban olharam um para o outro.

— Não sabemos — disseram em uníssono.

Os homens mais velhos, mesmo que apenas por alguns meses ou anos, balançaram a cabeça em reprovação.

— Primeiro vão a Gaza, há um somali que está sempre no ponto de ônibus, Musa, o Bêbado, ele vai encontrar vocês. Digam a ele para colocar vocês no ônibus para Sarafindi, e lá vão encontrar quatro somalis trabalhando para os britânicos; um deles é do seu povo, Liban, e um do seu, Jama, mas todos lhes darão dinheiro, e aí podem ir para onde quiserem — aconselhou Samatar.

— Sim, está certo, é o que deveriam fazer — concordaram os outros.

Apontaram o caminho para Gaza e então se viraram de novo na direção do Sinai. Jama e Liban seguiram a rota que os homens tinham apontado superficialmente. A maioria dos somalis evitava compartilhar as rotas precisas e os truques dos quais esperavam se beneficiar; não queriam ser preteridos em um navio, e palavras descuidadas poderiam colocar guardas da fronteira em seu encalço. Eles saíram da estrada quando ouviram um caminhão do Exército aproximando-se, mas viajava tão rápido que estava sobre eles em segundos.

O caminhão desacelerou ao lado deles, e Joe Louis enfiou a cabeça para fora da janela do passageiro, apertando os olhos em descrédito.

— Jama? Liban? *Garçons*? Estão andando para onde?

Os meninos disputaram corrida até a janela para explicar seu dilema e Jama forçou a voz sobre a de Liban:

— Ele era um homem muito mau, Jow, acordamos pela manhã, trabalhamos para ele, e ele nos mandou embora, quis dar o trabalho para seus amigos árabes.

Joe chupou os dentes.

— Então, para onde querem ir? — ele perguntou.

— Gaza — respondeu Liban, irritado porque apenas Jama falava.

Joe os puxou para dentro do caminhão e pegou o volante do motorista. Correu com eles para a estação de ônibus de Gaza, passando direto pelos pontos de controle no poderoso e inquestionável veículo do Exército. Liban dormia ao lado de Jama, a cabeça jogada para trás em exaustão, enquanto Jama massageava os pés doloridos e se deleitava com o poder e o luxo de dirigir um automóvel. Os bedus andando ao longo da estrada, arrastando os burros atrás de si, pareciam infinita e desesperadamente mais pobres em comparação. Joe dirigia em uma velocidade perigosa, mas era um motorista nato, páreo para qualquer perigo jogado na estrada pelos *jinns*; ele dirigia com uma mão, o rosto relaxado e contente, mirando a estrada aberta. Joe os deixou na estação de ônibus em Gaza e, com um tapinha paternal no rosto dos meninos, desapareceu pela última vez.

Como Samatar tinha dito, Musa, o Bêbado, rapidamente os encontrou. Dividiam com ele a mesma mixórdia de traços, uma alquimia desajeitada de olhos, narizes, bocas, texturas de cabelo e tons de pele que pertenciam a diferentes continentes, mas, de algum modo, se juntara em seus rostos. Era totalmente incongruente na estação de ônibus calma, um somali de meia-idade maltrapilho, descalço e ficando careca, com um cheiro forte de álcool que emanava de algum lugar de sua pessoa.

— Meus filhos, meus filhos — Musa disse enrolando a língua, cambaleando em uma velocidade alarmante na direção deles, e desavergonhadamente coçou as bolas antes de agarrá-los num abraço febril.

Jama e Liban sentiram vergonha do homem; já estavam com uma aparência terrível, mas sua companhia dava a eles outro nível de decadência e destituição. Musa era solitário e falante, um garoto-propaganda da migração fracassada, as costelas grossas se sobressaindo de uma camisa imunda, sem botões. Ele falava pouco árabe e tinha zero interesse no que os locais pensavam dele. Depois de escutar a história deles, Musa os apressou até a parada do ônibus para Sarafindi, e os três sentaram-se num banco, fedendo no sol, Musa falando alto e de modo obsceno: "Aquela ali já comi", "Já peguei essa", "Ele me quer".

Jama e Liban encolhiam-se ao lado dele e temiam que atraísse a polícia, mas os palestinos o ignoraram completamente. Jama deu a Musa dinheiro para comprar comida, e o homem saiu correndo, para o alívio deles, que inalaram profundamente o máximo que conseguiram antes que ele retornasse e trouxesse de volta seu miasma. Sentar-se com ele deprimiu Jama. Conforme Musa continuava a falar, ele podia ver os resquícios do que fora uma mente aguda e espirituosa, mas tinha sido colocada em conserva no gim e embotada pelo isolamento.

Musa contou a eles como terminou em Gaza.

— Trabalhei para os britânicos a minha vida toda, eu era o burro deles, mas um burro feliz, na maior parte do tempo; aprendi a ler e escrever em inglês. Tinha um bom salário, vivia em bons aposentos, tinha uma casa de família na Somalilândia, mas eles me demitiram, minha esposa se divorciou de mim, e agora estou há uns anos neste ponto de ônibus. Quando quiser ir embora, apenas vou pegar um desses ônibus.

Enquanto Jama ouvia, podia imaginar a própria vida tomando a trajetória terrível da de Musa: sempre pronto para tentar o próximo lugar, apenas para perceber com atraso que a boa vida não estava lá. Jama olhou para Musa e percebeu que nem um louco deixaria tudo o que ele deixara por causa do conselho de um fantasma.

— Não pode forçar seu destino — refletiu Musa.

— Venha conosco para Sarafindi — sugeriu Liban, mas Musa balançou a cabeça silenciosamente, insistindo que tinha assuntos em Gaza.

Jama começou a questionar a própria viagem. Gastara todo o dinheiro que a mãe tinha deixado, vivia da caridade dos outros em uma terra estranha e hostil e não tinha nenhuma esperança realista de que um dia se tornaria um marinheiro. O ônibus chegou enquanto estava nesse desânimo, e ele entrou apenas porque não tinha mais nada a fazer. Musa correu junto com o ônibus, acenando e arfando, mas Jama não acenou de volta.

— Que idiota — esbravejou Jama.

— Ah, deixe ele em paz, o coitado não sabe a diferença entre hoje e amanhã.

— Isso é culpa dele — argumentou Jama.

— Não, foi o destino dele. Quem sabe, poderia ser o nosso.

Preferiria morrer, pensou Jama. Estava com um humor beligerante, um humor Shidane, a paciência e o otimismo esgotados.

— Vocês Ajis sempre acham que tudo lhes é devido.

— Quê?

— No fundo, está surpreso porque as coisas não caem em seu colo — insistiu Liban.

— Você não sabe o que eu passei, Liban, nada nunca caiu no meu colo!

— Caiu, pense nisso, você tem um clã forte atrás de si; alguém, não importa aonde for, lhe dará água e comida, vai achar que é importante o suficiente para ordenhar os camelos.

— Liban, cale a boca, de que camelo está falando? A partir dos seis anos, eu dormia nas ruas de Áden, com qualquer maluco passível de derrubar uma pedra na minha cabeça. Você teve um pai cuidando de você, mãe, irmãs, primos.

Liban mirou Jama, um relâmpago nos olhos.

— Sim, tive um pai, um pai que só podia olhar enquanto minha mãe era espancada por um Aji, por causa de um odre de água que tinha andado quilômetros pra coletar!

— Ooi! Calem a boca, vocês dois — gritou o motorista do ônibus. Liban se moveu desajeitadamente para um assento no fundo do veículo.

— Fique à vontade — gritou Jama.

Sarafindi era uma cidade segurando o fôlego e, dentro de poucos meses, seria uma cidade fantasma com vira-latas dormindo em colchões e guardando ossos nas cozinhas abandonadas. Se um lugar ao menos pudesse falar, ou uivar, ou latir um aviso. Em abril de 1947, as mulheres de Sarafindi colhiam azeitonas, davam à luz, tiravam água de poços e arranjavam casamentos como faziam havia centenas de anos em seu solo nativo. O solo em que estavam suas mães, seus pais e seus bebês natimortos. Mas Sarafindi tinha um segredo; durante o verão calmo, quente, um barril negro rolante cheio de explosivos e combustível rolaria pela rua de terra principal e pararia do lado de fora da *beyt al-deef*. Depois da explosão, viriam homens carregando metralhadoras, ordenando que todos saíssem, destruindo as velhas casas de tijolos de barro com granadas.

O extenso forte britânico era a única pista da tragédia a caminho. Jama e Liban esperaram de cara feia do lado de fora do forte por *askaris* somalis.

— Sinto muito que isso tenha acontecido com sua mãe — disse Jama.

— Eu não deveria ter gritado com você, irmão.

Liban estendeu a mão, Jama a apertou com força.

Eles viram os *askaris* naquela tarde, três somalis com trinta e poucos anos em uniformes asseados. Os *askaris* conheciam o procedimento; cada um deu uma libra aos meninos e o membro do clã de Jama andou com eles até onde trabalhavam os outros somalis. O nome do membro do clã era Jeylani e, como os outros, ele reparava sapatos, coldres e outros produtos de couro para os soldados britânicos; era um ex-nômade que aprendera a trabalhar o couro com Mahmoud, o Yibir que estavam a ponto de conhecer.

Jeylani não ficou impressionado pelas escapadas de Jama e Liban.

— Vão embora, meninos, vocês parecem inteligentes, sei que falam bom árabe, mas não desperdicem a vida sendo empurrados por aí em terras árabes. Vão para casa, não há nada para vocês aqui, não haverá nada além de violência. Meu conselho é que sigam para a Jordânia, depois para a Arábia Saudita, façam suas peregrinações e então peguem um barco para casa. Todo dia vejo meninos como vocês fugindo sabe Deus do quê.

Jama ouviu com cuidado o que o ancião dizia e assentiu em concordância, mas Liban seguiu em frente com seus passos largos, otimistas, certo de que jamais voltaria para a Somalilândia pobre. Mahmoud era um homem gentil e relaxado, com rugas profundas cruzando a testa. Serviu chá para eles e perguntou como o encontraram. Sorriu com a menção a Musa, o Bêbado, e não hesitou em dar sua parte do *langaad*, passando uma libra a mais para Liban como Jeylani fizera com Jama.

Mahmoud respirou fundo e disse *bismillah* antes de morder uma fatia de pão e carne.

— Estava dizendo agora mesmo para esses meninos irem embora, pararem de desperdiçar o tempo aqui — disse Jeylani.

Mahmoud balançou a cabeça.

— Ah, eles não vão parar até terem tentado e esgotado a sorte. Eu também não parei, só desisti depois da sétima tentativa fracassada de cruzar para Port Said. — Ele riu. — Cada vez que andava, eles me pegavam, eu andava, eles me pegavam, meus pés ficaram em frangalhos! — Ele levantou as botas pretas do Exército. — Se vocês dois estão desesperados para chegar ao Egito e têm mais sorte que eu, vou contar tudo o que sei, ninguém conhece aquele caminho melhor do que eu.

Então Mahmoud começou um recital finamente nuançado de estradas que levavam ao Egito, referindo-se a um mapa interno que incluía cumes na areia, torres de alta tensão, ninhos de pássaro notáveis, bifurcações em caminhos arenosos e pântanos rasos no Mar Vermelho. Tão detalhado, na verdade, que Jama e Liban precisaram pedir para que ele repetisse tudo desde o começo; não sabiam ler ou escrever, mas memorizaram tudo com uma habilidade só encontrada nos analfabetos. Ele mandou Jama e Liban seguirem a costa da Palestina durante o dia, dormir em vilas à noite e evitar qualquer área rica.

Com as poucas libras que tinham coletado nos bolsos, saíram de Sarafindi e começaram a caminhar. Jama ainda estava tentado a se virar para a direção oposta e ir para a Jordânia e depois para Meca, mas Liban não queria nem saber e, no fundo, Jama tinha medo de ir sozinho. Só mais tarde na vida vemos puxões do destino com clareza, os pequenos atrasos que levam a perdas terríveis, as escolhas inconscientes que fazem a vida valer a pena; o destino disse a Jama para ir para o oeste em vez de leste e, com isso, todas aquelas velhas profecias que o seguiam, de riqueza e viagens incríveis, se fizeram carne.

Os palestinos com quem cruzavam não combinavam com o retrato de intolerantes irascíveis que Joe Louis tinha pintado. A cada noite, Jama e Liban se viravam para o interior e iam para a vila mais próxima, e, a cada noite, eram aceitos e levados à *beyt al-deef*, a pensão para estrangeiros que toda vila, por mais pobre ou remota, mantinha. A hospitalidade era normalmente breve e metódica, mas muito generosa; cada casa trazia alguma coisa – pão, água, carne, ovos, leite, frutas, tâmaras, tapetes e cobertores. Não faziam nenhuma pergunta aos meninos estranhos e ninguém relatava a presença deles à polícia, tratando Jama e Liban como espíritos de outro mundo que relatariam sua compaixão ou mesquinhez a uma autoridade maior. A tensão crescente entre Jama e Liban se dissipou no conforto que encontravam nas *beyt al-deef*. Conversavam até tarde da noite sobre a vida que tinham deixado para trás. Liban tinha nascido em uma família de músicos e tinha servido na Eritreia, de algum modo conseguindo evitar as batalhas; se ele não fosse Yibir, sua vida teria sido invejável. Era alegre, atencioso, altruísta, revivera o espírito de Jama e trouxera de volta sua crença em um tipo de vida diferente daquele com o qual sofrera. A viagem até a fronteira do Egito foi quase divertida. As longas caminhadas de um dia lhes davam um propósito, e eles competiam para ver quem conseguia ir mais rápido; à noite, relaxavam e desfrutavam da boa comida. Perto de Khan Yunis, pararam para descansar em uma vila e encontraram um casamento em pleno vapor, a pensão ocupada por uma banda armada com *ney*, *darbucka*, *oud* e *kanun*. Ficaram na entrada ouvindo as músicas até que o cantor fez sinal para que se sentassem, e eles entraram. A música batia nas paredes e deslizava por cima deles e para fora das janelas. Depois de uma grande refeição de *mansaf*, os homens foram fazer o *dabke*, girando lenços sobre a cabeça. Os músicos levaram os convidados a um frenesi, as batidas na *darbucka* cada vez mais rápidas, até que Jama e Liban perderam toda a timidez e adicionaram seus pés à centopeia dançante. Diferentemente do que acontecia na Somalilândia e na Eritreia, os homens e as mulheres faziam celebrações separadas, mas os cantos e as ululações lancinantes das mulheres eram ouvidos com nitidez mesmo quando os homens começaram a cansar e se afastar. A noiva chegou, uma visão e tanto, sentada de lado em um cavalo elegante, a cabeça coberta por um xale tilintando de moedas, com a mãe orgulhosa, as tias e irmãs nos lados em vestidos maravilhosos. *Bethlehem teria ficado tão linda naquelas roupas*, pensou Jama, arrependendo-se do próprio casamento apressado. A noiva tirou toda a atenção dos músicos, e só então eles se aquietaram, tocando músicas delicadas de casamento enquanto Jama e Liban estendiam seus tapetes debaixo das estrelas.

Eles andaram para além de Khan Yunis e, poucos dias depois, cruzaram a fronteira para o Egito. Ficaram longe de Al'Arish e quase correram para Romani, deleitados por encontrar as torres de alta tensão que Mahmoud tinha descrito. Era o último posto avançado de civilização antes de cruzarem o Deserto do Sinai, onde não haveria mais vilas para dormir ou ser alimentado. Ao lado do mar em Romani, aproximaram-se nervosos de um grupo de pescadores descansando em torno de uma fogueira, um empurrando o outro para falar com eles. Jama pediu qualquer resto de comida que pudessem ter, mas eles apontaram as vasilhas vazias e os ossos de peixe. Um homem passou sua vasilha e Jama deu o pequeno bocado de arroz para Liban, esperando que outra vasilha viesse, mas não veio, e, em poucos segundos, Liban engolira tudo. Jama o teria chutado se os pescadores não estivessem vendo, mas eles observaram e riram da irritação em seu rosto. Passaram água fresca para Jama, que bebeu o suficiente para encher o estômago antes de passá-la a Liban.

— De onde vocês são? — perguntaram.

— Somos egípcios, queríamos encontrar trabalho na Palestina, mas a polícia nos mandou voltar, então estamos caminhando até Port Said — mentiu Liban, com medo de que eles alertassem o Corpo de Camelos.

O trecho de Romani a Port Said era a parte mais mortal, mais traiçoeira da viagem. Havia só o mar de um lado e o deserto assassino de outro; eles não conseguiriam encontrar comida ou água e, se fossem pegos pelo sol do meio-dia ou pela polícia, estariam acabados. Mahmoud havia alertado que esqueletos de somalis jaziam naquela faixa de areia, e foi a jornada mais perigosa de todas as jornadas da vida de Jama. Liban e Jama decidiram descansar escondidos no banco de areia até o pôr do sol para que pudessem viajar na noite fria e escapar do Corpo de Camelos. Ao anoitecer, eles correram do banco de areia como caranguejos, a Lua iluminando o caminho e a quebra das ondas aplaudindo seu progresso. Ao finalmente perceber que tinham se esquecido de comprar comida e água ficaram horrorizados, mas se sentiam super-humanos, incapazes de voltar.

Jama se virou para Liban e disse:

— Se eu não puder acompanhar você, não espere. VÁ! E se não conseguir me acompanhar, não vou esperar por você, vou seguir, assim ao menos um de nós conseguirá sobreviver.

Eles apertaram as mãos e seguiram lado a lado.

Nenhum ficou para trás, seu desejo e sua fome eram muito fortes, os ritmos idênticos, incontroláveis. Em dezesseis horas, caminharam quase sessenta e cinco quilômetros; pareciam duas lascas de luz da alma, mais do que homens feitos de carne e osso. Quebraram os dogmas da sobrevivência humana; desidratados, famintos, exaustos, não pararam, não iriam parar até chegarem a Port Said. A terra começou a se fragmentar em pântanos cheios de junco conforme chegavam ao final do Sinai. Jama e Liban se abraçaram ao ver como estavam perto de sua terra prometida, chamados pela luz incandescente do farol de Port Said.

Um lago salgado se abria entre Port Fuad, no leste, e Port Said, no oeste. Mahmoud dissera a eles que era profundo demais para atravessar, a não ser em um ponto, onde havia torres de alta tensão plantadas em cada margem. A memória de Mahmoud era fotográfica, e, conforme ele dissera, a água entre as torres de alta tensão era rasa e grossa de sal, e eles a vadearam lentamente, ambos assustados ao se verem mergulhados até a cintura. Jama cruzou o Mar Vermelho com a mala surrada do pai sobre a cabeça e o coração na boca. Alcançaram a outra margem arfando de alívio e empolgação; tinham conseguido uma façanha da resistência humana, mas o núbio gritando "Ei, ei!" e correndo para cima deles com um bastão não se importava. O núbio perseguiu Jama e Liban, pegou os homens fracos com as mãos fortes, enfiou-os em um carro e os levou até uma *villa* próxima.

Ele foi até o gerente e disse que tinha encontrado dois vagabundos cruzando sua água, mas o homem não estava a fim de agitação, o cabelo para cima, sono nos olhos.

— Não dou a mínima para eles, olhe o horário! Não me acorde de novo, seu tonto.

O núbio os levou encabulado para fora da *villa*.

— Querem me pagar um chá? — perguntou audaciosamente, mas eles estavam tão felizes por serem soltos que concordaram.

A última tarefa era cruzar o canal de Suez, e, com as libras dadas pelos homens de Sarafindi, compraram dois bilhetes de barco.

— Mahmoud disse que era o portão 10 para o jardim, não disse? — Verificou Jama.

— Sim — supôs Liban.

Tudo o que sabiam era que deveriam ir para um jardim onde havia uma casa de chá frequentada por somalis.

— Vamos nos sentar separados, caso um de nós seja pego — ordenou Jama quando o barco chegou.

Ele sentou-se ao lado de um beduíno e conversou amenidades com ele para acalmar os nervos.

— Aqui é o portão 10 — disse o beduíno, por fim, e Jama fez um sinal para Liban, desejou uma viagem segura ao homem e desembarcou.

Liban queria descansar em um banco do parque, mas Jama não conseguia parar, era como um perdigueiro atrás de um cheiro, então levou Liban para fora do jardim e, finalmente, para a casa de chá.

— Ah, Deus, não pode ser, seus pequenos bandidos! — gritou o grupo lá dentro ao ver os dois.

Jama olhou em torno como se estivesse atordoado e viu todos os rapazes que conhecera fora de Rafah, os que disseram a ele para ir a Sarafindi em primeiro lugar. Tinham feito a mesma viagem através da Palestina uma semana antes e ainda se recuperavam.

— Conte as notícias a eles, então — disse Gaani, o rosto cheio de malícia.

— O dono da casa de chá tem más notícias para vocês — disse Keynaan, de modo sério.

Os joelhos de Jama cederam.

— O quê?

— Sinto dizer que os passaportes dos dois chegaram e estão esperando por vocês em Alexandria. — Entoou o *chai wallah*.

Os homens pegaram Jama e Liban e os jogaram no ar, festejando e cantando.

Jama e Liban seguraram as mãos sobre as cabeças dos homens e se cumprimentaram com fome e felicidade. Sabiam que agora poderiam fazer algo de suas vidas.

Nome: Jama Guure Mohamed
Data de nascimento: 1/1/1925
Olhos: Castanhos
Cabelos: Pretos
Pele: Homem de cor
Nacionalidade: Britânica
Local de nascimento: Hargeisa, Somalilândia Britânica

Essa descrição curta de Jama no passaporte verde-escuro era tudo o que o mundo ocidental precisava saber sobre ele; era um súdito do Império Britânico. O passaporte determinava aonde ele poderia e não poderia ir, os portos onde seu trabalho barato seria bem-vindo e aqueles onde não seria. Em Alexandria, Liban e Jama recebiam pedidos constantes dos outros rapazes somalis para mostrarem seus passaportes preciosos. Os documentos eram passados em silêncio reverencial. Rapazes invejosos folheavam as belas páginas com marcas-d'água, passavam o dedo pelo leão e o unicórnio gravados na capa, olhavam para a foto em preto e branco, examinavam a cruz que Jama fizera como assinatura e imaginavam se conseguiriam fazer melhor.

"Vão se transformar em Homens de Fortuna", "Não vão mais para a cadeia", "Vendam para mim", diziam antes de devolver os passaportes.

Liban e Jama agora eram cavalheiros; tudo o que precisavam era de um trabalho para entrar na casta mais rica da sociedade somali. Estocar as caldeiras de navios a vapor poderia lhes render, em uma semana, mais do que tinham gastado para viver um ano. Para achar trabalho, tomaram o trem de volta a Port Said, deixando Keynaan e os outros ainda esperando por seus passaportes em Alexandria. Liban se recostou em seu assento, sorrindo para o campo que passava correndo pelo trem, confiante de que o Consulado Britânico agora os pouparia de perseguições. Nem Jama nem Liban conheciam ninguém em Port Said, mas eles esperavam aparecer e encontrar um navio pronto para aceitá-los a bordo. A realidade seria dessa maneira para um, mas não para o outro.

Liban e Jama encontraram abrigo com outros candidatos a marinheiros e espalharam a palavra de que procuravam trabalho. Um ancião somali que ficara em Port Said depois de perder um braço a bordo de um navio britânico era o recrutador local e passava o dia arrumando trabalho para membros de seu clã. Como membro do clã de Ambaro, em vez do de Guure, o ancião não era obrigado a ajudar Jama, mas ele o chamou para um encontro. Liban teve menos sorte: era o único Yibir em toda Port Said e, com o trabalho escasso para somalis Aji, estava fora da rede de contatos do velho nômade. Enquanto Jama era levado de um encontro a outro, restara a Liban vagar pelas docas, procurando trabalho como estivador ou mendigando por comida. Com um passaporte inútil no bolso, pensou na caminhada de Romani com uma amargura crescente como uma fuga fracassada de uma maldição de família. O ancião somali encontrara um marinheiro Eidegalle em um navio britânico de partida para Haifa, e o marinheiro tinha certeza de que, com certo incentivo, o capitão aceitaria Jama como parte da tripulação. O ancião organizou uma arrecadação e conseguiu cinco libras do clã de Jama, que foram levadas para o capitão do navio, que então contratou Jama como foguista. Dezesseis dias depois de pegarem os passaportes em Alexandria, Jama tinha seu primeiro emprego na Marinha e Liban se perguntava para onde mais no mundo poderia ir.

Jama deu a Liban todo o dinheiro que tinha antes de partir para o navio.

— Quando eu voltar, irmão, vou ajudá-lo a encontrar um emprego — disse Jama.

Liban assentiu como se acreditasse nele e abraçou Jama, que vestia calças e camisa novas.

— Cuide-se — disse Liban, escondendo a inveja e a tristeza.

O adeus foi demorado e desconfortável; Jama seguiu tentando tranquilizar o amigo.

— Quem sabe! Talvez, quando eu voltar, você estará longe trabalhando.

— Vá, homem, não o faça esperar — Liban disse por fim.

* * *

O membro do clã de Jama o levou ao navio que ele levara quase um ano da vida para alcançar. Era um leviatã, a mais alta, mais comprida e maior coisa que já vira, estendendo-se como uma cidade de aço pelo canal, o casco escuro oscilando gentilmente na água. Perto da proa, estampado em letras brancas de um metro de altura, estavam as palavras "RUNNYMEDE PARK LONDRES".

Jama parou na prancha e deu uma última olhada para a África. Para além da linha do horizonte falsamente europeia de Port Said, estava seu coração e seu lar, as montanhas e os desertos da Somalilândia e os vales de Bethlehem. Ele sabia que, se morresse, eles seriam a última coisa que veria em seus olhos negros. A terra abrasante da África, cintilando de mica como se Deus tivesse a feito com diamantes quebrados, não seria encontrada em nenhum outro lugar. Mas, como as mulheres somalis de Áden, a África lutava para cuidar de seus filhos e os deixava correr com o vento, dando a eles liberdade para escolher o próprio caminho no mundo. Jama colocou os pés com firmeza no *Runnymede Park* e esperou ser levado embora.

EXODUS, MAIO DE 1947

— Acho que essa vai ser uma viagem estranha — disse Abdullahi, membro do clã de Jama. Primeiro lhe disseram para esperar uma viagem curta para Haifa, depois para o Chipre, mas, no trajeto a Port Said, vira o capitão em conversas sussurradas com militares. Ele levou Jama à cabine que dividiriam: uma pequena escotilha deixava entrar luz, e dois beliches com colchões finos eram separados por uma mesinha de cabeceira e uma lamparina, uma acomodação cinco estrelas para os padrões de Jama. Havia doze foguistas somalis para alimentar as máquinas e o resto da tripulação era de britânicos, todos em posição superior aos somalis. Jama era o mais jovem a bordo, a não ser por um britânico magrinho da cozinha, de cabelos finos e loiros. Abdullahi levou Jama da popa à proa, aos porões, para a casa de máquinas, pelo depósito de carvão, passando pela cabine do leme, até onde os botes salva-vidas pendiam sem vida. Jama estava feliz, feliz, feliz e, quando Abdullahi o apresentou ao capitão Barclay, ele ficou de joelhos, fez uma mesura e segurou a mão dele como se fosse a mão do imperador do mundo. O pagamento de Jama foi acertado em dezenove libras por mês, um quarto menos que o dos marinheiros britânicos, mas ainda uma fortuna para um menino que um dia brigara com cães e gatos por ossos. Jama perguntou o que iriam transportar.

— Judeus — disse Abdullahi.

O trabalho de Jama não poderia ser mais simples. Com uma pá, ele precisava jogar pilhas de carvão dentro da fornalha gigante nas caldeiras, enquanto um trabalhador trazia de carrinho o carvão do estoque a seus pés. Quatro horas de trabalho, oito horas de descanso; quando tinham chegado a Haifa, na Palestina, Jama tinha se adequado com facilidade ao ritmo que sua vida seguiria pelos próximos cinquenta anos. Em seu horário de descanso, observava a construção de uma jaula no deque. Um pequeno bloco de lavatório fora construído dentro da jaula, mas era o único sinal de que era feita para habitação humana. O porto de Haifa era um campo de batalha quando atracaram: cinco mil artilheiros da Marinha Britânica estavam ao lado de tanques, caminhões e jipes militares, as armas apontadas para um navio a vapor quebrado renomeado *Exodus 1947* e para os judeus desobedientes dentro dele. Quatro mil refugiados tentavam forçar a abertura do limite britânico na Palestina e estavam à vista da Terra Prometida. O *Exodus* fora fechado por três navios britânicos, incluindo um destróier da Marinha, e agora estava imóvel, como uma baleia estripada, com refugiados judeus espiando de suas entranhas. Os refugiados de Auschwitz, Bergen-Belsen e Treblinka foram novamente separados de seus pertences e levados até barracas, onde foram pulverizados com DDT e enfiados em navios-prisão que aguardavam. Os jovens homens e mulheres endurecidos a bordo do *Exodus* precisaram ser forçados a sair do naufrágio com cassetetes e disparos de arma de fogo, e três corpos foram enfiados pelos britânicos em ambulâncias à espera. Jama observou, pasmo, enquanto milhares de pessoas enlameadas seguiram para o *Runnymede Park*, na direção de seu navio imaculado, velhos mancando o melhor que podiam e crianças com olhos perdidos segurando as lágrimas. Não se pareciam em nada com os judeus de turbante do Iêmen, aquele povo pálido e abatido. Eles olhavam sobre os ombros para os sacos negros de juta com roupas, comidas, joias e memórias que os britânicos haviam arrancado deles e jogado aleatoriamente nas docas; um grito desesperado soou quando parte da pilha caiu na água e afundou no mar. Oitenta fuzileiros navais reais embarcaram no *Runnymede Park* junto com os refugiados. Os rapazes lustrosos de pele bronzeada e cabelos clareados pelo sol, amassados sob boinas vermelhas, pareciam uma espécie de humano diferente da dos magros e furiosos ex-europeus que eles enfiavam no porão. Depois que os zelotes do Haganah tinham sido identificados e colocados sob guarda, mulheres, crianças e idosos tiveram permissão de subir ao deque. Alguns refugiados tinham recuperado todas as roupas que possuíam dos sacos de juta e agora as tiravam do corpo, roupas de suas vidas passadas, dos campos da morte, dos campos de pessoas deslocadas, sua história se dobrando em poucos itens a seu lado. Diferentemente dos fuzileiros navais, que só prestavam atenção nas enfeitiçadoras garotas húngaras com olhos verdes de maga e rostos largos e felinos, a atenção de Jama foi capturada por uma mulher sentada como uma rocha ao lado da amurada, longe dos outros refugiados. Ela era corpulenta, mas parecia maior com o casaco de lã que continuava a usar no calor; um bebê dormia em seu peito e algo a respeito dela dava a Jama a sensação poderosa de Ambaro. Era como se sua mãe tivesse sido transplantada para o navio. Por um longo tempo, Jama a observou olhar para o mar, despreocupada com a agitação em torno de si. Ela ajustou seu lenço na cabeça e deu um olhar cansado para o saco de batatas que continha suas posses no mundo. Jama podia sentir que ela tinha atravessado algo terrível, mas iria sobreviver teimosamente, como sua mãe faria.

— Ei, *sambo*! Pare de olhar para as mulheres brancas e volte para sua cabine — gritou o maquinista a Jama, mostrando com o dedão as cabines quentes abaixo.

Jama, entendendo apenas seu tom e o gesto, se virou para obedecer ao seu superior.

— Deixe-o, Bren, ele não está machucando ninguém — gritou um engenheiro que observara a conversa.

Jama se demorou nos degraus de metal para ver se conseguia decifrar o que os *ferengis* diziam sobre ele.

— Pobre rapaz, você faz jus ao cargo, Bren, trata esses Mohammeds como se fossem máquinas. Sinto pena deles, pobres coitados, ostracizados, calados, nunca reclamam — disse Sidney, o Engenheiro.

— Preciso ser, chapa, eles podem ser quietos, mas são filhos da puta calculistas, vão pegar nossos empregos e nossas mulheres assim que virarmos as costas — respondeu Brendan, o Maquinista.

— Boa sorte para eles! Se eu fosse dono desses navios, também os empregaria; são como umas porras de umas cracas, por pior que fique, eles seguram a barra. Não os vejo reclamando que nem vocês irlandeses, vivem de uma vareta de incenso ou de uma cheirada em um trapo oleoso, não fico surpreso que os chefes queiram mantê-los. Quanto a nossas mulheres, você sabe que não tem escrúpulos nos seus relacionamentos com moças de cor quando atracamos numa terra de Bongo-Bongo também — provocou Sidney.

Jama adormeceu com o balanço gentil da cabine, o rugido distante das máquinas e das ondas tornando-se parte de sua vida em sonho. Ele dormia no beliche de cima e seus sonhos com frequência o faziam pular dali; acordava subitamente no chão sentindo dor no quadril ou no cotovelo. Em geral, eram hienas que o perseguiam, a boca espumando ao atacar, ou pistoleiros italianos chutando a porta e abrindo fogo contra ele com metralhadoras.

Pequenos músculos haviam se formado no topo dos braços de Jama, e suas bochechas haviam enchido com as refeições regulares. Bons sonhos consistiam de refeições que jamais terminavam, prato após prato servido nas bandejas de plástico que tinha começado a amar. O assistente branco sorria e oferecia a estranha carne enlatada, milho verde, sardinhas, pão recém-assado. O inferno barulhento e quente da sala de máquinas nunca aparecia em seus sonhos, mas dominava sua vida desperta: a cada oito horas, ele descia e alimentava o fogo brilhante, comunicando-se sobre a raspagem da pá e do carvão por sinais de mão e leitura labial. O navio era um mundo impulsionado à frente por Jama e os outros foguistas somalis, uma arca com mais de dois de cada: ingleses, irlandeses, escoceses, somalis, poloneses, húngaros, alemães, palestinos; o *Runnymede Park* carregava todos eles da Terra Prometida até uma costa desconhecida. Tinham dito aos refugiados judeus que eles seriam levados para um campo no Chipre, mas era mentira, o Chipre estava bem atrás deles; estavam indo à Europa para serem feitos de exemplo. Os oitenta fuzileiros navais ficavam de olho nos jovens homens e mulheres, temendo os militantes do Haganah entre eles. À noite, uma luz imensa era projetada dentro da gaiola e sobre o Mediterrâneo, lançando um olhar fantasmagórico sobre as famílias amontoadas e o mar misterioso. Os refugiados foram separados, com os mais viris e ameaçadores sob guarda no porão. Mulheres, crianças, idosos e doentes tinham permissão de ir ao deque visitar o hospital, preparar suas refeições com rações do Exército apodrecidas e para que os idosos ensinassem hebraico às crianças. Havia pouca interação entre a tripulação e os refugiados, mas, um dia, um homem de aparência determinada foi diretamente na direção de Jama e apresentou um paletó esporte azul-marinho com botões dourados.

— Você compra! — ele declarou.

Jama experimentou o paletó, "uma libra", levantou um dedo; e, por meio de gestos, o judeu e o somali barganharam muito, até a morte, até que chegaram a um preço aceitável e apertaram as mãos.

Aquela foi a única vez que os refugiados prestaram atenção em Jama; normalmente, olhavam através dele com uma expressão funesta de animação suspensa, de pessoas apanhadas entre a vida e a morte. Até as crianças tinham olhares adultos cheios de suspeita, pedindo chocolate não com alegria infantil, mas com um tom de assédio que haviam aprendido nos campos. A mulher que lembrara Jama de Ambaro estava sempre no deque, o casaco dobrado abaixo do traseiro grande. Tinha duas filhas em torno dos seis e oito anos, além de um menininho, e suas meninas eram as mais felizes do navio. Jama dava a elas os chocolates Bourneville que comprava na loja da embarcação. A mãe nunca notava quando corriam para ele e imploravam pelos chocolates de embrulho vermelho e dourado que levava no bolso nem ajudava as mulheres a preparar as rações durante o dia. Em vez disso, sentava-se com o rosto voltado para o Sol e ignorava tudo.

Os ativistas do Haganah circulavam secretamente entre os passageiros. Quando um fuzileiro naval descuidado disse a um deles: "Estamos enviando vocês filhos da puta de volta ao lugar de onde vieram", a notícia se espalhou em minutos e criou um tipo de histeria milenar. "Palestina! Palestina!", era o canto. Os refugiados tinham suportado a sujeira, o calor, sopas infestadas de vermes, bolachas com fungos e variadas privações em silêncio por semanas, mas agora explodiam em gritos, os rostos raivosos pintados de violeta genciana para curar as bolhas e brotoejas que apareceram a bordo. Quando o navio atracou em Port-de-Bouc, na França, uma suástica tinha sido pintada sobre a bandeira britânica hasteada e os fuzileiros navais precisaram forçar a massa púrpura em fúria de volta à jaula. Todos os dias, havia ameaças de bombas, e os fuzileiros navais tratavam todos os refugiados como terroristas em potencial. Os britânicos se recusavam a distribuir água e rações na esperança de forçá-los a desembarcar, e, em reação, uma greve de fome foi declarada de modo desafiador. Os britânicos pediam e ameaçavam, os franceses tentavam mediar, mas os refugiados estavam decididos a desembarcar apenas na Palestina. Uma mulher havia dado à luz na cela, e Jama ainda podia vê-la deitada no próprio sangue, o bebê embrulhado em um trapo sujo da saia. Ele não entendia por que não saíam do navio hostil e imundo. Se ele não tivesse se adaptado às circunstâncias, teria sido quebrado por elas, mas aquelas pessoas pareciam querer ser quebradas ou, ao menos, não se importar. A greve de fome morreu com a chegada de maná em lanchas operadas por agentes do Haganah e pagas por judeus americanos; todo dia, caixas de cozido de carne irlandesa, sardinhas francesas, leite condensado americano, geleia Assis e baguetes francesas eram trazidas a bordo. Os fuzileiros navais atravessavam as latas com baionetas, para prevenir contrabando, disseram, mas principalmente por inveja, já que ainda comiam as rações do Exército. Até a tripulação olhava com inveja para o auxílio alimentar dos refugiados. Livros também eram entregues pelas lanchas – Torás, romances, dicionários –, mas os britânicos temiam propaganda oculta neles. A comida era o único socorro dos refugiados. Até o tempo tinha se voltado contra eles: era o verão mais quente já registrado no sul da França, e os porões se transformaram em fornos, as paredes de aço escaldando pés descalços, o ar fétido e irrespirável. Os britânicos foram chamados de nazistas, comandos de Hitler, e o *Runnymede Park*, de uma Auschwitz flutuante. Naquela Auschwitz flutuante, os marinheiros e soldados pescavam, tomavam sol e nadavam no Mediterrâneo em seu tempo livre, como os homens da SS haviam se divertido nos campos de morte.

Depois do calor, veio o dilúvio, uma tempestade de quatro dias que forçou todos os mil e quinhentos refugiados a ficarem nos porões. O céu ficou negro, ventos fortes jogavam o navio de leste a oeste, a chuva caía pelas grades e os porões acumularam centímetros de água parada misturada com vômito. Os nazistas britânicos esperaram que a tempestade quebrasse o espírito dos refugiados, mas eles ainda se recusavam a sair. Enquanto os refugiados reviviam o Velho Testamento no *Runnymede Park*, Jama e alguns outros somalis receberam permissão para ir à costa. Um ônibus os levou para Marselha, e Abdullahi mostrou o lugar ao grupo. Desceram pela turística Rue de Joliette até o porto Vieux, comeram em La Canabiere e terminaram no decadente Ditch, bar africano de um senegalês. Um americano chamado Banjo sentou-se junto a eles e tocou músicas selvagens, o Jelly Roll, Shake that Thing, Let My People Go. Jama dançou a música estranha ao estilo kunama, e o bar se encheu de marinheiros negros das Índias Ocidentais, dos Estados Unidos, da América do Sul, da África Oriental e da África Ocidental. Banjo os apresentou aos amigos Ray, Dengel, Goosey, Bugsy e a uma bela moça habashi chamada Latnah. Não tinham necessidade de tradução, eram irmãos espirituais, só precisavam saber que tinham sido largados naquele bar para passar a noite juntos – o dinheiro que passava dos marinheiros para Banjo e seus amigos era irrelevante.

Os vinte e oito dias atracados em Port-de-Bouc passaram rapidamente; ou em Marselha com Banjo e os outros pedintes ou no navio dormindo e descansando. A tripulação britânica bebia dia e noite, brigas estourando como tempestades de verão. Quando eram particularmente violentas, Jama trancava a porta da cabine e se escondia na cama. Os foguistas somalis o forçavam a abrir a porta e contavam histórias para acalmar seu terror – de terras onde os homens se vestiam como mulheres e as mulheres se casavam com árvores, de marinheiros jogados ao mar depois de brigas insignificantes, de clandestinos descobertos tarde demais. Um dos marinheiros recebera o epíteto de "Rejeitado pela cova" por ter sobrevivido a três navios torpedeados durante a guerra, aparecendo na superfície da água como se por mágica, apesar de não saber nadar. Outro marinheiro tinha estado na Austrália e conheceu um velho somali vivendo em um posto avançado deserto; o homem tinha chegado no século anterior como treinador de camelos e agora não se lembrava de uma palavra de somali. Austrália, Panamá, Brasil, Cingapura: eram nomes que Jama nunca ouvira antes; eles bem poderiam estar descrevendo luas ou planetas, mas aqueles países agora faziam parte de seu mundo. Então começaram a falar sobre mulheres.

— O caso é que não se pode confiar em mulher, olhe o tipo de trabalho que fazemos! Ficamos tempo demais viajando, elas terminam achando que as esquecemos e aí nos esquecem — disse Abdullahi.

— Isso não é verdade — interrompeu Jama.

— O que você sabe disso? A única coisa que faz na cama é mijar em si mesmo — zombou Abdullahi.

— Sou um homem casado, com uma mulher dez vezes mais bonita que a sua! — gritou Jama.

— Ah, sim, se ela é tão linda e deliciosa, você deixou seu jantar para outro homem comer. — Abdullahi riu.

Jama virou as costas para eles e passou o resto da noite emburrado.

Apesar de todas as suas histórias, os marinheiros precisaram admitir que Jama tinha esbarrado em um navio extraordinário para sua primeira viagem. No vigésimo oitavo dia, homens muito distintos, com medalhas cobrindo o peito, subiram a bordo e leram uma declaração para os refugiados reunidos. Por meio das muitas interpretações dos somalis que sabiam um pouco de inglês, Jama descobriu que os britânicos estavam ameaçando os judeus, dando um dia para se renderem ou serem levados à Alemanha. Um somali disse que os alemães eram os arqui-inimigos dos judeus e que aquilo era uma ameaça muito grave que os judeus não poderiam ignorar. Para mostrar que tinham intenções sérias, os britânicos deram folhetos aos refugiados e escreveram a ameaça em muitas línguas em uma lousa. Quando finalmente terminaram de falar, os judeus bateram palmas desafiadoramente e voltaram para a jaula. Naquela noite, lanchas cheias de agentes do Haganah passaram ao lado do barco e, com megafones, encorajaram os refugiados a ficarem a bordo. Os britânicos os silenciaram com uma sirene, mas era tarde demais. No dia seguinte, quando deu o prazo final das seis horas, apenas uma menininha solitária e serena de uns doze anos saiu do navio. O resto ficou em alerta como legionários sob seu general, Mordechai Rosman, um líder partidário que tinha conduzido um bando de guerreiros para fora do gueto de Varsóvia. Com seu cabelo longo e peito ossudo nu, Rosman parecia um profeta ancestral em meio ao mundo moderno, onde o faraó tinha câmaras de gás, a Terra Prometida era sujeita a resoluções das Nações Unidas e apenas somalis desesperados tentavam atravessar o Mar Vermelho.

Com uma única passageira a menos, o *Runnymede Park* partiu para Hamburgo. Apesar da rebeldia, algo havia se perdido entre os refugiados; finalmente perceberam que eram prisioneiros, que não estavam em posição de negociar ou barganhar, e o pior de tudo era que se sentiam sozinhos, como se o mundo tivesse se esquecido deles. Mais crianças nasceram no caminho para Gibraltar, onde o navio reabasteceu. Os bebês eram prisioneiros dos britânicos, mas também o sonho dos pais. Jama voltou para o trabalho, mas estava infectado pela melancolia dos refugiados; um navio cheio de pessoas de coração partido tem um sabor particular, uma certa energia que é dura com a alma. Jama só precisava olhar para os rostos dos refugiados para ser enviado de volta aos próprios pesadelos, sentindo novamente medo profundo, desespero e ódio de si mesmo. Os refugiados tinham sido tratados como animais, ridicularizados, espancados e degradados por homens que se regozijavam no poder, como ele, e aquela humilhação jamais deixava ninguém. Ficava sentada nas costas da pessoa como um demônio, e os demônios intermitentemente enfiavam as esporas na carne e a lembravam de onde tinha estado. Jama abordou a senhora gorda um dia; suas filhas não corriam mais, apenas se sentavam quietas perto dela. Ele enfiou um par de chocolates na mão da mãe, que os escondeu no sutiã e pegou a mão de Jama; seus grandes olhos castanhos leram a palma dele enquanto o rapaz tentava lembrar algumas palavras de hebraico.

— *Shalom!* — disse Jama.

— *Shalom* — respondeu a mulher, acariciando as linhas da palma dele e assentindo em aprovação; via uma boa vida em suas mãos.

Jama apontou para o peito e disse:

— Jama.

A mulher estendeu a mão:

— Chaja.

Às sete da noite, os refugiados se reuniam no deque; exceto por algumas mulheres encarregadas de lavar roupas, encontravam qualquer espaço para se sentar ou ficavam de pé em torno da jaula. Aqueles encontros eram convocados regularmente para resolver disputas entre os refugiados, ou entre os refugiados e os britânicos, mas, às vezes, as pessoas se reuniam apenas para conversar e cantar. Jama, Abdullahi e Sidney eram os únicos membros da tripulação que pareciam interessados nessas reuniões e se juntavam aos refugiados sempre que eram convocados. Sob o olhar do holofote, figuras fantasmagóricas reclamavam de mães que não limpavam a bagunça que os filhos deixavam nas latrinas e do barulho dos fuzileiros navais britânicos marchando à noite; às vezes, até disputas da guerra ou de antes da guerra eram levantadas. Um velho usando apenas roupas de baixo se preparava para lutar com um homem muito mais forte de peito nu.

Jama perguntou a Abdullahi o que o velho queria.

— Ele diz que o jovem roubou uma posse dele antes da guerra.

Sidney ria dos boxeadores amadores, como alguns dos refugiados, mas Jama se preocupou com o velho barbudo. Suas pernas finas mal conseguiam segurá-lo de pé, mas ele persistia em empurrar e irritar o homem mais jovem.

O velho gritou em inglês:

— Eu costumava ser alguém! Tinha um nome que era respeitado, tinha uma fazenda, um moinho de farinha, uma floresta!

Os homens foram separados e uma jovem se levantou para falar.

— Eu conheci este homem na Polônia, era um amigo de meu pai, ensinou hebraico para mim e minhas irmãs. Quando os soldados alemães e poloneses chegaram, ele salvou minha vida. Me escondeu em seu moinho de farinha enquanto o resto da minha família era levado ao rio e morto a tiros. Eu vi seus corpos nus flutuando rio abaixo. Se não fosse por este homem, eu estaria naquele rio com eles; se ele diz que aquele homem roubou sua propriedade, então é verdade.

Burgueses alemães falaram depois de fazendeiros húngaros e soldados da Cruz Vermelha; alguns descreveram uma vida pré-guerra de peles, motoristas, governantas, enquanto outros conheceram apenas a infelicidade dos *pogroms*, invernos ferozes e colheitas pobres. Mesmo ali, a sorte era salpicada de modo aleatório e confuso: muitos refugiados haviam perdido quarenta ou cinquenta membros da família, enquanto outros ainda se amontoavam com seus filhos e pais. Abdullahi traduzia o máximo que conseguia para Jama, enquanto Sidney escrevia coisas em um pequeno bloco de notas. As crianças recebiam tempo para falar, e uma menininha com as costas tortas contou que sua família fugira para o

Uzbequistão durante a guerra, e, quando tentaram voltar para a vila na Polônia, seus pais foram atacados e mortos. Agora, ela estava entre os muitos órfãos frágeis a bordo do *Runnymede Park* que acreditavam que a Palestina seria uma terra de paz e leite. Todos os refugiados falavam da Palestina como um tipo de paraíso onde laranjeiras cresciam e pássaros cantavam, sem qualquer semelhança com o país árabe pobre que Jama tinha atravessado.

Chaja ficou de pé, esperando sua vez de falar; batia o pé com impaciência, apertando o filho no quadril. Um jovem partidário polonês falava da necessidade de lutar por uma pátria judaica. Muitos dos jovens tinham feito parte de grupos sionistas em suas vilas e seu anseio por uma pátria agora se aglutinava com um desejo de vingar suas famílias. O partidário parecia incapaz de ver um futuro sem mais violências, mais batalhas, mais guetos, mais sangue nas ruas.

— Se não nos deixam viver em nossa terra, vamos esmagá-los como formigas, estourar suas cabeças em pedras e paredes — ele disse em um inglês com forte sotaque.

Chaja o empurrou para o lado e foi para baixo da imensa lâmpada.

— Eu vivi o inferno polonês, o inferno russo, o inferno alemão e agora o inferno britânico, mas juro por Deus que não vou condenar meus filhos ao inferno palestino. Já perdi meu marido e meu filho, vi suas cinzas soprarem das chaminés dos nazistas; só quero paz, só paz, me dê um pedacinho de terra devastada, desde que meus filhos possam comer e dormir em paz. Meu pai era professor de Filosofia, mas minha filha nem sabe ler! Acha que as crianças vão aprender enquanto você está lutando e esmagando cabeças? Leve sua violência e seu assassinato às pessoas que enjoaram de conforto e paz. Não quero nada de armas e bombas. Vocês acham que são o Davi da Bíblia, mas não somos seus seguidores ou súditos.

Na Palestina não pode haver guerra, se houver guerra, bem poderíamos ficar na Polônia, ou ir para a Eritreia, o Chipre ou qualquer lugar para onde os britânicos queiram nos mandar.

Chaja falou até que a garganta estivesse doendo e veias grossas se levantassem em seu pescoço, brandindo seu bebê como uma arma e empurrando-o contra o partidário. Jama mal entendia o que ela dizia, mas ficou comovido; o partidário parecia muito fraco ao lado dela e, se Jama precisasse seguir um deles, seguiria Chaja. Ele vira como mulheres fortes eram melhores líderes que homens fortes. Com os italianos, aprendera como destruir, mas as mulheres de Gerset o ensinaram como criar e manter a vida.

Os refugiados permaneceram quietos depois do discurso de Chaja, nutrindo seus sonhos de paz e sonhos de guerra em silêncio. Estavam em uma bolha fechada a vácuo no navio, cortados do resto do mundo, incapazes de compreender a vida real; fazendas, escolas e sinagogas eram coisas de sua imaginação agora. Por fim, um adolescente tirou uma gaita e tocou para eles, e as crianças bateram palmas e cantaram "Hatikvah", fazendo serenata aos pais temerosos com suas belas vozes vacilantes.

Jama, Abdullahi e Sidney bateram palmas também. Jama se lembrou de sentar-se ao lado do pai quando criança debaixo da Lua gigante do deserto da Somália. Velhos dominavam as noites falando sobre comércio e disputas de clãs até cansarem, então os jovens tomavam seus lugares para entoar canções de amor e recitar poesias que glorificavam a riqueza da sua língua. Jama desejou que sua mãe tivesse tido a oportunidade de falar como Chaja, de mostrar àqueles homens o funcionamento de sua bela mente e toda a coragem em seu coração.

A viagem até Hamburgo trouxe de volta todas as memórias que os refugiados vinham reprimindo por meses, sufocadas por ideias fantasiosas de um céu judaico palestino. No solo alemão, não havia como negar o que acontecera; o cheiro dos corpos queimados retornava às narinas, e a dor da fome infinita atormentava estômagos, não importava a comida que recebessem. Brendan, o Maquinista, não tinha tempo para refugiados, chamando-os de *"yids* ingratos e fedidos" e encorajando os soldados a adotar uma linha dura com eles. Os soldados estavam bravos e chateados; tinham sido enganados junto com os refugiados, pensando que só acompanhariam o navio até o Chipre. Agora, descarregavam a frustração sempre que podiam, empurrando as crianças, recusando pequenos pedidos e falando alto quando os prisioneiros tentavam dormir. Era um navio silencioso que se aproximou de Hamburgo: a longa e lenta marcha fúnebre tinha chegado ao fim.

— Nós voltamos, voltamos para Auschwitz e Bergen-Belsen — gritou um homem.

— Perdi vinte e oito pessoas da minha família aqui — disse uma velha.

Os refugiados começaram a chorar e rasgar as roupas. Até Mordechai Rosman observou a terra escura aparecendo através da névoa com a cabeça baixa, os braços estendidos como se estivesse em um crucifixo. O *Runnymede Park* esperou enquanto dois outros navios-prisão, o *Ocean Vigour* e o *Empire Rival*, eram esvaziados, soldados britânicos e guardas alemães arrastando homens e mulheres frenéticos enquanto jazz americano tocava alto para abafar os gritos. Uma bomba caseira foi encontrada no *Empire Rival*, para o prazer dos britânicos; por fim, suas suspeitas eram confirmadas, os supostos refugiados eram, na verdade, terroristas ansiosos para ferir seus guardiães britânicos. A bomba foi detonada em segurança ao lado das docas, mas os refugiados do *Runnymede Park* sofreriam por ela. Cassetetes voaram, cabelos foram puxados, soldados chutaram Mordechai Rosman para baixo da prancha, bens foram jogados no mar. Jama foi para o deque durante esse festival de violência; jamais tinha acreditado que os brancos poderiam tratar uns aos outros com tanta crueldade, mas a prova estava diante de seus olhos.

— *Wahollah*! Meu Deus, isso é terrível! — ele exclamou ao ver Chaja tentando escapar pela prancha, a cabeça baixa para evitar os golpes, enquanto os filhos escorregavam e tropeçavam ao lado dela.

— E já vão tarde! — berrou Brendan às costas deles, esticando o dedo do meio no ar.

Os judeus foram entregues a alemães que sorriam maliciosamente e o *Runnymede Park* se tornou um navio fantasma. Depois que os marinheiros retomaram uma aparência de ordem, o capitão Barclay disse à tripulação que iam para Port Talbot fazer reparos antes de voltar a Port Said. Jama ganharia oitenta libras por aquela viagem. Seu objetivo era voltar a Gerset com duzentas libras e comprar um camelo premiado, uma loja grande e uma casa para Bethlehem, mas os outros marinheiros riram de seus planos.

— Esqueça isso, garoto, vamos desembarcar em Port Talbot. Todo o trabalho está lá, por que quer voltar para a porcaria do Egito? Se ficar, será sem nenhum de nós — disse Abdullahi.

— Então o que vão fazer? — perguntou Jama.

— Pegar outro navio em Port Talbot ou Hull. Ganhamos um salário inglês em navios da Inglaterra, um quarto a mais.

A perspectiva de um pagamento ainda maior era sedutora, mas Jama se preocupava que Bethlehem desistisse dele: um ano já se passara sem nenhum contato entre eles. Ela não ia esperar mais, pensou. E se tivesse encontrado outra pessoa, imaginou, um kunama ou algum comerciante sudanês rico? Quando criança, Jama queria desesperadamente ter asas; ir para casa agora seria como pedir a Ícaro para atear fogo em suas asas no meio do voo, mas ele não podia voar para sempre e, ao mesmo tempo, ficar com Bethlehem.

Sem a distração dos refugiados e soldados, o *Runnymede Park* agora era um cargueiro comum, e as tensões típicas de uma tripulação mista se tornaram claras. Os cozinheiros britânicos preparavam carne de porco junto com a comida dos muçulmanos, os britânicos zombavam de seus sotaques e corpos magros, o comportamento bêbado dos marinheiros era repugnante aos somalis. Os marinheiros gostavam de Jama, no entanto; sua juventude despertava gentileza e sua inabilidade de entender os insultos deles significava que seu comportamento feliz e ingênuo não diminuía.

Eles pronunciavam o nome dele como Jammy: "Ei, Jammy", "Terminou, Jammy?", "Quer um biscoito de geleia, Jammy?". Gostavam de usar seu nome e, quando o frio do Mar do Norte aumentou, era "Quer uma blusa, Jammy?" e "Aposto que não está acostumado com isso", com tremores exagerados.

Os somalis mais velhos diziam a Jama que estavam zombando dele, mas ele achava difícil se importar. Seu medo anterior do homem branco havia diminuído; os britânicos tinham lhe dado emprego, emprego bem pago e, por isso, podiam dizer o que quisessem. Os marinheiros eram amorosos comparados com os italianos para os quais tinha trabalhado: jamais batiam nele ou o humilhavam, e Jama não os temia, apesar dos esforços de Brendan, o Maquinista. Brendan perseguia os somalis, seus grandes olhos azul-bebê raiados de veias vermelhas, os dentes grandes saindo da boca enrugada e o cabelo rareando em pedaços da cabeça. Os somalis o chamavam de *sir* Ilkadameer, "senhor Dentes de Burro", na cara dele, e ele ficava radiante com o "*sir*", achando que *Ilkadameer* era um termo nativo de respeito. Sidney chamava os somalis para se juntarem ao resto da tripulação e fumarem cigarros, e Jama conversava com eles sem pressa, em linguagem de sinais e inglês capenga. Sidney era especialmente amigável com ele. Quando o convidou para sua cabine, Abdullahi o proibiu de ir, mas Jama foi de qualquer maneira. Sidney tinha uma cabine grande só para si em uma parte quieta do navio, e na parede branca colocara imagens de mulheres brancas em roupas de baixo que faziam seus seios ficarem pontudos como chifres de bode. A única outra imagem que havia na parede era uma foice e um martelo amarelos em um fundo vermelho.

— Sabe o que isso significa, Jama?

Jama pensou que devia ser algo relacionado ao trabalho dele – talvez fosse um fazendeiro, além de marinheiro – e balançou a cabeça, sem querer se envergonhar.

— Significa que eu acredito que trabalhadores como você — Ele apontou o dedo para o peito de Jama para enfatizar e então apontou para si mesmo. — e eu devemos nos unir, ficar juntos, entende?

Os dedos dele agora estavam cruzados, acariciando um ao outro.

O sorriso sumiu do rosto de Jama; os dedos entrelaçados significavam apenas uma coisa, e ele não queria aquilo. Mas e quanto às mulheres nuas, talvez fossem apenas um disfarce para as verdadeiras intenções de Sidney?

Ele se virou para a porta, mas Sidney agarrou seu ombro.

— Espere um segundo, leve isso. — Ele enfiou um dicionário grosso na mão de Jama. — Tenho certeza de que viajou um pouco por aí e gostaria de ouvir suas histórias um dia.

Jama pegou o dicionário e saiu correndo, lançando um rápido "obrigado" a Sidney.

Para Jama, o resto da viagem a Port Talbot não poderia ter sido mais pacífico. Ele encontrava Sidney ocasionalmente no cômodo de fumar e, quando o homem não repetiu a carícia de mão, Jama trouxe o dicionário e pediu ajuda para aprender a ler. Sidney lia alto artigos da *TIME*, seguindo as palavras com o dedo enquanto Jama olhava sobre o ombro; o cheiro de cigarros e o prazer da leitura ficariam entrelaçados para sempre em sua mente. Ele agora entendia que a guerra que assolara a Eritreia havia ardido pelo mundo e olhou fotografias de Hiroshima, Auschwitz, Dresden. Crianças nuas gritando com bocas ocas apareciam em todas as imagens, chamando umas às outras como gêmeos siameses que tinham sido separados. Corpos africanos, europeus e asiáticos apareciam empilhados nas páginas da revista, ao lado de anúncios de batom e pasta de dentes. O mundo já estava seguindo em frente, do preto e branco sombrio à cor vívida.

Às vezes, Sidney parava de ler e buscava um mapa.

— Aqui, na Birmânia, foi o pior inferno; a África do Norte foi um piquenique em comparação. Posso lidar com um deserto, mas um homem não é feito para lutar na selva, me dava arrepios. Eu e os somalis do batalhão estávamos ficando malucos; não poder ver o céu ou sentir uma brisa faz algo estranho a um camarada, e os japas apenas apareciam do nada, cortavam sua garganta e pulavam de volta nos arbustos. Veja, um chapa somali colocou isso no meu braço.

Sidney arregaçou a manga e revelou uma cobra azul-escura cortada em sua pele. Jama tocou a serpente lívida descansando no bíceps de Sidney como uma píton banhando-se em uma pedra quente. Ela o recordava dos sinais que os nômades cortavam em seus camelos. A cobra era o totem de Jama, talvez Sidney devesse colocar uma no braço dele.

— Achei que fosse morrer naquele lugar, de verdade, estou surpreso por estar sentado aqui; entre Hitler e Hirohito, achei que havia chegado a minha vez.

Jama enrolou a manga e fez um gesto entre seu pequeno bíceps e o de Sidney.

— Quer uma? — Sidney riu.

— *Si.*

— Você trabalhou para os italianos, né? Bem, vou fazer mais confusão tatuando do que um italiano faria lutando; melhor fazer uma em Londres.

Jama tirou o mapa das mãos de Sidney, encontrou o ponto rosa que Idea disse que era a Somalilândia e moveu o dedo pela costa do Mar Vermelho, para o Sudão e o Egito, para onde um mar separava seu velho mundo do novo.

Sidney colocou a unha enegrecida no mar azul do norte frio.

— Estamos aqui, rapaz. Bem aqui no Mar do Norte. Você está bem longe de casa, não está?

Jama assentiu. Sidney arrancou um pedaço do mapa e tirou uma caneta do bolso da camisa.

— Jama, eu moro em Londres, perto do rio Putney; se algum dia precisar de algo, venha e me avise.

Sidney escreveu seu endereço em letras maiúsculas desajeitadas e deu a Jama.

Jama caminhou pelo perímetro do deque; o holofote fora desligado, e uma lua cheia brilhava no mar, o reflexo flutuando nas ondas cor de anil. A luz do navio cintilava e jogava estrelas sobre a água. Ele aspirou o ar salgado e frio, achou a estrela de Bethlehem e enviou um beijo para ela. Uma baleia passou à distância, cortando lentamente a água ondulante, e Jama se virou para mostrá-la a alguém, mas o deque estava vazio. Nunca imaginara que tais criaturas existissem, mas todos os dias traziam novas maravilhas, novos monstros e conhecimentos. Bethlehem jamais acreditaria em suas histórias; como poderia explicar o tamanho de uma baleia a ela, como soltava um gêiser das costas, como vivia em água gelada? Jama fechou os olhos e imaginou a rotina noturna de Bethlehem: iria verificar se as galinhas estavam trancadas em segurança, então as cabras, depois tiraria a panela meio vazia do fogo e guardaria os restos para o café da manhã. O trabalho do dia findo, encontraria a estrela de Jama, enviaria seu amor, então esticaria seus belos membros no tapete que ainda tinha um pouco do cheiro dele e cantaria até dormir.

PORT TALBOT, PAÍS DE GALES, SETEMBRO DE 1947

O *Runnymede Park* passou perto do calcário branco da Inglaterra antes de chegar ao canal de Bristol e à Baía de Swansea. Acima dos tubos, chaminés e canos das siderúrgicas, uma fumaça pesada pendia sobre Port Talbot. Jama foi até o capitão Barclay e recebeu sua fortuna de oitenta libras em um envelope grosso de notas. Outras cem e ele poderia viver como um rei na Eritreia. Quando o capitão Barclay perguntou se ele ficaria no *Runnymede Park*, Abdullahi, a serpente no paraíso, sussurrou em seu ouvido:

— O próximo navio vai lhe render o dobro deste; se ficar por mulher, será o maior tolo do mundo.

Jama torceu as mãos, olhou sobre o ombro para o mar aberto e apertou o envelope no bolso.

— Irei com você.

O capitão Barclay apertou as mãos deles em adeus e deu a Jama seu cartão de término, no qual seu comportamento fora marcado como "Muito Bom". Jama pisou em sua Terra Prometida e colocou um punhado de terra fria no bolso para levar de volta a Gerset um dia. Sidney fez uma saudação para ele ao seguir para a estação de trem, um saco de lona jogado sobre suas costas fortes.

Os somalis encontraram o caminho até a rua principal de Port Talbot, seu progresso observado como se fossem invasores. Jama sentiu-se muito chamativo; todo mundo era tão pálido que a pele das pessoas parecia fria ao toque. Era setembro, e um vento gelado varria as ruas abarrotadas, vagos pontinhos de chuva flutuando nele. Trabalhadores cuspiam e faziam gestos obscenos conforme os somalis passavam, e mulheres de cabelos bagunçados ficavam nas portas, algumas segurando as vassouras à frente como armas, outras com olhares de sedução. As roupas dos *ferengis* eram feitas para pessoas mais gordas, grandes buracos abriam em suas meias-calças e os cardigãs tinham sido remendados e cerzidos. Eles acharam a hospedaria Eidegalle, um prédio úmido e marrom em uma área particularmente pobre da cidade. Ali iriam comer, dormir, socializar; era seu banco e correio, o único santuário enquanto ficavam no oeste selvagem. Uma galesa chamada Glenys trabalhava para Waranle, o dono da hospedaria. Era uma mulher animada, o cabelo loiro-branco enrolado e o rosto pintado todos os dias. Glenys gostava de usar suas noções de somali: "*Maxaad sheegtey*, Jama?", ela cantarolava, "O que está dizendo, Jama?".

Os homens mais velhos não gostavam de ir à cidade. "Qual o propósito? Eles nos olham como se nossas braguilhas estivessem abertas." Apenas raramente Jama conseguia persuadir Abdullahi a levá-lo para um passeio. Abdullahi sempre usava camisa, gravata, colete, seu melhor terno e chapéu de feltro, para transmitir aos locais que ele podia ser negro, mas era um cavalheiro de meios. Jama rejeitava os paletós duros que coçavam e os chapéus de tricô que Glenys tentava forçá-lo a vestir. Odiava o cheiro de lã molhada, e aquela lã estrangeira fazia sua pele estourar em pápulas vermelhas, então saía apenas com suas camisas egípcias finas, para a desaprovação de todos.

— Olhe para isso, Jama, outra placa, negros não são permitidos. Não há nenhum outro negro nesta cidade além de nós! Vamos voltar para a hospedaria — esbravejou Abdullahi, apontando para a placa escrita à mão na porta do bar.

— É como na Eritreia.

— Claro, e é melhor você se acostumar, é assim no mundo todo para homens negros.

Uma moça observava na porta de um café e fez um sinal para que se aproximassem. Abdullahi puxou a manga de Jama para que ele a ignorasse, mas o rapaz não podia; foi até a entrada e sentou-se na mesa de madeira.

— Não há por que sorrir, Jama, ela está só desesperada demais pra recusar dinheiro. — Repreendeu Abdullahi. Ele pediu dois chás e sentou-se em sua melhor roupa, parecendo desamparado em meio à bagunça barata.

Terminaram o chá e Abdullahi deixou uma gorjeta de um *penny* para a garçonete.

— Obrigada, senhores! — ela exclamou e se curvou diante deles.

Era a primeira vez que um *ferengi* se curvava para Jama e ele deu a ela outro *penny* para ver o que faria. Ela beijou Jama no rosto, fechou a porta do café e correu com o dinheiro para a mercearia.

— É provavelmente a maior gorjeta da vida dela. — Abdullahi riu.

— Sério?

Abdullahi continuou:

— Ah, sim, eles têm um ditado neste país, "todo casaco de pele e nenhuma calcinha", entende? Do lado de fora, tudo parece grandioso e pomposo, mas por baixo... — Abdullahi acenou a mão enojado.

— Por baixo é só *abaar iyo udoo-lulul*, vida dura e bandidagem, sim, eu entendo. — Jama riu.

Depois de algumas excursões, Abdullahi disse que estava frio demais para ele e que só sairia de novo para assinar contrato em um navio. Jama ficou infeliz na hospedaria, matutando sobre sua solidão e sentindo que Bethlehem estava perdida para ele, separada pelo tempo e pela distância. Afundou profundamente na melancolia. Passava o tempo todo na sua cama congelante, em um quarto que fedia a umidade e gás; um velho aquecedor de parafina coberto de fuligem queimava o dia todo, causando-lhe dores de cabeça e sangramentos nasais. Da janela suja, podia ver montanhas verdes esmaecidas, perdendo a folhagem em trechos como a pele de um chacal doente e beijando o céu escuro e baixo.

Um dia, Glenys bateu na porta dele.

— Você está bem, Jimmy? Não o vejo lá embaixo há dias.

Jama puxou o cobertor até o pescoço, sem entender o que ela queria.

— Você está parecendo doente, menino, levante-se e vou levá-lo para pegar um pouco de ar fresco, não pode manter o fogo aceso o dia inteiro com a janela fechada.

Ela jogou as roupas de Jama sobre ele e saiu.

Os marinheiros jogavam cartas lá embaixo; assoviaram quando viram Jama e Glenys andando juntos.

— *Waryaa*! Aonde acha que está indo com ela? — gritou Abdullahi.

— Acho que ela está me levando ao médico. — Gaguejou Jama.

— Melhor ser isso, Jama, volte diretamente para casa depois de vê-lo.

— Não sei o que está dizendo, Abdullahi, mas deveria tirar o nariz das coisas que não são de sua alçada — disse Glenys, antes de empurrar Jama para fora.

Glenys tinha o dobro da idade de Jama, mas queria proporcionar bons momentos a ele.

— Médico? Médico? — Tentou Jama um par de vezes, mas Glenys tinha outras ideias. Eles tomaram sorvete e fizeram passeios de burro na praia, escalaram as colinas agourentas e ela mostrou a ele o campo violentamente verde e as gordas ovelhas galesas.

Por fim, ela o levou para tomar o chá da tarde.

— Viu, não precisou de nenhum médico esnobe, precisou? — Glenys riu, passando manteiga com felicidade nos bolinhos de Jama.

O grande erro de Glenys foi mostrar a Jama o parque de diversões enquanto voltavam para casa; um olhar e ele se perdeu. Máquinas dedicadas à diversão jamais existiram em seu mundo, e ali estava todo um campo de desordem delirante: lâmpadas brilhantes, vermelhas, amarelas, azuis e verdes acendiam e explodiam, e cebolas queimadas e açúcar perfumavam o ar. Músicas e melodias estridentes tocavam de modo cacofônico umas sobre as outras, interrompidas por explosões e zunidos aleatórios. A maioria dos brinquedos estava vazia, mas os mais baratos voavam, os berros das meninas e dos meninos descendo em um uivo. Brinquedos para assustar, animar, competir, toda emoção estava à venda; quando as meninas viram o marinheiro belo e negro, houve uma debandada até ele. Foi arrancado do aperto de Glenys e levado por uma tropa de sereias galesas que queriam maçãs do amor, entradas para o carrinho de bate-bate, peixe dourado, todas as coisas pelas quais sabiam que Jama podia pagar.

Toda noite Jama se esgueirava para fora.

— Para onde vai agora? — perguntava Glenys se o visse saindo de fininho.

— Comprar uma blusa! — ele respondia antes de sair correndo, mas ia encontrar Edna, Phyllis, Rose ou qualquer outra das garotas do parque de diversões.

As garotas celebravam quando ele chegava, e Jama nunca se cansava de girar e rodar com elas, mas sua verdadeira ruína eram os carrinhos de bate-bate. Cinco minutos custavam seis *pence*, e ele dirigia os carros desde a tarde até a noite alta; a coxa de uma moça bonita apertada contra a dele e outra moça dando gritinhos

278

de deleite quando ele batia nela. Ele pagava para todas as moças e até para alguns rapazes.

— Qual é a dele? — perguntaram os rapazes.

— Ele é um príncipe da África que está aqui de férias — as garotas insistiam.

Jama finalmente teve a oportunidade de brincar e viver sua infância perdida e o sonho de automobilismo do pai; as frustrações de uma vida enjaulada, humilhada e atrofiada explodiram para fora dele naquele parque de diversões. A cada noite, sua preciosa pilha de dinheiro inglês diminuía, até que só o fundo brilhante da lata de biscoitos retornava seu olhar. Agora, quando ia ao parque de diversões ou ao café, só com fiapos nos bolsos, sentava-se e observava, esperando que uma das meninas se sentasse ao lado dele, mas Edna, Rose, Phyllis e as outras friamente desviavam o olhar. Jama se tornou apenas uma figura arruinada na beira de seu mundo açucarado.

— Oitenta libras! Oitenta libras! Você gastou todo o seu dinheiro naquelas sirigaitas! — esbravejou Glenys quando ouviu que ele tinha ficado sem dinheiro. — Bem, de volta às docas, então, há um navio saindo para o Canadá procurando foguistas, melhor entrar nele, mocinho.

Pela primeira vez, Abdullahi concordou com Glenys.

— Vamos nos registrar naquele navio, vou levá-lo para colocar seu nome.

O navio levava carvão para St. John's, New Brunswick. Abdullahi levou Jama ao escritório da Federação Britânica de Navios, e ele deu seu nome, então colocou a digital e uma cruz trêmula ao lado da caligrafia do homem.

— Pode levar seu pagamento agora se quiser, mas precisará esperar dois meses pelo próximo — explicou Abdullahi.

— Diga a ele para me dar, devo dinheiro a Waranle.

Desceram a rua, Jama contando o dinheiro.

— Agora, no Canadá, vai precisar usar blusa, casaco, chapéu, nada dessa nudez à qual se acostumou, o frio lá mata direto, já aconteceu com somalis tontos — advertiu Abdullahi.

— Vinte e quatro libras! — exclamou Jama.

— O que eu lhe disse? Salário inglês!

— Quanto tempo vai durar a viagem? — perguntou Jama.

— Qual é o problema? Quanto mais tempo levar, mais receberá. Ainda quer voltar para a África? — Abdullahi riu.

— Eu preciso.

— Não precisa fazer nada. Todos esses homens estão se matando para chegar aqui, e você quer voltar a uma refeição por dia, calor, sede, é um menino estranho só por pensar nisso. — Desaprovou Abdullahi.

Conforme a data da partida se aproximava, Jama tentou acreditar que Abdullahi estava certo, que voltar para a África seria o pior erro de sua vida. Que ele jamais teria aquela chance de novo, que devia a si mesmo ir para o Canadá, que Bethlehem aceitaria qualquer coisa se ele voltasse rico para casa. Tudo isso se tornou um tipo de filosofia passada por Abdullahi: que os mares cinzentos seriam suas minas de ouro; as gaivotas, seus bichos de estimação; britânicos cabeludos de veias azuis, seus companheiros. Mulheres e a África não eram parte de seu admirável mundo novo. Para além do racionamento, dos locais de bomba, das casas com jeito de favela, dos homens raivosos de macacão, Port Talbot ainda era a Terra Prometida, com toda nova tecnologia disponível, fogões a gás, máquinas de venda, rádios da melhor classe, cinemas. Embora muitas pessoas brancas fizessem caretas ao vê-lo, havia bondade inesperada. Velhas senhoras o convidavam para suas pequenas casas aconchegantes, homens se ofereciam para acompanhá-lo para casa em noites de névoa, donas de casa corriam para apertar a mão dele e agradecê-lo por seu esforço na guerra. Havia *ferengis* humanos o suficiente para tornar a vida interessante.

A vida seguiu em paz até que um dia um estranho veio à hospedaria, um somali garboso de Londres. Ele procurava Jama.

— O que quer com ele? — questionou Abdullahi.

— Coisa de família — respondeu o estranho, seco.

— Vou chamá-lo para o senhor — disse Glenys, correndo para o andar de cima.

— Jama, Jama, abra — disse Glenys, batendo na porta dele —, há um homem bonito procurando você!

Jama, alarmado, desceu correndo as escadas atrás de Glenys. Um homem de terno preto sentava-se na frente de Abdullahi na sala de visitas.

Ele se levantou para cumprimentar Jama, dizendo:

— Há muito tempo não nos vemos, primo.

Jama pegou a mão de Jibreel.

— Cara! De onde apareceu este fantasma? — Foi tudo o que Jama pôde dizer.

A aparência *askari* de Jibreel havia desaparecido, e uma estrela de cinema estava em seu lugar: com o cabelo preto brilhante, bigode fino bem-cuidado e chapéu preto na mão, ele era mais charmoso do que qualquer um que Jama já tivesse visto.

— Vamos para o seu quarto, eu tenho notícias.

Sentados no quarto cinzento, com o papel de parede caindo em torno deles, o coração de Jama parou quando Jibreel contou a notícia.

— Sua esposa teve um filho.

— Alá! — exclamou Jama.

— *Manshallah*, Jama! Graças a Deus, eu o deixo um menininho triste e agora você é um pai diante de mim.

— Alá! — disse Jama de novo.

— Deixe Deus em paz. — Jibreel riu.

— Como você sabe? — perguntou Jama, quando finalmente se recompôs.

— Sua sogra quer que você volte para casa, ela fala disso a cada somali em um raio de mais de cento e cinquenta quilômetros. Um Eidegalle passou por Tessenei e veio de navio para o leste de Londres, onde a notícia me alcançou. Quando soube que você tinha chegado aqui, não podia manter as boas notícias só para mim, podia?

— Preciso ir encontrar Bethlehem, com o que ela está vivendo? Não deixei dinheiro para ela, minha pobre Bethlehem! — Jama abraçou Jibreel. — Mas eu aceitei o dinheiro dos *ferengis*, eles vão me fazer ir para o Canadá. — Ele chorou.

— Você assinou contrato com outro navio?

— Sim, está saindo nesta semana, eles sabem meu nome, onde eu moro, tudo, eles tiraram minha digital! — lamentou Jama.

— Acalme-se, vamos dar um jeito. — Tranquilizou-o Jibreel.

Jama escondeu o rosto nas mãos, imaginando Bethlehem ninando o filho dele sozinha na *tukul*. No navio, seu amor por ela fora um pombo engaiolado, mas agora estirou os braços e alçou voo.

— É uma menina ou um menino?

— Jama, eu tenho aqui uma carta da sua esposa.

— Leia pra mim lá fora, não consigo respirar neste quarto.

Eles andaram para as docas geladas, o mar como uma baleia cinzenta debatendo-se atrás deles, o vento cortando a camisa fina de Jama. Sentaram-se em um muro, fumando os cigarros de Jibreel, enquanto o coração de Jama dava piruetas a cada segundo.

— Certo, estou pronto.

Jibreel puxou um envelope do bolso do paletó; estava coberto de digitais e desgastado em alguns lugares, claramente passara por várias mãos até chegar até ele. Dentro, havia uma folha de papel azul coberta com escrita árabe.

Jibreel leu para Jama:

Meu coração,
Venho rastreando seus vapores desde que você foi embora, não sei se está vivo ou morto. Eu até fui a um vidente em Tessenei, e ele viu você nos grãos do café, me disse que está a salvo, em um mar, cercado de ferengis e yahudis, mas não acredito nele. Minha barriga cresceu desde que você foi embora, e agora temos um filho, vim aqui ao escriba porque seu menino é uma coisinha pequena e doente, e não quero que morra sem vê-lo. A vida é silenciosa sem você, os pássaros não cantam mais, até o bebê fica quieto. Sentamos juntos à noite imaginando onde você está. Às vezes fico com raiva, mas outras não sinto nada, porque duvido de que você seja real e fico pensando se nosso casamento foi só uma invenção minha, se nosso filho foi colocado na minha barriga por feitiçaria. Nada cresce aqui agora que você foi embora, nossos campos e estômagos estão vazios. Estou enviando esta carta ao Universo na esperança de que vá se lembrar de mim, voltar para casa um dia e me dizer que é real.
Bethlehem

Jama escondeu as lágrimas de Jibreel.

— Qual é o meio mais rápido de ir para a Eritreia?

— Pode ir para Áden e pegar um *dhow* para Massawa ou para o Egito e viajar pelo Sudão.

— Qual é mais barato?

— Por Áden.

— Vamos, então, não tenho tempo a perder.

Eles terminaram os cigarros e andaram de volta para a hospedaria de Waranle. Abdullahi olhou severamente para Jibreel quando entraram.

— O que aconteceu, Jama?

— Eu tenho um filho — respondeu Jama, com um sorriso fraco.

— E daí? Todos nós temos filhos, filhas, isso não muda nada.

O rosto de Jama se entristeceu: ver que Abdullahi era incapaz até de dizer uma boa palavra cortou seu coração. Abdullahi não era alguém com quem se aconselhar; estava amargurado, vagando pelo mundo em busca de dinheiro sem nenhum significado na vida.

Jama correu ao seu quarto e empacotou as roupas na mala do pai.

— Sabe, Jibreel, naquele dia em que você foi comigo para encontrar aquele homem de Gedaref, depois que ele me disse que meu pai estava morto, sentei-me lá até a noite chegar, sem conseguir me mover, mas prometi uma coisa a mim mesmo. Eu poderia ser um menininho magrelo de nariz sujo, mas eu me prometi algo, que eu nunca iria abandonar um filho meu, nunca.

— Então se tornou um homem naquele dia — disse Jibreel.

— Todo aquele sofrimento pelo qual minha mãe passou, a fome, os insultos, a solidão, como posso fazer isso com Bethlehem e meu filho?

— Você não poderia, Jama, não tem estômago para isso.

— Vamos, estou pronto.

Jibreel pagou a conta de Jama com Waranle, e um grupo de despedida se juntou na porta. Glenys deu um beijo de despedida em Jama.

— Boa sorte, filho.

Os marinheiros apertaram a mão dele, deram-lhe umas moedas para o filho.

Jama encontrou Abdullahi na sala de estar, bebendo chá de cara emburrada.

— Estou indo, Abdullahi.

— Bem, então vá, tonto.

— O que acontece a respeito do salário que recebi?

Abdullahi levantou os olhos para Jama.

— Vou dizer a eles que você está à beira da morte e terá de pagá--los se voltar.

Jama soltou um longo suspiro.

— Obrigado, Abdullahi, por tudo, vejo você na África, talvez.

— Nem em mil anos — desdenhou Abdullahi.

O trem parou em Paddington.

— Londres — cantarolou Jibreel.

Conforme caminhavam pela grande cidade, Jama olhou para cima e viu prédios enegrecidos que pareciam ninhos de imensos pássaros violentos.

— A beleza de Londres não está em seus prédios, Jama, mas em suas pessoas. Você vai a Piccadilly Circus e é como andar pelas multidões do Dia do Juízo Final, há pessoas de todo o mundo, com pedacinhos de suas vilas escondidos nas meias, que plantam de novo aqui. Só em Leman Street temos um barbeiro somali, um mecânico somali, até um escritor somali entre os donos de mercado judeus, cozinheiros chineses e estudantes jamaicanos.

Jama tirou o solo de Gales do bolso e mostrou a Jibreel.

— Vou plantar isso na Eritreia. — Ele riu.

Jama ficou com Jibreel em seu quarto na Leman Street, conversando até tarde da noite.

— Eu me pergunto com quem ele se parece. Espero que tenha os olhos grandes da mãe — refletiu.

— Imagine todas as gerações necessárias para fazer seu filho, casamento após casamento, os homens, as mulheres, alguns esquecidos, alguns lembrados, kunama, somali, tigrey, fazendeiros, nômades, tudo para fazer essa minhoquinha — disse Jibreel, com sono.

— Ainda não consigo acreditar, apenas quando botar os olhos nele vou realmente saber o que significa — respondeu Jama, os olhos arregalados no escuro —, mas sei como vou chamá-lo.

— Ah, é? — perguntou Jibreel, sonolento.

— Sim. Shidane.

Enquanto esperavam pela data de partida do navio, Jibreel ensinou Jama a usar Brylcreem no cabelo até ficar de certo jeito, então eles andavam por Londres. No Serpentine, Jama contou a Jibreel o que havia acontecido com Shidane; em um café em Trafalgar Square, descreveu a beleza de Bethlehem; ao longo de Southbank, explicou como tinha caminhado da Palestina até o Egito.

Jibreel ouvia e sorria.

— Acho que está mentindo para mim, Jama. A última coisa que me recordo de você é que estava sempre emburrado, fazendo bico, tentando fazer de todos nós sua mãe... Tínhamos que alimentar você, cuidar de você, ceder nossas esteiras.

Jama riu: um oceano de tempo o separava daquele menininho com malária em Omhajer.

Por fim, em um banco perto da Putney Bridge, Jibreel conseguiu dizer a Jama onde tinha estado.

— Depois que você foi embora de Omhajer, era para acontecer uma ofensiva contra lutadores etíopes, os italianos trouxeram armas imensas, tanques, gás venenoso, tudo, daquela vez falavam sério. Na noite anterior à partida, pensei comigo: *Quero mesmo morrer por eles, não há mais nada?*. Antes que o Sol nascesse, eu fugi, andei o caminho todo até o Djibouti, então atravessei as duas Somalilândias. Parei no Quênia e trabalhei como engraxate na estação de Nairóbi, engraxava sapatos sem vergonha ao lado de menininhos. Com um pouco de dinheiro no bolso, parti de novo; em Tanganica trabalhei para árabes de Omã, então enjoei daquilo e pulei em um caminhão para a Rodésia. Lá trabalhei na fazenda de um inglês e ele me disse: "Ah, você é somali, deve estar tentando achar trabalho nos navios", e eu perguntei para ele: "Que navios?", e ele me explicou como muitos somalis trabalhavam na marinha mercante porque pagavam muito bem. Eu fui embora! Deixei aquela fazenda estúpida e fui encontrar um grande porto, andei da Rodésia até a África do Sul, então precisei atravessar aquele maldito país até chegar a Durban, onde estava a Marinha Britânica. Eu entrei de clandestino em um navio britânico e, cinco anos depois do dia em que fui embora de Omhajer, fui pego e acorrentado, então, quando chegamos a Liverpool, eu fugi e me juntei a outro navio!

Jama e Jibreel competiram para ver quem tinha caminhado mais, passado fome por mais tempo, sentido mais desesperança; eram atletas nas Olimpíadas do azar.

— Escute, naquela cela, no Egito, havia homens que sangravam por cada buraco do corpo, e tivemos que ficar sentados no sangue dia e noite. — Vangloriou-se Jama.

Jibreel caçoava:

— Luxo! Sabe quantas vezes fui atacado por um leopardo? Tenho marcas dos dentes deles em minhas costas inteiras; leões me perseguiram, fazendeiros brancos atiraram em mim. Cara! Você não acreditaria nos problemas que tive, você passou a maior parte do tempo nos braços de uma garota da Eritreia.

Eles riam das coisas sobre as quais podiam falar e o resto era deixado para enferrujar nos aposentos trancados em seus corações.

Jibreel tinha intenção de transformar Londres em seu lar, havia se acostumado com a vida rápida dos marinheiros e não conseguia se imaginar de volta na Somalilândia com seus novos maus hábitos.

— Em todo lugar aonde vou, encontro somalis, sempre do norte, de pé na encruzilhada, olhando para o céu em busca de uma orientação; as pobres almas nunca sabem para onde estão indo. Todos dizem a mesma coisa, não há nada em nosso país, vou voltar quando puder comprar alguns camelos. Acho que há mais somalis no fundo do mar ou perdidos no deserto do que restaram em nossa terra. Eles partem para se tornarem motoristas, *askaris*, marinheiros, qualquer coisa, contanto que os leve para bem longe.

Jama pensou no que Jibreel disse.

— É porque somos nômades, a terra é a mesma para nós aonde quer que formos, apenas nos preocupamos se há água e comida a ser encontrada. Quando estava cuidando da fazenda em Gerset, sentia que aquele pedaço de terra era meu, que aquela *tukul* era minha, plantei aquela árvore, então quero vê-la crescer, agora acho que onde está minha família é o lugar a que pertenço.

— Você é Caim e eu sou Abel. Dê-me céus abertos, horizontes largos e novas mulheres. Bem no fundo, sempre acharei que a única coisa que chega a um homem que fica parado é a morte.

Jama não podia ficar parado; queria pegar Bethlehem no colo e girá-la, encher o rosto de seu bebê quieto de beijos e fazê-lo rir. Com suas vinte e quatro libras do navio canadense, levaria Bethlehem para onde ela quisesse ir, dividiria as asas que o destino lhe dera. Jama tinha a intenção de comprar joias para ela em Keren, levá-la em *Hajj* até Meca, levá-la ao cinema em Alexandria, compensar os dias em que a deixara sozinha.

— Esse endereço é próximo? — perguntou Jama, puxando o pedaço de papel que Sidney lhe dera.

— Sim, acho que sim.

Deixaram o banco ao lado do rio e andaram até a rua principal. Jibreel pediu orientação a um motorista de ônibus, que apontou para uma rua lateral. Jama apertou a campainha e então ficou bem afastado; Sidney apareceu pelo vidro verde chumbado, um imenso tritão barbado.

— Oi, oi, camarada! — Ribombou Sidney.

Jama estendeu a mão, e Sidney a agarrou, quase arrancando o braço do rapaz da junta.

Jama apontou para o companheiro.

— Este é Jibreel.

— Entrem, rapazes, não mordo.

Sidney vivia em um apartamento dividido com outros operários. Jornais, botas pesadas e cartas jaziam esquecidos pelo corredor escuro, e ele os levou para seu quarto.

Era exíguo e arrumado como a caverna de um eremita: livros estavam organizados em pilhas ao longo do rodapé, o ar frio sibilava pelas janelas e apenas a bandeira com a foice e o martelo cobria seu colchão fino.

— O que posso fazer por você, amigo? Já se enfiou em confusão? Quer uma xícara de chá? — Sidney levantou a caneca, para demonstrar.

Jama balançou a cabeça, apontou para o bíceps dele.

— Tatuagem?

— Mas que filho da mãe persistente! Não percebi que você tinha tanta inveja da minha. Certo, vamos, só não diga para sua mãe que eu o levei.

Os marinheiros pegaram o ônibus número 14 para Piccadilly Circus, passando por rapazes esperando nos sinais elétricos por suas namoradas e pelas ruas vermelhas e imundas do Soho. Jibreel sussurrou avisos no ouvido de Jama: "As agulhas são sujas, só *ferengis* fazem isso, vai mudar de ideia", mas Jama não ouviu, era o único jeito de levar para casa tudo que ele tinha visto e feito.

— Tenho outra ovelha para o abate — Sidney gritou para o tatuador, que era outro tritão robusto, o braço um cinema de mulheres pintadas e animais.

— Diga a ele que eu quero uma mamba-negra — Jama ordenou a Jibreel.

A dor era excruciante, o fogo corria pelas veias e carcomia os ossos, mas Jama observou com alívio o sangue ruim saindo de dentro dele, o sangue que bombeara medo e luto e dor por seu corpo por tanto tempo. Do fogo, emergiu uma bela cobra negra. Jama, o menino mamba-negra, tornara-se um homem do mundo, seu totem entalhado na pele como marca do que ele tinha sido e ao que tinha sobrevivido.

— Trabalho excelente — Sidney admirou-se.

Jama passou o dedo pelo pico vermelho de tinta. A cobra pulsava sob as pontas de seus dedos, como se tivesse saído da terra, através do umbigo de sua mãe e para dentro de sua boca, para observar o mundo de seu braço.

— Sua esposa vai detestar. — Jibreel franziu a testa.

— Não, vou explicar a ela o que significa.

— Vamos, precisamos acordar cedo para o navio amanhã — disse Jibreel, abanando a cabeça.

O bilhete mais barato para Áden se molhava na mão suada de Jama.

— Deveria comprar algo para eles daqui. — Ele entrou em pânico quando os carregadores de barris das docas das Índias Ocidentais passaram por ele. Soprou fumaça branca nas mãos geladas e bateu os pés nervosamente no chão congelado.

— Deixe disso, tenho certeza de que ficarão felizes com o bolso cheio de terra, mas... aqui, pegue isso. — Jibreel enfiou cinco libras no bolso do paletó de Jama. — Pegue — ele ordenou —, eu deveria ter sabido naquele dia em que vi você correndo por Omhajer com seus grandes joelhos, gritando por Eidegalles, que não haveria distância que não fosse viajar por sua família, mas os tempos estão mudando agora. Talvez consiga trazer sua família de volta para cá, vi algumas de nossas mulheres empurrando aqueles carrinhos de bebê.

Eles se abraçaram antes que Jama subisse a bordo do navio da P&O, a mala esfarrapada do pai de algum jeito ainda inteira, mesmo com os muitos sonhos e medos novos enfiados dentro dela entre as roupas. Jibreel levantou o chapéu para ele e andou pelas docas geladas com passos longos e elegantes, o sobretudo preto mesclando-se à luz escura do amanhecer. O navio partiu, deslizando pela serpente oleosa do Tâmisa, com Jama debruçando-se sobre a amurada, absorvendo grandes tragos de Londres antes que ela desaparecesse. A grande cidade era pintada em aquarelas cinzentas, com pombos arrulhando e fazendo ninhos em seus arcos e pináculos enegrecidos. O mundo acenava para Jama, e ele queria que Bethlehem visse tudo isso com ele; jamais teria de lutar sozinho agora, nem ela. Iriam fazer as malas e se mover como nômades pela África, pela Europa, descobrindo novos mundos, renomeando-os "Jamastão" e "Bethlehemia" se quisessem. Jovens ingleses ricos estavam reunidos em torno de um gramofone no deque. "Diga ao velho faraó para deixar meu povo ir", rugiu Louis Armstrong. Jama deixou as pernas se moverem com o jazz vibrante, deixou os quadris gemerem, os ombros gingarem, qualquer coisa para libertar a música presa em sua alma.

* * *

Acima dele, as estrelas eram diamantes quentes furando a carne negra do Universo. Olhando para cima, Jama sabia que seus entes queridos estavam com ele, sua mãe, seu pai, sua irmã, Shidane, e talvez Abdi, passeavam pelo céu, discutindo, rindo, observando. Ele se juntaria a eles por fim, mas não até que tivesse devorado todas as sementes que aquele mundo de romã oferecesse. Queria ser um pai de carne e osso para seu filho, um marido de carne e osso para Bethlehem, e não observar o burburinho da vida, mas estar nele. Ele se sentia no centro do mundo: um somali sorridente de camiseta branca era o amado das estrelas, o mundo era um casulo de amor que o envolvia, todo o medo e a dor sufocados em suas dobras. "*Hoi hoi*", ele gritou para a estrela de Bethlehem. Voltaria para ela um homem diferente e sabia que ela também estaria mudada. Ela seria como a mãe dele agora, rígida, corajosa, com um olhar duro, com uma criança crescendo nas costas. Ele estava pronto para aquilo, estava pronto para qualquer coisa que a vida tivesse a oferecer.

AGRADECIMENTOS

Muitos livros e artigos ajudaram na composição deste romance, mas há alguns que merecem uma menção especial: *Banjo*, de Claude McKay; *Eritrea 1941*, de A. J. Barker; *The Yibir of Las Burgabo*, de Mahmood Gaildon; *Exodus 1947*, de Ruth Gruber; e *An Account of the British Settlement of Aden in Arabia*, do capitão F.M. Hunter.

Gostaria de agradecer ao meu pai, Jama, por muitas coisas: por colocar sua vida diante de mim – para admirar e para embelezar –, por seu apoio inabalável ao escrever este livro e por sobreviver a tudo com paz e amor em seu coração.

Estou em débito com minha mãe, Zahra Farax Kaaxin. O próximo livro será para você, *hooyo*. *Wax kasta ood ii karikarto waad ii kartay libaaxaday.*

Yousaf Ali Khan colocou este livro em sua jornada para o mundo.

Butetown History and Arts Centre, Abdi Arwo e The Arts Council me permitiram começar a escrever.

A meus primeiros leitores, Hana Mohamed, dra. Lana Srzic, dra. Srinika Ranasinghe, Khadar Axmed Farax, Abdulrazak Gurnah, Liz Chan, Sabreen Hussain, obrigada.

À minha família em Hargeisa, Abti Maxamed Farax Kaaxin, Edo Casha e Edo Faadumo, Liban, Hamsa, Saciid, Abbas, Naciima e todos os meus primos, obrigada por tornar minha viagem a Hargeisa tão memorável.

Aos amigos e familiares que me deram o incentivo ou a distração necessária: Ahmed Mohamed, Nura Mohamed, Mary Mbema, Rosalind Dampier, Sarah Khawaja, Attiyya Malik, Danielle Drainey, Mei Ying Cheung, Emily Woodhouse, Sulaiman, Lies e Saleh Addonia.

Selma El-Rayah, *as-saayih* extraordinária, você me promoveu e espalhou a palavra.

Abdi Mohamed e Osman El-Nusairi me cederam seu tempo e sua sabedoria.

Chenoa Marquis, obrigada por aquele dia na biblioteca Rhodes House.

Dra. Virginia Luling, seu auxílio oportuno me ajudou a rastrear a magnífica autobiografia de Ibrahim Ismaa'il.

Meu menino *gali gali* Ben Mason, você viu a pérola na ostra, e sua fé e seus conselhos foram inestimáveis.

À minha editora perspicaz, minuciosa, humana e engraçada, Clare Hey, obrigada. Você fez emergir a face mais verdadeira e bela deste romance.

Gostaria de expressar minha gratidão a todos na Conville & Walsh e na Harper Fiction por fazerem este romance acontecer.

/Tordesilhas /TordesilhasLivros
/eTordesilhas /TordesilhasLivros

Este livro foi composto com as famílias tipográficas
Canvas Curly Sans para os títulos e Electra LT Std para os textos.
Impresso para a Tordesilhas Livros em 2022.